新潮日本古典集成

閑吟集　宗安小歌集

北川忠彦　校注

新潮社版

目次

凡例

〔閑吟集について〕

一、『閑吟集』の主要な伝本としては、宮内庁書陵部蔵図書寮本、阿波国文庫旧蔵本（志田延義氏現蔵）、水府明徳会彰考館蔵本があるが、これら三本は文字遣い、丁割《ちょうわ》り、行割り、見せ消《け》ちに至るまで一致するところが多く、大局的にみれば同一系統本と考えられる。本書は図書寮本を底本としたが、適宜他の二本を参照し、かなり自由な立場で本文を制定した。

一、各歌の頭には通し番号を付し、本文には適当に漢字をあて、仮名遣いを正し、振り仮名・濁点を付し、また行分けを試み読点を加えるなど、本叢書の性質上出来るだけ読み易い本文を作製するよう心掛けた。したがって、校異については特に重要と思われる個所で触れるにとどめた。その場合「諸本」と記したのは右の三本に共通した表記のことである。

一、『閑吟集』の各歌には次のような肩書の略号が付されている。

小—小歌　大—大和猿楽（謡曲）　近—近江猿楽　田—田楽能　狂—狂言歌謡

放—放下《ほうか》歌《うた》　早—早歌（宴曲）　吟—吟詩句（漢詩）

本書では五〇（底本肩書欠）八三（底本肩書「郎」）を阿波国文庫旧蔵本により「小」と訂したほか、底本で肩書の欠落している三、四八、二一、一七三、二二七、二四六、二八二、三〇七の八首についても内容から推定して「小」「大」の肩書を（　）内に記しておいた。

一、諸本とも本文には相当数の振り仮名が付されているが、これは本文より筆写年代が降ると思われるので、参考にするにとどめた。また底本の仮名《かな》をそのまま振り仮名として残したところも多い。「和御料《わごりよ》」「和御料《わごれう》」といった不統一が生じているのはそのためである。「候」（そろ・ぞろ）「何」（なに・なん）「〱」の繰り返し部分等については、当時の音韻事情、謡曲や狂言歌謡における伝承等を勘案しながら校訂者の判断によって読みを定めた。

一、頭注欄は「口語訳」「釈注」「語釈」から成る。「口語訳」は内容を理解する一助として試みたもの、「釈注」は鑑賞のための校注者の心覚えと理解していただきたい。

一、頭注欄における引用も読み易いように表記を改めた。また引用した歌謡・民謡は、出来るだけ日本歌謡集成（正・続）、日本庶民文化史料集成・五『歌謡』、近世文芸叢書・十一『俚謡』、日本古典全集『歌謡集』等の叢書類に収載されているものから選ぶよう配慮した。

一、『閑吟集』三百十一首の配列は、あるいは主題、あるいは語句の連鎖・連想によっており、また全体は春・夏・秋・冬・恋の部立てをみせている。本書ではその主要な連鎖語を「見出し」として本文の中に立て、そのほかのものは下段に抜き出すなどしてその配列の妙を示すことにした。

〔宗安小歌集について〕

一、『宗安小歌集』は現在原本の所在が明らかでないので、笹野堅氏編『室町時代小歌集』（萬葉閣版、昭六）に収められた玻璃《はり》版によった。校訂方針等は『閑吟集』に準ずる。

一、『宗安小歌集』の小歌は隆達節歌謡と共通するものが多いが、頭注欄でそれに触れる場合、

人の情《なさけ》のありし時、など独り寝を習はざるらう（『宗安小歌集』三四）

人の情のありし時、など独り寝を習はざるらむ（隆達節草歌・恋）

愛《いと》しさがの、積《つも》り来て、更《さら》に寝られぬ（『宗安小歌集』七七）

いとほしさが積り来て、更に寝られぬ（隆達節小歌）

という程度の違いは「同歌」とみなしてある。

一、なお本書一四三番の歌は、従来「名さい渋《しぶ》張《は》りの籠《かご》」で切って読み、二首と数えられていたものである。したがってこれ以後は通し番号が従来公刊されたものと比べて一番ずつずれているので留意ありたい。

〔その他〕

一、付録として、宗安小歌集（原文）、関係狂言歌謡一覧、参考地図、初句索引を添えた。地図については足利健亮氏の御教示を得た。

一、本書をまとめるについては、『閑吟集』図書寮本の撮影並びに翻刻許可についてお世話になった八嶌正治氏、御架蔵の阿波国文庫旧蔵本の撮影をお許し下さった志田延義氏、彰考館本の写真を提供して下さった真鍋昌弘氏、その他著書・論文等を通じて数え切れないほどの方々の学恩を受けている。また天理大学、京都女子大学、奈良女子大学で『閑吟集』を教材としてとり上げた際、受講

された学生諸君の意見をとり入れさせて貰った個所も少なくない。本書はこれら多くの方々の好意に支えられて成ったものであることを明記し、感謝の意を表したい。

閑吟集　宗安小歌集

閑吟集

閑唫集

真名序

政道と歌謡

夫《そ》れ謳歌《おうか》[一]の道たる（うたの道は）、乾坤《けんこん》[二]定まり剛柔成りしより[三]（万物が生成してから）以降《このかた》、聖君の至徳[四]、賢王《けんわう》の要道なり。これを異域に温《たづ》ぬるに（その例を中国に）、其《そ》の来たること久し（源流は甚だ古い）。先《せん》[五]王《わう》の五声を和するや[六]（音声の調和を図ったのも）、以《もつ》て其の心を平らかにし（世の人の心を和やかにし）、其の政を成すなり（それを治世の基とするためであった）。五声[七]・六律《りくりつ》・七音《しちいん》・八風《はつぷう》、以て相成《あひな》すなり。清濁《せいだく》[八]・小大《せうだい》、短《たん》長《ちやう》・疾徐《しつじよ》、以て相済《あひな》すなり。君子（施政者）はこれを聴き、以て其の心を平らかにす。心平らかなれば徳和す（心が和やかなら自然と徳も備わる）。故《ゆゑ》に詩に曰《いは》く、徳音[九]瑕《か》けず、と。

夫謳歌之為レ道、自二乾坤定剛柔成一以降、聖君之至徳、賢王之要道也。温二之異域一、其来久矣。先王和二五声一也、以平二其心一、成二其政一也。五声六律七音八風、以相成也。清濁小大短長疾徐、以相済也。君子聴レ之、以平二其心一。々平徳和。故詩曰、徳音不レ瑕。

＊真名序では、終始政道・人道と歌謡とを結び付けようとする姿勢がみられる。『春秋左氏伝』『詩経』（大序）『礼記』（楽記）等によるところも多い。

一 詠歌。歌謡のこと。

二 天と地。

三 硬いもの軟らかいもの。万物を生成する二元とされている。『易経』にみえる思想。

四 聖君賢王が、徳を修め世を治めるための最も重要な手だて。それが謳歌の道で、その中の音声の調和こそ政《まつりごと》の調和のもとだ、ということを説く。

五 堯《ぎよう》・舜《しゆん》・禹《う》ら、中国古代の聖主たち。以下『春秋左氏伝』（昭公二十年十二月条）による。

六 東洋音楽の音階。宮《きゆう》・商《しよう》・角《かく》・徴《ち》・羽《う》。この五音をそれぞれ君・臣・民・事・物に当て、政道に通じさせようとする思想は『礼記』（楽記）にみえる。

七 以下「八風」まで音律や楽音の種類。種々の音声や楽器が互いに調和を保ってよい音楽となる、の意。

八 いろいろな発声、律調。「清濁」「小大」は音声の、「短長」「疾徐」は律調の種類。

九 すぐれた人の言葉や奏楽は、欠けるところなくまことにりっぱである、の意。「徳音」は徳ある人の言や音楽。「溺音《できおん》」に対する。『詩経』（狼跋《ろうばつ》）によっているが、『礼記』（楽記）にも「正二六律一和二五声一弦二歌詩頌一、此之謂二徳音一。徳音之謂レ楽」とある。

歌謡のこころ

これ《思い》を[一]嗟嘆《さたん》して足《た》らざれば、これを詠歌《うたとして口ずさむ》す。これを詠歌して足らざれば、手の舞ひ足の踏む《手も足も自然と動き出し舞い踊るようになる》を知らざるなり。[二]治世の音《おん》は安《やす》んじて以て楽しむ、その政《まつりごと》和すればなり。乱世の音は怨みて以て怒る、[三]その政乖《そむ》けばなり。〔政道の〕得失を正し、天地を動かし、鬼神を感ぜしむるは《手段》、詩より近きはなし《としてうた以上のものはない》。

嗟二嘆之一不レ足、詠二歌之一。詠二歌之一不レ足、不レ知二手之舞足之踏一之也。

治世之音安以楽、其政和。乱世之音怨以怒、其政乖。正二得失一、動二天地一、感二鬼神一、莫レ近二於詩一。

中国のうた

[四]詩は志《こころざし》の之《ゆ》く所なり。詩変じて謡《うた》となり謳歌せらる。尤《もっと》も[五]三代《古代》以前は物として《における歌謡といえば》[六]宗廟侶隣《そうべうりよりん》の詠ならざるはなし《うたがすべてであった》。「[七]井《せい》を鑿《うが》ちて飲み、田を耕して食《くら》ふ」とは堯《げう》の時の歌なり。[八]易水《えきすい》の秦《しん》に於《お》ける、[九]大風《たいふう》の漢《かん》に於ける、〔大事の時に〕一句の歌あるは、[一〇]素練白馬《それんはくば》、寿《ことほ》ぎて是を成すを得しなり。[一一]接輿《せつよ》は鳳兮《ほうや》を歌ひ、[一二]寧戚《ねいせき》は牛角《ぎうかく》を扣《う》つ。[一三]楚王《そわう》の萍実《へいじつ》、[一四]陳主《ちんしゅ》の後《こう》庭花《ていくわ》、[一五]僉《みな》民間に言はざるはなし。[一六]易《えき》に曰《いは》く、缶《ほとぎ》を鼓《こ》して歌ふと〔うたこそは〕。豈《あに》

一　心に激して吟ずること。思うところを詩句として口ずさみ、なお興に乗ればそれに曲節を付して歌うようになる、の意。以下『詩経』(大序)や『礼記』(楽記)によるところが多い。

二　平和な時世のうたは楽しい。なぜなら政治と民心が揃《そろ》って安定しているからである。

三　政治が民心と背反しているからである。

四　志《し》(感情)が発露して詩《し》となり、それに曲節が付されて謡《うた》となるという三者の関係を説く。

五　「三代」とは中国古代、夏《か》・殷《いん》・周《しゅう》の時代。したがって「三代以前」とは太古、堯《ぎょう》・舜《しゅん》の時代のこと。

六　祭祀《さいし》(公)のうたと民間(私)のうた。

七　堯の御代に、平和を喜んで一老人が歌ったいわゆる撃壌歌《げきじょうか》の一節。『論衡』(感虚)、『楽府詩集』(八十三)等に出る。参考「撃壌仁《げきじやうのじん》」「撃壌民《げきじやうのたみ》」(『懐風藻《かいふうそう》』)。

八　始皇帝暗殺を図って秦に赴こうとする荊軻《けいか》が、易水のほとりで「祖」(道祖神)を祭った後「風蕭蕭《せうせうトシテ》兮易水寒《シ》」と吟じた故事。『史記』(刺客列伝)に出る。

九　漢の高祖が故郷沛《はい》で「大風《たいふう》起兮雲《くも》飛揚」という詩を作り、児百二十人に合唱させ、高祖自らも立って舞った故事。『史記』(高祖本紀)に出る。

一〇　白い練絹《ねりぎぬ》を着し白馬を捧げるなどして寿を祈った折にこうした詩が生れたのだ。注七～九は「宗廟」の歌の例として挙げたか。

一一　狂接輿が孔子を鳳《おおとり》にたとえて諷《ふう》した歌。『論語』

至徳要道に非《あら》ざらんや。異方斯《か》くの如し。（中国の例は）

々者志之所レ之也。詩変成レ謡謳歌。尤三代以前、無レ不二物宗廟侶隣
詠一。鑿レ井而飲、耕レ田而食、堯時之歌也。易水之於レ秦、大風之於レ漢、
有二一句之歌一、素練白馬、寿得レ成レ是也。接輿歌二鳳兮一、甯戚扣二牛角一。
楚王萍実、陳主後庭花、僉無レ不レ言二民間一也。易曰、鼓レ缶歌也。豈非二
至徳要道一乎。異方如レ斯矣。

（我が国のうた）

熟《つらつ》ら本邦の昔を思ふに、伊陽《いやう》[一七]の岩戸《いはと》にして七昼夜の曲を歌ひ、（岩戸の前で神々が七日七夜の神楽を奏し）大《おほ》[一八]神鏬隙《かみかげき》に面し、神の戸《と》擘開《はくかい》して霄壌《せうじやう》明白なり。地祇《ちぎ》[一九]の始め已《すで》に神歌《かみうた》あり。次いで催馬楽《さいばら》興るなり。（〔鎌倉時代に至り〕）催馬楽再び変じて早歌《さうか》となる。（と交代した）その間、今様《いまやう》・朗詠《らうえい》の類数曲あり。（類も流行した）（〔室町時代に入るや〕）三たび変じて近江《あふみ》・大和《やまと》等の音曲あり。（猿楽の曲も栄え）（たがそれらは　テンポが遅すぎて）或いは徐々として精《こころ》を困《くる》しめ、（いらいらさせ）或いは急々として耳に喧《かまびす》し。（急調で余りに騒々しい）公[二〇]宴に奏《そう》し下情《かじやう》を慰むるものは、それ唯小《ただこ》歌《うた》のみか。

熟思二本邦昔一、伊陽岩戸而歌二七昼夜曲一、大神面二于鏬隙一、神戸擘開而
霄壌明白也。地祇之始已有二神歌一。次催馬楽興也。催馬楽再変而成二早

（微子《びし》）等に出る。

一二 甯戚が牛の角を叩《たた》いて歌ったことにより斉《せい》の桓公《かんこう》に見出された故事。『蒙求《もうぎゅう》』（中）に出る。参考「甯戚は牛口の匹夫たりながら、つひに国の政に臨む」（『十訓抄』三）。

一三 楚の昭王が川を渡る時浮草の実を得、孔子が童謡によってその意味を解いたという故事。『孔子家語』（致思）、『説苑』（弁物）に出る。

一四 正しくは玉樹後庭花《ぎょくじゅこうていか》。陳の後主叔宝《しゅくほう》の作った楽《がく》の名。『教訓抄』（三）に『隋書礼楽志』を引いて「倚レ艶相高極二於軽薄一、男女唱和、真音甚哀」とある。

一五 注一一～一四を「侶隣《りょりん》」の歌と考えているのであろうか。

一六 「缶」は酒の容器。それを鼓の代りに用いたのである。『易経』（離《り》）に出る。

一七 伊勢の国のこと。伊勢神宮の外宮背後の高倉山にある洞穴を、天照大神《あまてらすおおみかみ》の隠れた天の岩戸とする伝承によったものか。参考「伊勢の国天の岩戸を押しひらき、花や神楽《かぐら》を舞ひや遊ぶら」（『三河花祭歌謡』）。

一八 天照大神が岩戸の隙間《すきま》から顔を覗《のぞ》かせたところを手力男命《たぢからおのみこと》が扉を裂き開いて天地は再び明るくなった。

一九 「地祇」とは国つ神のことだが、ここは人の世となって、というほどの意。以下古代の神楽歌から室町時代の謡曲に至る歌謡の変遷を説く。

二〇 宮廷貴紳の公の宴会の場で奏するにもふさわしく、それでいて庶民の心をも慰める歌曲といえば。

歌㆒。其間有㆓今様朗詠之類数曲㆒。三変而有㆓近江大和等音曲㆒。或徐々而困㆑精、或急々喧㆑耳。奏㆓公宴㆒慰㆓下情㆒者、夫唯小歌乎。

小歌の作《おこ》りたる《存在は》、独《ひと》り人の《人間世界に》物に匪《あら》ざるや《限らない》明《あき》らけし。風行き雨施す《風の音も雨の音も》一は、天地《自然界の》の小歌なり。しかのみならず、流水の淙々《そうそう》二たる、落葉の索々《さくさく》三たる、〔これらもまた〕万物の小《自然界の》歌なり。しかのみならず、龍唫虎嘯《りようぎんこせう》四、鶴唳鳳声《かくれいほうせい》、春にして鶯《うぐひす》あり、秋にして蛬《きりぎりす》あり、禽獣《きんじう》・昆虫の歌も、〔これらすべて〕自然の小歌なるものか《といえるであろう》。而《だから》るを況《いは》んや人情をや《人にうたあるは当然だ》五。五千余軸《せんよぢく》は迦文《かもん》六の小歌なり《釈尊の歌声である》。五典三墳《ごてんさんぷん》七は先王の小歌なり《王道の賛歌だ》。〔これにより〕八風を移し俗を易《か》へ、夫婦を経《をさ》め、孝敬を成し《君臣父子の道を》、人倫を《道徳心を》厚うす。吁《ああ》、小歌の義たるや大なるかな。

小歌之作、匪㆓独人物㆒也明矣。風行雨施、天地之小歌也。流水之淙々、落葉之索々、万物之小歌也。加之、龍唫虎嘯、鶴唳鳳声、春而有㆑鶯、秋而有㆑蛬、禽獣昆虫歌、自然之小歌者耶。而況人情乎。五千余軸迦文之小歌也。五典三墳先王之小歌也。移㆑風易㆑俗、経㆓夫婦㆒成㆓孝敬㆒、厚㆓人倫㆒。吁、小歌之義大矣哉。

一 『易経』（乾《けん》）の「雲行雨施」によったものか。
二 さらさらと。水の流れる音の形容。
三 ひらひらと。木の葉の淋しく散る音の形容。
四 「唫」は「吟」に同じ。龍が吟じ虎が嘯《うそぶ》く声も、また鶴や鳳の鳴声も。
五 大蔵経（一切経）五千四十八巻を指す。これこそは釈尊の謳い上げ給うた仏道賛美歌である、というのである。

自然のうた、人間のうた

六 釈迦文仏《しやかもんぶつ》（釈迦牟尼《むに》）の略。諸本「迦人」。彰考館本に「文歟《か》」と傍記するにより改める。乱曲「西国《さいこく》下《くだり》」に「釈迦一代の蔵経五千余巻」とある。このあたりは小歌こそ政道・仏道・人道の教えの神髄とみる、いわば「小歌至上主義」によっている。
七 三皇五帝の道を説いたとされる架空の書。
八 風俗を良化し、夫婦の間を円満にし、長上を敬《うやま》うことを教え、人道を示すのが、これらの小歌である。『詩経』（大序）の「先王以㆑是経㆓夫婦㆒、成㆓孝敬㆒、厚㆓人倫㆒、美㆓教化㆒、移㆓風俗㆒」による。
九 天竺（インド）支那（中国）扶桑（日本）と、国や人はいろいろであっても。
一〇「説」は「悦」に同じ。楽しい心を発散させ、歓を尽くすためである。
一一 宮廷においても武家においても、酒宴の席では朗詠や早歌のみならず、盃《さかずき》を傾けつつ静かに小歌を口ずさむことも多い、の意。「中殿」は清涼殿、「大樹」は将軍のこと、以下「浅斟低唱《せんしやくていしよう》」という語を分割し、

小歌の楽しみ

「朗唫」と「早歌」を対応させるなど、全体を対句仕立てにしている。
一二 扇で拍子を取ること。ここから後は、前の権門の場に対する閑居の地における小歌の享受ぶりを述べる。
一三 当時流行していたのは一尺一寸の一節切《ひとよぎり》尺八である。隠者などが愛好した。
一四 風雅な思いを謡うとともに。
一五 君臣・父子・夫婦の三道と、仁義礼智信の五徳。
一六 冒頭の「聖君の至徳、賢王の要道」に対応する。
一七 どうして「大して役にも立たぬもの」などと卑下することがあろうか。「小補」は少しの助け、僅かな利益。編者が謙遜したのに対し、序文の筆者はそれを持ち上げる姿勢をみせている。

閑吟集の由来

一八 永正十五年（一五一八）秋。応仁の乱終結後四十一年目、北条早雲の没する前年に当る。
一九 夜、書斎で雨音を聞きつつ。
二〇 旧説を祖述しつつ自説を開陳した。『論語』（述《じゆつ》而《じ》）の「述而不作」をもじったのであろう。
二一 同好の士。ここでは編者を指すとみてよかろう。この前後の文からみれば、序文の筆者は編者とは別人ととれる。もちろん実際は編者自身による執筆ということも考えられるが、その場合でも編者とは別人という擬態《ポーズ》をとっていると理解せねばなるまい。
二二 文の結びの語。右に述べたとおりである、の意。
[九]竺支扶桑《ぢくしふさう》の、音律を《音楽を》翫《もてあそ》び調子を吟ずる《声高らかに歌う》こと、その揆《き》一つなり《心は一つである》。説《よろこ》[一〇]びを悉《つく》すなり。[一一]中殿《ちゆうでん》の嘉会《かくわい》には、朗唫《らうぎん》罷《や》みて浅々《せんせん》として斟《く》み、大樹《たいじゆ》の遊宴には、早歌了《をは》りて低々《ていてい》として唱《うた》ふ〔小歌を〕。[一二]小扇《せうせん》を弄《もてあそ》ぶ朝々は、〔小歌を口ずさみつつ〕共に花の《花びらを》飛雪を踏み、[一三]尺八《しやくはち》を携《たづさ》ふるの暮々は、〔その旋律を楽しみつつ〕独り荻吹く風に立つ。

竺支扶桑、翫㆓音律㆒吟㆓調子㆒、其揆一也。悉㆑説。中殿嘉会、朗唫罷浅々斟、大樹遊宴、早歌了低々唱。弄㆓小扇㆒之朝々、共踏㆓花飛雪㆒、携㆓尺八㆒之暮々、独立㆓荻吹風㆒。

爰《ここ》に一狂客《一人の風雅人》あり。三百余首の謳歌を《歌謡を》編み、名づけて閑唫集《かんぎんしふ》と曰《い》ふ。[一四]数奇好事《すきかうじ》を伸べ《述べ》、[一五]三綱五常《さんかうごじやう》を諭《さと》す。[一六]聖人賢士《けんし》の至徳要道なり。[一七]豈小《あにせう》補《ほ》ならんや。旹《とき》に[一八]永正戊寅穐《えいしやうぼいんあき》八月、[一九]青灯夜雨《せいとうやう》の窗《まど》に、〔序を〕[二〇]述べて作り、以て[二一]同志に貽《おく》ると[二二]云爾《しかいふ》。

爰有㆓一狂客㆒。編㆓三百余首謳歌㆒、名曰㆓閑唫集㆒。伸㆓数奇好事㆒、諭㆓三綱五常㆒。聖人賢士至徳要道也。豈小補哉。于㆑旹永正戊寅穐八月、青灯夜雨之窗、述而作、以貽㆓同志㆒云爾。

＊ 真名序と仮名序を並べたのは『新古今集』等勅撰和歌集の体裁に倣《なら》ったのであろうが、それらの仮名序は多く真名序の内容の繰り返しであるのに対し、『閑吟集』の仮名序は真名序の末尾の部分を独立させ敷衍《ふえん》した内容となっている。

一 底本に「よすてひと」と振り仮名がある。参考「桑門《ヨステビト》」（『文明本節用集』）。

二 『拾遺集』（雑上）斎宮女御の「琴の音に峰の松風通ふらしいづれの緒より調べそめけむ」による。「緒《を》」と「峰《を》」は掛詞《かけことば》。この歌は『古今六帖』（五、琴）、『和漢朗詠集』（下、管弦）にも載り、宴曲『究百集《きゆうはくしゆう》』「風」、謡曲『国栖《くず》』等に引用されるなど、世に知られた和歌であった。

三 軒吹く松風と自分の弾く琴と調べを合わせ。連歌においても「琴の音」「松風」は付合《つけあい》。

四 年月が早く過ぎ行くことのたとえ。

五 都会においてまた田舎遠国《いなかおんごく》において、四季折々に。

六 故人。死没した人。

七 本書巻頭の歌の一節。

八 いわゆる宴曲のこと。『閑吟集』の時代にはもとの長篇歌謡の一節を独立させ、小歌化して詠唱されることが多かったようである。参考「早歌《サウカ》」（『易林本節用集』）。

九 禅寺などの長い廊下を歩みながら、僧侶の吟じた漢詩句。本書中の「吟」に当るものの類。

仮名序

ここに一人の桑門[一]《よすてびと》あり。富士の遠望をたよりに《富士山を遠望出来るところに》庵《いほり》を結びて十余歳の雪を窓に積む。《月日を送っている》松吹く風に軒端を並べて《松風を軒近く聞きながら》「いづれの緒《を》より」[二]《という歌同様》と琴[三]《こと》の調《しら》べを争ひ、尺八《しやくはち》を友として春秋の調子を試《こころ》む《四季折々にふさわしい調べを》折々《をりをり》に、歌の一節を《小歌の詠唱を》慰草《なぐさみぐさ》にて、隙《ひま》行《ゆ》く[四]駒《こま》に任する年月のさきざき《慌しく過ぎ去った歳月を思いやるに》、都鄙《とひ》[五]遠境《ゑんきやう》の花の下《もと》、月の前の宴席にたち交はり、声をもろともにせし老若《歌った人々も》、半《なか》ば古[六]《こ》人《じん》となりぬる懐旧の催しに《ためにと》「柳[七]の糸の乱れ心」と打ち上ぐるより《という歌を巻頭に》、或《ある》は早歌[八]《さうか》、或は僧侶佳句[九]《そうりよかく》を吟ずる廊下の声、田楽[一〇]《でんがく》、近江《あふみ》、大和節《やまとぶし》になり行く数々を《及ぶまでの》、忘れがたみにもと《記念の冊子ともなればと考え》、思ひ出づるに従ひて、閑居《かんきよ》の座右《ざいう》に記《しる》しおく。これを吟じ、移り行くうち《口ずさみつつ過すならば》、うき世のことわざに《生活を送るについても》触るる心のよこしまなければ[一一]《邪念など起るはずはない　そこで》、毛詩[一二]《もうし》三百余篇になずらへ、数を同じくして《という歌の数に合わせ三百余首を集めて》閑吟集《かんぎんしふ》と銘す。

この趣《おもむき》をいささか雙紙《さうし》の端《はし》に、といふ〔編者の〕命《めい》一三に任せ、時しも秋の螢一四に
かたらひて《語りかけつつ》、月をしるべに《月の光のもとで》記すこととしかり《右のとおりである》。

一〇 田楽能、近江猿楽、大和猿楽の謡物《うたいもの》。「田楽並近江歌与二大和歌一別調、為二一格一也」(『蔭涼軒日録《いんりょうけんにちろく》』文正元年閏《うるう》二月十八日)とあるように、それぞれ異なった律調をもっていたらしい。

一一 『論語』(為政)の「子曰、詩三百、一言以蔽レ之、曰、思無レ邪《よこしま》」による。

一二 『詩経』の別名。現存の三百五篇に、篇名のみ伝わる小雅六篇を合わせると三百十一篇で、『閑吟集』の歌数と一致する。参考「物ジテ此毛詩ハ三百十一篇ゾ」(『毛詩抄』一)。

一三 編者の下命により、の意で、ここも真名序と同じく、編者と序文の筆者は別人という立場をみせている。

＊ 仮名序だけを編者のものとみる説もある。「命に任せ」を「編纂《へんさん》の趣旨を編者自身も記しておくように、というさる人(真名序の筆者とみることも出来る)の命《めい》により」と解するわけである。

一四 仮名序冒頭の「雪」と対応させて、書に親しむ「螢雪」の意を利かせているか。

序歌

1 ・小 花の錦《にしき》の下紐《したひも》は
解《と》けて、なかなかよしなや
柳の糸の乱れ心
いつ忘れうぞ、寝乱れ髪《がみ》の面影《おもかげ》

若菜

2 ・小 幾度《いくたび》も摘《つ》め、生田《いくた》の若菜《わかな》

1 あの子の美しい下裳《したも》の紐がとうとう解けて、思いを遂げることが出来たが、なまじそれから心が燃えさかり、やるせない思いをかきたてる。私の心は柳の糸のように乱れ、あああの寝乱れ髪の面影が、何時《いつ》も何時も瞼《まぶた》から消えない。

この『閑吟集』をひもとく意と、錦の下紐が解けて男女の心もうちとける意を併せる。風雅にして艶麗《えんれい》な全巻の序歌である。◇なかなかよしなや　かえって困った結果となった、の意。◇柳の糸　「乱れ」を引き出す序であるとともに、冒頭の「花の錦」に対応する。

2 幾度も幾度も摘めよ生田の若菜を。君もそれにあやかって千代の齢《よわい》を積むように。

初春の若菜摘みを歌ったためでたい歌。狂言『若菜』で若菜を摘む女たちによって合唱されるほか、隆達節草《りゅうたつぶしそう》歌《か》（春）にも伝わる。◇生田　神戸市三宮《さんのみや》付近。若菜の名所であった。「幾度」と頭韻。◇若菜　正月最初の子《ね》の日にこれを食べると万病が除かれるとされた。

3　沢には根芹、峰に虎杖《いたどり》、そして独活《うど》も。みんな神への捧げ物。

新春に摘む草木の類を列挙し、小品ながら物づくしの形をとる。『梁塵秘抄《りようじんひしよう》』(四三五)の「聖《ひじり》の好むもの……根芹・根蓴菜《ねぬなは》・牛蒡《ごんばう》・河骨《かはほね》・独活・蕨《わらび》・土筆《つくづくし》」を連想させるが、「飛《ひ》驒《だの》国益田郡森八幡宮踊歌」の「田の神の、精進《さうじ》の肴《さかな》は沢にあり、さうよの、沢にあり、沢には根芹、田にはたたらひ(田芥子《たがらし》のこと)」といった例からすれば、これも神への捧げ物を歌ったものとみることが出来よう。別に菜《な》(汝)、根(寝)、そして隠れ等に込められた、裏の意味をも考える必要がありそうだ。これも狂言『若菜』で歌われる。

◇鹿の立ち隠れ　独活の別名。茎を食用にする。

4　一雨ごとに木の芽も張るという春雨は降るのだが、まだ解けやらぬこの野辺の雪、その下に隠れる若菜はあと何日たったら摘めるだろう。――と思っていたらさすがに立春とて、吉野の山に霞がかかり、雪も何時《いつ》しか消えて、そのあとに黒々とした道が現れたことだよ。

早春の吉野路を歌う。謡曲『二人静《ふたりしずか》』の一節。「春日《かすが》野《の》の飛火《とぶひ》の野守《のもり》出でて見よ今幾日《いくか》ありて若菜摘みてむ」(『古今集』春上)、「春立つといふばかりにや三吉野の山も霞みて今朝《けさ》は見ゆらむ」(『拾遺集』春)など、謡曲の常として和歌を多くふまえている。『二人静』は正月七日の出来事を扱った作品であり、それもこの歌をここに配列した理由の一つであろう。

君も千代《ちよ》を積むべし

3
•(小)菜を摘まば
沢に根芹《ねぜり》や
峰に虎杖《いたどり》
鹿《しか》の立ち隠《がく》れ

4
•大　木《こ》の芽《め》春雨《はるさめ》降《ふ》るとても
木の芽春雨降るとても
なほ消え難《がた》きこの野辺《のべ》の
雪の下なる若菜をば
今幾日《いくか》ありて摘ままし

野辺

春立つと、言ふばかりにや三《み》吉野《よしの》の
山も霞《かす》みて白雪《しらゆき》の
消えし跡《あと》こそ道となれ
消えし跡こそ道となれ

松

5 •小 霞《かすみ》分けつつ小松引けば
鶯《うぐひす》も野辺《のべ》に聞く初音《はつね》

6 •小 めでたやな松の下
千代《ちよ》も引く、千代ちよちよと

野辺

5 春霞の中で初子の小松を引いていると、囃《はや》したてるように野辺に鶯の初音が聞えて来る。

「梅に鶯」ならぬ「松に鶯」であるが、正月初子《はつね》の日の松引きの行事と鶯の初音の取り合せは和歌の世界にも例は多い。「子の日しに霞たなびく野辺に出でて初鶯の声を聞くかな」(『山家集』上)等。ただこの歌の場合は、貴族社会の行事を歌ったというだけでなく、民間における正月行事である初山入りの若木迎えや、鶯を豊作を告げる鳥として喜んだことと関係づけてよさそうである。

◇小松引けば　正月最初の子の日、小松を引き若菜を摘んで遊宴した宮廷行事。◇鶯も　諸本「うぐひすゝ」。「ゝ」は「も」の誤りとみて改める。

6 めでたい松の下で松にあやかり寿命を千代八千代と引き延ばすよう、願い言《ごと》を述べようよ。

松は神霊が天降《あまくだ》る神木と考えられていた。奈良春日《かすが》大社一の鳥居の松の下の神事などその現れである。この歌もそうした信仰と関係があろう。隆達節草歌(春)や『甫庵太閤記《ほあんたいこうき》』(十六)には「目出たや松の下、千代も幾千代、ちよちよと」とあり、「幾(生く)千代」とも歌われた。三条西実隆判の狂歌合『玉吟抄』(二左)の「鶯も初子めでたや姫小松千代も幾千代歌へ春の野」は、判詞に「小歌の言葉にて詠ぜるかや」とありこの五・六をふまえているかと思われる。

◇千代ちよちよ　この繰り返しには、松の下に投げかける呪言《じゅごん》の名残りのようなものが感じられる。

7 茂れ松山よ、茂る以上は木陰を作るほどに鬱蒼《うつそう》と生い茂れよ。

松の栄えを念ずる歌。「茂る」は近世廓《くるわ》用語で情交の意があり、この歌も恋歌に解する説もあるが、五〜七の配列からみると編者はやはり賀歌とみていたようである。尤《もつと》も、情交から繁殖→繁栄→祝福という連想は容易に考えられるので、強いてこの歌をどちらかに限定する必要はないであろう。『宗安』六二参照。

8 何者の袖に触れてここまで吹き漂って来たのか、この梅の匂いが胸にしみる。香りの主は誰か、昔を知る春に尋ねたい。それを見ていた月にも逢って聞きたい。

自分から去って行った愛人を偲《しの》ぶか。「梅の花誰《た》が袖触れし匂ひぞと春や昔の月に問はばや」(『新古今集』春上) 等による。末尾の「なう」でそれまでの和歌的世界ががらりと俗語的世界に砕けている。

9 寝転んで詩を吟じつつ月下の梅を賞美するがよい。成仏して天国に生れたところで、結局はすべて帰するところ「無」でないか。

現世の快楽と虚無思想が表裏をなしているが、重点は前者にある。もとは五山詩であろう。

◇只吟可臥… 「梅ぞ咲く月の桂《かつら》も匂ふらん／夜な夜な寝ばや花の咲くかげ」(『竹林抄』春) に通じる境地。◇成仏生天… 五山詩にも「成レ仏生レ天皆是夢」(『冷泉集《れいせんしゆう》』)、「生レ天成レ仏閣思《ワンサ》君《クレ》」(『滑稽詩文』) 等、類例は多い。

7 ・小

茂れ松山
茂らうには
木陰《こかげ》に茂れ松山

梅

8 ・小

誰《た》が袖触《そでふ》れし梅が香《か》ぞ
春に問《と》はばや
物言ふ月に逢《あ》ひたやなう　月

9 ・吟

只吟可臥梅花月　月
成仏生天惣是虚　虚
ただ吟じて臥《ふ》すべし梅花《ばいくわ》の月

仏《ほとけ》となり天に生《しやう》ずれど、すべて是《こ》れ虚《きよ》

10
小
梅花《ばいくわ》は雨に
柳絮《りうじよ》は風に
世はただ虚《うそ》に、揉《も》まるる
老のくりごと

虚

11
大
老《おい》をな隔《へだ》てそ垣穂《かきほ》の梅
さてこそ花の情《なさけ》知れ
花に三春の約《やく》あり
人に一夜《ひとよ》を馴《な》れそめて
後《のち》いかならん、うちつけに

梅　花

10　梅花は雨に、柳の実は風に翻弄《ほんろう》されているが、この世はまた「虚」というむなしいものにもみくちゃにされているよ。

一九と同じく揉まれる物づくしの歌。杜甫《とほ》作「顚狂《てんきやう》ノ柳絮随ㇾ風舞、軽薄ノ桃花逐《おイテ》ㇾ水ヲ流」(「絶句漫興」九首の中)を換骨奪胎し、巧みに人生の処し方を歌ったものか。これも五山詩に類例が多い。◇柳絮　「絮」は古綿。柳の実が熟して綿のように風に乱れ飛ぶさまを指す。参考「柳絮ハ楊花也。ジヤレタルモノニテ、物ニ狂フ人ノヤウニ飄蕩《ヘウタウ》シテ舞フゾ」(『中華若木詩抄』下、漫興)。◇虚　諸本「うそ」と仮名書き。嘘の字を宛て、偽言、あるいはジョークという意にも解し得るが、九との関係からしてもっと大きな空虚なものに人間が弄《もてあそ》ばれている意とみた。

11　老人だからとて嫌ってくれるな、垣根の梅にもたとえられる美しい君よ。花は分け隔てをしないもの、その心を知っておくれ。「花に三春の約」というように春が来れば約束どおり花は咲く。ところが人は一夜睦《むつ》み合ったところで、あとはどうなることかと思った途端、心も冷めて虚脱状態。馴染《なじ》むどころか恋しさだけがつのる、何《なん》とも口惜しい次第だ。

宮増《みやます》作と伝える謡曲『鞍馬《くらま》天狗《てんぐ》』の一節。大天狗が少年牛若に対して心情を述べる件りであるが、独立させて読めば老いらくの恋歌として味わうことが出来る。◇垣穂の梅　「垣穂」は隔てるの縁語。「垣尾《カキヲ》」(『運歩色葉集』)と発音する。「梅」はここでは美少年のたとえ。◇三春　春三カ月。◇楢柴の　「心虚になる」を掛け、また序として次の「馴れ」を導く。

12　誰が問うたというわけでもないのに、役にも立たない問わず語りをしてしまって——。二に続けると語り終ったあとの感想、三に続けると「よしなの問わず語りなんだが」という前置きになる。いずれにしても自嘲《じちょう》めいた口吻《こうふん》が感じられよう。◇それを誰が問へば　この言い方は『毛吹草《けふきぐさ》』（一）に小歌の歌詞を詠み込んだ例として「深山《みやま》ではそれ誰《た》が問へば時鳥《ほととぎす》」、また初期歌舞伎踊歌『萬葉歌集』（松風）に「のふそれを誰《た》が問へば、なき人の形見よ…のふそれを誰が問へば、ひとり寝《ぬ》る夜の長枕よ…よしなき人の長物語りや」とあり、歌謡の場での慣用句となっていたらしい。

13　年々歳々人は老い、消えて行くのが世の中だが、その中にあって色も香も変らないのは我が家の桜。その桜と違って誰にもてはやされるというわけでもないのに、くるくる廻る小車同様、この世を過して来た私。空に残る有明の月ではないが、こうなると燃え尽きないのがかえって恨めしい。だがままよ、所詮《しょせん》は春の夜の夢、うき世は夢と割り切ることにしようか。

出典不明の謡曲。老いてなおこの世から逃れられぬ、どうしようもない思いを歌っている。◇めぐり　「小車」「輪」「うき世」と縁語。◇我　小車の「輪」を掛ける。◇有明の　世にある意を掛ける。

心虚《そら》に楢柴《ならしば》の
馴れは増《ま》さらで
恋の増さらん、悔《く》やしさよ

12
・小
それを誰《た》が問《と》へばなう
よしなの問はず語りや

13
・大
年々《としどし》に、人こそ古《ふ》りてなき世なれ
色も香も、変《かは》らぬ宿の花盛《はなざか》り
変らぬ宿の花盛り
誰《たれ》見はやさんとばかりに
またぐり来て小車《をぐるま》の

虚　花

14　吉野川の花筏が浮いて漕がれているように、私も恋に浮かれ焦がれていることよ。

前半ではなやかな吉野川の情景、後半で焦がれる思いを歌う。その対照が面白い。「吉野の川の花筏、いとしき君の御身《おんみ》をば、乗せてこがるるささ舟と」（古浄《こじよう》瑠璃《るり》『吉野の内裡《だいり》』四）はこれを継承したものか。◇花筏　『誹諧御《はいかいご》傘《さん》』に「花の散りかかりたる筏なり」とある。

15　あの女《こ》は遠い葛城山の高嶺《たかね》の花のようなもの、あれあれとはるかに思いを寄せるばかり。

「よそにのみ見てややみなむ葛城や高間《たかま》の山の峰の白雲」（『新古今集』恋一）をふまえる。狂言『鳴子《なるこ》』で歌われ、隆達節小歌にも「君は高間の峰の白雲、よそにのみ見てやみなん」、また近世に入ると「花は折りたし梢《こずゑ》は高し、眺め暮らすや木《こ》のもとに」（『山家鳥虫歌』淡路）といった形で継承された。◇葛城山　奈良県と大阪府の境の連山、古くは「葛城《カヅラキ》」（『易林本節用集』）と発音した。◇念　思い詰めた心の意。

16　矢差しの花靱を背負うた優しいお姿を慕っていたが、実際に逢うてみると川獺にも似たいやらしい人、花靱ならぬ嘘の皮靱の君でした。

弓矢に関する用語を巧みに用いる。実感とすると随分手きびしいが、単に男をからかったに過ぎないのであろう。『言継卿記《ときつぐきようき》』（天文元年三月七日）に「梓弓春《あづさゆみ》の花見の酒迎《さかむかへ》やさしやうその皮うつぼ哉《かな》」という和歌が

我とうき世に有明《ありあけ》の
尽きぬや恨《うら》みなるらん
よしそれとても春の夜の
夢の中《うち》なる夢なれや
　夢の中なる夢なれや

花

14　・小　吉野《よしの》川《がは》の花筏《はないかだ》
浮かれて漕《こ》がれ候《そろ》よの、〳〵

15　・小　葛城《かづらき》山に咲く花候《ぞろ》よ
あれをよと、よそに思うた念《ねん》ばかり

16 ・小
人の姿は花靫《はなうつぼ》
優《やさ》しさうで、逢《あ》うたりや嘘《うそ》の皮靫

嘘

17 ・小
人は嘘にて暮らす世に
何《なん》ぞよ燕子《えんし》が実相を談じ顔《がほ》なる

嘘

18 ・小
花の都の経緯《たてぬき》に
知らぬ道をも問《と》へば迷《まよ》はず
恋路、など
通《かよ》ひ馴《な》れても迷ふらん

花の都

見える。◇花靫　「靫」は矢を入れて持ち歩く道具。それに花を折り添えたのである。なお「花靫」と「優し」は当時の取り合せであったらしい。参考「やさしく見ゆる花靫」（幸若『夜討曾我』）「花靫をさもやさしく負ひなし」（御伽草子《おとぎざうし》『草木太平記』上）。◇嘘の皮　まっ赤《か》な嘘。大嘘。獺《うそ》（川獺）の意を掛け、「皮靫」に続けた。

17　人間はこの世を面白おかしく過そうとしているのに、どうして燕《つばめ》の奴は高い所で世の実相を論じるみたいな顔で囀《さえず》っているのだ。さしずめ高踏派《こうとうは》というところだな。

人と燕、地上と高所、嘘と実を対照させ、表現も前半は小歌調、後半は漢詩調である。「燕子梁間《りやうかん》ニ談二実相一」（『南院国師語録』下、春日遊二帰雲菴一）等によったか。◇嘘　偽言ではなく、たのしいジョークというほどの意であろう。

18　花の都には縦横無数の道がある。だが初めての道でも、現実の道は尋ね尋ね行けば迷うことはない。ところが恋の道となると、通い馴れているつもりなのに、なぜこう何時《いつ》も迷ってしまうのだろうか。

狂言『金岡』では恋に狂う絵師金岡が歌う。恋を織糸や迷路にたとえる例は古来多い。「恋路には迷ひ入らじと思ひしを憂き契《ちぎり》にも引かれぬるかな」（『建礼門院右京大夫集』）等。『宗安』八参照。◇経緯《たてぬき》　京の東西南北の道を、機《はた》の縦糸横糸にたとえる。

19　面白の花の都よ、その面白さは筆では書き尽くせないほどだ。東の名所には祇園、清水、音もすさまじい音羽の滝のしぶきに境内の地主権現《ごんげん》の桜も散ってしまうよ。西の名所は法輪寺に嵯峨の釈迦《しやか》堂、そこから川辺へ廻ると大堰《おおい》川の井堰で廻る水車がある。岸の柳は水に揉まれ、ふくら雀は風に揉まれ、都の牛は車に揉まれ、野辺の薄は風に揉まれ、茶臼は挽《ひ》き木《ぎ》に揉まれて廻る。おっと忘れていた、この小切子は、俺様《おれさま》の掌で揉まれてくるくる廻る。この小切子の二本の竹の節々《よよ》と同音の世々を重ねてめでたく御代は治まった、めでたく放下の芸も納めた。

当時の旅芸人、放下師《ほうかし》の歌った歌。前半は京名所づくしであるが、室町時代には京も広域化し、都びとの行動範囲も西は嵯峨・嵐山《あらしやま》まで広がっていたことがわかる。後半は揉まれる物づくしし、放下師の楽器小切子が、その手先で揉まれつつ音をたてることからの発想であろう。謡曲『放下僧』、女歌舞伎踊歌「万事」等にも取り入れられ、近世以降も芸能歌謡や民謡として広く伝承された。

◇水車の　謡曲や女歌舞伎踊歌では「水車の輪の」。◇いせむ堰の　誤写か。謡曲では「井堰《ゐせき》井堰の」または「臨川《りせん》堰の」。◇川柳　川辺に生える猫柳のこと。◇茶臼　諸本「茶壺《ちやうす》」とあるが、謡本によって改める。◇げにまこと忘れたりとよ　ここで放下師が手に持つ小切子に気づくしぐさなどするのであろうか。◇世々を重ねて…　このように祝言の意を表して終るのが、

19

● 放

面白《おもしろ》の花の都や
筆で書くとも及ばじ
東には、祇園《ぎをん》、清水《きよみづ》
落ち来る滝の、音羽《おとは》の嵐《あらし》に
地主《ぢしゆ》の桜はちりぢり
西は法輪《ほふりん》、嵯峨《さが》の御寺《おんてら》
廻《まは》らば廻れ、水車《みづぐるま》の
いせむ堰《せき》の川波
川柳《かはやなぎ》は水に揉《も》まるる
ふくら雀《すずめ》は竹に揉まるる
都の牛は車に揉まるる
野辺《のべ》の薄《すすき》は風に揉まるる

芸能歌謡の常である。二六の放下歌も同様。

20　花見の御幸として名高いのは、保安五年の春二月、法勝寺への御出《おんいで》まし。
足利義政の代に、二人の少年がこの早歌を歌って宴席の興を添えたと『応仁略記』に見える。『宴曲集』一「花」の一節を小歌化したもの。保安五年（一一二四）閏《うるう》二月十二日、白河・鳥羽両院の法勝寺への花見御幸の時のこと。この日のことは『今鏡』（二、白河の花の宴）に詳しい。

21　私も携えて来た尺八を袖の下から取り出して、しばし吹いて時を待つとしよう。折から松を吹く風が花を夢うつつの中に散らしている。それにしても何時《いつ》までこの尺八を吹けば心が慰むのか。
曲名のみ伝わる田楽能『尺八の能』の一節か。狂言『楽阿弥《らくあみ》』にも「我も持ちたる尺八を、懐《ふところ》よりも取り出《いだ》し、この尺八を吹きしむる」という、これと似た詞章がある。松（待つ）とか夢とかいった語があるところからみると、『尺八の能』も『楽阿弥』同様、夢の中に主人公の登場する、いわゆる夢幻能形式であったかと想像される。

茶臼《ちやうす》は挽木《ひきぎ》に揉まるる
げにまこと忘れたりとよ
小切子《こきりこ》は放下《はうか》に揉まるる
小切子の二つの竹の
世々《よよ》を重ねて、うち治めたる御代《みよ》かな

20
・早
花見の御幸《ごかう》と聞えしは
保安《ほうあん》第五の如月《きさらぎ》

21
・田
我らも持ちたる尺八を
袖《そで》の下より取り出《い》だし
暫《しば》しは吹いて松の風

花をや夢と誘《さそ》ふらん
いつまでかこの尺八
吹いて心を慰めん

22
・大
吹くや心にかかるは
花の辺《あた》りの山颪《やまおろし》
更《ふ》くる間《ま》を惜《を》しむや
稀《まれ》に逢《あ》ふ夜なるらん
この、稀に逢ふ夜なるらん

23
・小
春風細軟《さいなん》なり、西施《せいし》の美

吹いて

吹く

西施

22 風が吹くにつけても気にかかるのは、桜を散らす山おろしの風だが、それ以上に気になるのが、更け行く夜の一刻一刻。たまの逢う瀬の夜だからでしょうよね。

世阿《ぜあ》弥《み》作の謡曲『鵜羽《うのは》』(廃曲)の一節。豊玉姫の亡霊が日向《ひゅうが》(宮崎県)の鵜戸《うど》の岩屋の由来などについて語る部分であるが、独立させると稀《まれ》にしか逢えない恋人たちが過ぎ行く一時《いっとき》を惜しむ恋愛歌謡となる。◇吹くや　鵜の羽で屋根を葺くという故事にも関連がある。◇この　囃子詞《はやしことば》であろう。宴曲の詞章にも例が多い。参考「茶筌《ちゃせん》召せと囃さん、コノ、茶筌召せと囃さん」(大蔵流狂言『福部《ふくべ》の神《しん》』勤入《つとめいり》)。

23 春風のやわらかな肌ざわり、これが西施の美しさ。

三の「吹く」を受けて「春風」と続けた。中国の美女西施を春風にたとえる。肩書は小歌とあるが、本来は吟詩の一句であろう。◇細軟　細やかでやわらかいこと。「細軟青糸履」(杜甫作「大雲寺賛公房《さんこうノばう》」四首の中)や「淡月朦朧《もうろう》西子廊、春風細軟賛公房」(『蔭涼軒日録《いんりょうけんにちろく》』延徳四年正月四日等)など、この語が「セイシ」と結びついた用例から西施と重ね合せたものか。◇西施　中国の春秋時代、越王勾践《こうせん》が呉王夫差《ふさ》に贈った美女。

24　さすがの呉の国の百万の精兵も、西施の微笑という刃のひらめきには及ぶべくもなかったよ。
呉王夫差が西施の色に迷って越王勾践に敗れたことをいう。
◇百万鉄金甲　装備を固めた多数の軍勢。◇咲裡刀「咲」は「笑」に同じ。美女の笑《え》みの中に刀以上の力が秘められていたこと。参考「笑中の剣はさらでだにも怖るべきものぞかし」(『十訓抄』四、小序)。

25　散らないでほしいのは桜の花、散ってほしいのは口先だけの甘い言葉と浮気心。
西施を歌った二首を挟《はさ》んで、ここからまた花の歌に戻る。隆達節小歌に「千歳《ちとせ》ふるとも散らざる花と、心の変らぬ人もがな」という形で受けつがれている。
◇口　口先だけの言葉。あるいは人の噂《うわさ》、浮名とみることも出来る。いずれにしても霧散し消えてほしい言葉。◇花心　移り易い心。「口」の連想から「鼻」を掛けているか。

26　上の林に鳥が巣くって、それが飛んで来て花を散らすのか。さあそれでは鳴子を掛けて鳥を追おうよ。
狂言『鳴子』で鳥追歌として歌われる。散る花と鳥追いの組み合せは「これの御門《ごもん》の桜の花に、鳥が棲むやら花が散る、いざやお若衆《わかしゅ》鳴子を掛けて、花の鳥追はヒーヤイハーイ」(静岡県民謡「駿河《するが》徳山盆踊歌」花の踊)をはじめ、民謡にも数多い。◇棲むやらう「らう」は「らん」の口語化した形。

24
・吟
呉軍百万鉄金甲
不敵西施咲裡刀
呉軍百万の鉄金《てつきん》の甲《よろひ》も
敵せず西施咲裡《せうり》の刀に

西施

25
・小
散らであれかし桜花《さくらばな》
散れかし口と花心《はなごころ》

散れ

26
・小
上《うへ》の林に、鳥が棲《す》むやらう、花が散り候《そろ》
いざさらば
鳴子《なるこ》を掛けて、花の鳥追はう

散り

27 小・地主《ぢしゅ》の桜は散るか散らぬか、見たか水汲み
散るやら散らぬやら、嵐《あらし》こそ知れ

散る

28 大・神ぞ知るらん、春日野《かすがの》の
奈良《なら》の都に年を経《へ》て
盛りふけ行く八重桜《やへざくら》
盛りふけ行く八重桜
散ればぞ誘《さそ》ふ、誘へばぞ
散るはほどなく露《つゆ》の身の
風を待つ間《ま》のほどばかり
憂《う》きこと繁くなくもがな
憂きこと繁くなくもがな

散る

27　「清水寺《きよみずでら》の地主権現の桜はもう散ったかまだ散らないか、どうなんだね水汲みさんよ」「散ってるやら散ってないやら私が知るものか、音羽の山おろしに聞いてみな」。

桜の状態を水汲み女に尋ね、女が答える問答仕立ての歌。花によそえて女に主《ぬし》の有無を尋ねたともみられる。チとミの頭韻が快い。狂言『お茶の水』（別名『水汲』）で歌われるほか、女歌舞伎踊歌「謎《なぞ》の踊」など近世においても広く流行した。

28　春日野の奈良の都で長年咲き続け、もはや盛りも過ぎた八重桜。花が散るから風が吹く。風が吹くから花が散る。散るは一瞬。それと同様老残の身のこの私も風を待つ間の露の命、そのわずかな余生にせめて悲しみだけはふりかからないでほしいものだ。

謡曲『春日神子《かすがみこ》』（廃曲）の一節。奈良の春日野に病む老いた巫女の述懐。古都の老桜に老いた我が身をなぞらえたもの。◇神ぞ知るらん　謡曲では「齢《よはひ》かたぶく月影の、西へと急ぐ心をば、神ぞ知るらん春日野の」と続く。◇散ればぞ誘ふ…　吹く風に花の散る形容。「花も憂し嵐もつらしもろともに散ればぞ誘ふ誘へばぞ散る」（『雲玉和歌集』乾《けん》）による。謡曲『桜川』にも同じような表現がある。◇風を待つ間の…　「ありはてぬ命待つ間のほどばかり憂きこと繁く思はずもがな」（『古今集』雑下）による。

29　西楼に月は沈んでしまった。花の咲く短い間ほども添いとげられなかった私たち夫婦の間柄。この残り火がじりじり焦がれているように一人残って思い焦がれているこの姿が恥ずかしい。

謡曲『籠太鼓《ろうだいこ》』の一節。脱獄した夫の身代りに入牢《じゅろう》した妻が、牢内で夫婦の契りの薄かったことを嘆く部分。
◇西楼に月落ちて…「西楼月落花間曲、中殿燈残竹裏音」（『和漢朗詠集』上、鶯）による。

30　卯《う》の花襲《はながさね》が月光に映えて忍び逢いが露顕してしまったよ。ああ卯の花や、憂いことや。

密会がばれたということだが、別段あわてる様子でもないところが面白い。五七参照。
◇花ゆゑゆゑに　花のように輝く容姿のために見つかったとも、卯の花に月光が反射し明るく見えたためとも、露顕の原因はいろいろに考えられる。

31　お茶の水を汲んで帰るのが遅くなりますから、まずここを放して下さい。「また来るか」ですって。何《なん》ともじれったい新発意《しんぼち》さんよ、わかっているでしょうに。

昔は水汲みは専ら女の仕事であり、そこから水辺は恋を囁《ささや》く場所ともなっていた。そうした事実を背景にした小歌。狂言『お茶の水』（『水汲』）では新発意（若い僧）に言い寄られた女が歌う。『宗長手記』（大永三年条）に「なんぼうこされた花にたはぶれ／お茶の水梅が

29
・大
西楼《せいろう》に月落ちて
花の間《あひだ》も添《そ》ひ果《は》てぬ
契《ちぎ》りぞ薄《うす》き燈火《ともしび》の
残りて焦《こ》がるる
影恥《は》づかしき我が身かな

30
・小
花ゆゑゆゑに、顕《あらは》れたよなう
あら卯《う》の花や、卯の花や

茶

31
・小
お茶の水が遅くなり候《そろ》

枝こそに汲みよせて」、『実隆《さねたか》公記』紙背文書「絵詞草案」(文明七年七・八月)にも「□やの水かおそくなり候まつはなさしめ」とあり、女歌舞伎踊歌「団扇《うちわ》踊」にも見えるなど、この小歌の普及ぶりがうかがえる。◇お茶の水　茶を点《た》てるための水。中世、喫茶の風習がさかんになったことの反映である。◇こじれたい　じれったい。これで女の心が実は既に新発意に靡《なび》いていることがわかる。狂言では「こじ(し)やれた」(ふざけた・こましゃくれた)と歌う。

32　新茶の若芽を摘んだり挽いたり篩ったりするように、あの人の手を抓ったり袖を引いたり振られたり。こんなにじゃれ合えるのが若いうちの花だよね。

製茶の労働に寄せた恋愛賛歌。生活に密着した快いエロティシズムが漂う。「茶園茶の木があらばこそ、人の手を摘むお手を摘む」(『芸備《げいび》風流踊り歌集』福山市民謡「ひんよう踊」茶園踊)、「いかに早乙女《さをとめ》、早苗取るとて手を取るぞをかしき」「取つたらば大事か、若い時の習ひよ」(狂言『御田』)などに通じる。◇摘みつ　「抓《つ》む」(抓《つね》る・摘《つま》む)のほかに「齧《つ》む」(嚙《か》む・かじる)の掛詞《かけことば》とみることも出来る。

33　若いあの子は新茶の茶壺、入れてしまったあとは、新茶やら古茶やらこちゃ知らぬ。

前歌より一段進展した男女関係。「一夜《ひとよ》馴《な》れ馴れこの子が出来て、新茶茶壺でこちゃ知らぬシヨンガエ」(『山家鳥虫歌』周防《すおう》)は更にその次の段階である。

まづ放《はな》さいなう
また来《こ》うかと問《と》はれたよなう
なんぼこじれたい、新発意《しんぼち》心《ごころ》ぢや

32
・小　新茶の若立ち
摘《つ》みつ摘まれつ
挽《ひ》いつ振《ふ》られつ
それこそ若い時の花かよなう

33
・小　新茶の茶壺《ちゃつぼ》よなう
入れての後《のち》は
こちや知らぬ、こちや知らぬ

◇新茶の茶壺　若い女をいう。参考「これは私が女房…まだ新茶茶壺でゆふべ口切りを致しました」(近松作『傾城《けいせい》江戸桜』中)。◇入れて　情を交わすこと。◇こちゃ　関係を結んだ以上は、新茶も古茶となって。あるいは、この機会に捨てた元の愛人のこととみることも出来る。

34　あの人が遠く旅に出たあと、その面影とだけ添い寝して、毎夜淋しい独り寝の床。忍び音に泣く涙は袖に流れる。再び逢えるのは何時《いつ》何処《どこ》のことか。

佐阿弥《さあみ》作と伝える謡曲『安字《あんのじ》』(別名『字売《じうり》』、廃曲)の一節。旅に出た夫を待つ女が孤閨《こけい》を嘆く歌。前歌の「古茶」を元の愛人のことと取ると、ここはその捨てられた女の歌と見立てて配列したと考えることも出来る。
◇涙の波　「川水」「逢ふ瀬」の縁語。参考「物思へば袖に流るる涙川いかなる水脈《みを》に逢ふ瀬ありなむ」(『山家集』上)。◇流るる　底本「流る」。謡本によって改める。

35　面影だけをあとに残して東国へ下ったあのお方。その名は——しら、知らないよ、言うまいよ。

在原業平《ありわらのなりひら》、藤原実方《さねかた》、二位中将(『文正草子《ぶんしょうぞうし》』)、牛若(『浄瑠璃《じょうるり》物語』)などの「東下《あずまくだ》りの殿」に対する憧《あこが》れが中世にはあったらしい。「数奇《すき》の衆あづまの旅に赴きて」(『犬つくば集』雑)、「俤《おもかげ》は身をも離れずなれな

面影ばかり

34
・大
離《か》れ離《が》れの、契《ちぎ》りの末は徒夢《あだゆめ》の
契りの末は徒夢の
面影《おもかげ》ばかり添《そ》ひ寝して
辺《あた》り淋《さび》しき床の上
涙の波は音もせず
袖《そで》に流るる川水の
逢《あ》ふ瀬《せ》は何処《いづく》なるらん
　逢ふ瀬は何処なるらん

35
・小
面影ばかり残して

東《あづま》の方《かた》へ下りし
人の名は
しら、じらと言ふまじ

36 ・小
さて何とせうぞ
一目《ひとめ》見し面影《おもかげ》が
身を離れぬ

身

37 ・小
いたづらものや、面影は
身に添《そ》ひながら独《ひと》り寝《ね》

身

38 ・小
味気《あぢき》ない其方《そち》や

れて別るる方も白河の関」（『歌林樸樕《かりんぼくそく》』十四、面影）等に通じるものがある。

◇しら、じらと　「知らせてやろうか」と言いかけて、「いや、しらじらとは（明白には）言わないよ」と相手をはぐらかしたのである。別に「しらじらし」（しらばっくれる）の意も併せるか。

36　さてどうしたものか。ほんに一目見ただけなのにあの子の面影が我が身にとりついて——。

一目見ての恋。「忘ればや憂きに幾たび思へどもなほ面影の身をも離れぬ」（『いはでしのぶ』）や「手枕《たまくら》近き明暮《あけくれ》、思へばはかなや身を去らぬ、面影ばかりの忘れがたみ」（『宴曲集』三、袖餘波《そでのなごり》）と比較すれば、一見舌足らず風のこの歌のもつ迫力が感じ取れよう。類歌に「夢に見えつうつつに馴《な》れつ、あ笑止と去らぬ面影や」（隆達節小歌）がある。

37　面影というのは困った奴だよ。しょっちゅう私に寄り添っているくせに、夜はやはり独り寝なんだから。

忘れえぬ恋人の面影を胸に抱きつつ、現実には空しく独り寝を続ける身を嘆く。傀儡《くぐつ》が歌ったという「世の中は憂き身に添へる影なれや思ひ捨つれど離れざりけり」（『無名抄《むみようしよう》』等）を思わせるが、それよりもこれを逆手にとった「独りお寝るか独りお寝《よ》るか、いや二人寝《ぬ》るもの影ともに」（隆達節小歌）と比べたほうが面白かろう。

◇いたづらもの　役に立たないものの意だが、ここは自嘲《じちょう》を含んだユーモアを感じさせる使い方である。

38 味もそっけもないお前。とげとげの枳殻《からたち》に鳳凰《ほうおう》や鸞《らん》鳥のような立派な鳥が寄りつくとでも考えているのか。

靡《なび》いてくれぬ女に漢詩調で毒づいた異色の歌謡。もし自分を受け入れてくれたなら、決して女を枳殻にたとえなどはしなかったろうに。

◇枳棘に鳳鸞棲まばこそ 『後漢書』列伝六十六「仇香」の「枳棘非二鸞鳳所一レ栖《すむ》」による。五山詩文に広く用いられた成句。「鳳」「鸞」はどちらも中国における想像上の瑞《ずい》鳥。

39 春雨に濡れた梨の花を思わせる楊貴妃《ようきひ》の姿は、太液池の蓮《はす》の紅、未央《びおう》宮の柳の緑の美しさも到底及ばない。まこと粧いを凝らした後宮の美女たちすら、色を失ったというのも尤《もっと》もだ。

金春禅竹《こんぱるぜんちく》作とされる謡曲『楊貴妃』の一節。貴妃の美しさを歌う。白楽天の「長恨歌《ちょうごんか》」によるところが多い。中国に取材したということで前歌に続く。

◇梨花一枝 楊貴妃の憂いに沈む姿の形容。◇太液の芙蓉 漢の武帝の造った名池に咲く蓮の花。◇未央の柳 漢の高祖が造営した宮殿に植えた柳。諸本「びやう」と振り仮名。謡曲でもビヨオと発音している。

◇粉黛 おしろいと眉墨《まゆずみ》。美人のこと。

40 かの王昭君の眉墨は柳の緑そのままに映えていたのだが、今は人生の春も暮れ、容色も衰えたことだろうと思いやって、思い乱れる折々に、北の胡《こ》

枳棘《ききよく》に鳳鸞棲《ほうらんす》まばこそ

柳

39
・大 梨《り》花一枝《くわいつし》、雨を帯びたる粧《よそほ》ひの
雨を帯びたる粧ひの
太液《たいえき》の芙蓉《ふよう》の紅《くれなゐ》、未央《びやう》の柳の緑も
これにはいかで優《まさ》るべき
げにや六宮《りくきう》の粉黛《ふんたい》の
顔色《がんしよく》のなきも理《ことわり》や
顔色のなきも理や

40
・大 かの昭君《せうくん》の黛《まゆずみ》は

国《こく》の方から吹く風に形見の柳が散りかかる。憂《うれ》いを払うためにこの柳のもとに立ち寄って木陰の塵を掃くとしようか。

金春の古作とされる謡曲『昭君』の一節。王昭君の老父が遙《はる》かに娘の身を思いやりつつ、箒《ほうき》を手にして歌う。「眉」から「柳」、「暮る」（繰《く》る）から「糸」「乱れ」、「風」から「立つ」と数珠《じゅず》つなぎに連想が働いている。
◇黛　眉を描く墨。またそれで描いた眉。◇春や暮るらん　昭君が憂愁のうちに青春の盛りを過ぎた意を込める。◇糸柳　しだれ柳。昭君が胡国に去る時形見として植えたもの。

41　病の床に臥《ふ》して弱り乱れる我が心は、まるで青柳が風に吹かれるように心細い限り。夕暮れの空はかき曇り、あっという間に軒の草に雨が激しく降り注ぐ。時刻も傾き命も傾く、それを思えば不安一杯のこの夕べ。
謡曲『稲荷《いなり》』（廃曲）の一節。和泉式部《いずみしきぶ》を慕った賤《しず》の男の霊にとり憑《つ》かれて苦しむ娘小式部の述懐。なおこの和泉式部の説話は『袋草紙』上、『古今著聞集』五、『伝頓阿《とんあ》作古今序注』等に見える。
◇弱きにも　謡曲では「弱き心にも」とある。◇風　風邪の意も掛ける。◇傾く影　「影」は人生の象徴か。次第に周囲が暗くなる中に、男にとり憑かれて病床に臥す小式部の心細さを表す。

42　柳の木陰で待っていておくれ。人に見咎《とが》められたら、楊枝にする木を切っているところだとご

翠《みどり》の色に匂《にほ》ひしも
春や暮るらん糸柳《いとやなぎ》の
思ひ乱るる折《をり》ごとに
風もろともに立ち寄《よ》りて
木《こ》陰《かげ》の塵《ちり》を払はん
　木陰の塵を払はん

風

41
大
・げにや弱きにも
乱るるものは青柳《あをやぎ》の
糸吹く風の心地《ここち》して
糸吹く風の心地して
夕暮れの空曇り

風

まかしなさい。

恋人に逢引きの場所を示し、人に咎められた時の弁解まで教えている。謎《なぞ》歌めいたところが喜ばれたのか、「我を忍ばばAでお待ちやれ、もし人問はばBとお答やれ」の形式で、民謡として全国各地に伝播《でんぱ》した。「樹下美人図」の姿態を連想しても面白い。
◇楊枝木　楊枝にする材料の木。主に柳を用いた。楊枝は鉄漿《おはぐろ》をつける道具で、鉄漿は女性が成人したしるし。したがってここも単なる弁解でなく、「成人した私が恋人を待ってなぜいけないの、と言え」という口ぶりとも解せる。

43　「富士の山ほどお前を思っている」などとおっしゃるが、肝心の私の気持が雲であるか煙であるか見きわめもしないで上の空になっているあなたは、それこそ富士のお山の上にいるみたい。下界のことがわからないのね。
自分の思いを富士の嶺《ね》、あるいは富士の煙にたとえて言い寄った男に対する返事で、そのひとりよがりを逆に天空高く聳《そび》える富士山に見立ててはねつけたのであろう。『住吉《すみよし》物語』(上)にも「世とともに煙絶えせぬ富士の嶺《ね》の下の思ひや我が身なるらん」「富士の嶺の煙と聞けば頼まれず上の空にやたちのぼるらん」という贈答歌がある。
◇上の空　恋の思いでぼっとしている状態であるが、ここは、随分よい加減な、というほどの意も併せるか。

雨さへ繁き軒《のき》の草
傾《かたぶ》く影を見るからに
心細さの夕《ゆふ》べかな
　心細さの夕べかな

42
・小
柳の陰《かげ》にお待ちあれ
人問《と》はばなう
楊枝木《やうじぎ》切ると仰《おし》やれ

見る

43
・小
雲とも煙《けぶり》とも見定めもせで
上《うは》の空《そら》なる富士《ふじ》の嶺《ね》にや

44 見ないが一番。なまじ見たればこそ思いの種、アーア。

後悔しているようだが、恋する者の喜びのようなものも感じられる。継承歌に「見ずは恋にはならじものを、あただ恨めしの目の厄《やく》や」（隆達節小歌）、「なかなかに見ずは恋にはならじものを、あら恨めしの目の厄や」（寛永版本『竹斎《ちくさい》』上）等がある。

◇ただ　副詞としてだけでなく囃子詞《はやしことば》としての効果もあるようだ。

45 見ないで見ないで。人が気づくじゃないの、そんなに見ないでよ。

とかく衆人の中で自分の方を見詰めがちになる男をたしなめた女の歌。「な見さいそ」を三度も繰り返しているところに、女の苛立《いらだ》ちが感じられる。

46 そう言ったって、心の行く方へ自然と目も行き顔も向く。仕方ないじゃないか。

四五に対する男の歌。本来独立した歌と思われるが、編者が応答歌と見立てて二首を並べたのであろう。『宗安』二九参照。

47 今から河内の誉田まで行っては途中で日が暮れよう。片割月が照らすといっても宵のうちだけ。ままよここで野臥《のぶ》せりといこうじゃないか。

野道で一緒に寝ようと相手を誘う歌か。狂言『靫猿《うつぼざる》』にも「ここから在所まで日が暮れうか、与十郎、片割月は、イヨ、宵のほどよの」という形で歌われる。

◇誉田　大阪府羽曳野《はびきの》市。底本「こんだ」と振り仮名。

44 ・小 見ずは、ただ、よからう
見たりやこそ、物を思へ、ただ

45 ・小 な見さいそ、な見さいそ
人の推《すい》する、な見さいそ

46 ・小 思ふ方《かた》へこそ
目も行き、顔も振《ふ》らるれ

河内

47 ・小 今から誉田《こんだ》まで、日が暮れうか、やまひ

古くはホンダ。◇やまひ　『靭猿』の歌詞からここを「や十郎」の誤写とみる説もあるが、「止《や》まい」で「ままよ、やめとこう」というほどの意か。いずれにしても囃子詞的に使われている。◇片割月　半月《はんげつ》。ここは上弦の月。

48　何《なん》ときれいな塗壺笠よ、これはきっと河内の戦場で拾って来たのだな、えいとろえいと。おっと大変、踏鞴《たたら》の湯口が割れたぞ、気をつけて踏めよ、えいとろえいと。

鋳物《いもの》職人たちの労働歌か。前半は河内の戦場で拾って来た陣笠を持って仕事場の傍を通る女をからかっているところとでもみるべきか。「金《かね》が湧《わ》くやら湯口が早い、〳〵、心得て踏まい中踏鞴」（女歌舞伎踊歌「鐘聞」）と後世に受けつがれた。

◇えいとろえいと　囃子詞「えいさらえいさ」の類を踏鞴の炎にふさわしくもじったものか。◇湯口　溶解した金属を鋳型へ注ぎ込む口。◇中踏鞴　「踏鞴」は鋳物用の、足で踏む送風機。その中型ということか。あるいは何台かある中の真中のものの意か。

49　世の中はちろっと過ぎて行く。ちろっと瞬《また》くその間に。

以下五五まで七首、うき世を詠んだ歌が続く。世を夢幻、無常とみながら、それでいて何《なん》となくとぼけたユーモラスな感じが漂う歌が多いのが特色である。

◇世間《よのなか》　諸本「よのなか」と振り仮名。『運歩色葉集』にも「世中（ヨノナカ）、世間（同）」とある。

片割月《かたわれづき》は宵《よひ》のほどぢや

48 ・(小) あら美しの塗壺笠《ぬりつぼがさ》や
これこそ河内陣土産《かはちぢんみやげ》
えいとろえいと、えいとろえとな
湯口が割れた
心得て踏《ふ》まい、中踏鞴《だたら》
えいとろえいと、えいとろえいな

うき世

49 ・小 世間《よのなか》は、ちろりに過ぐる
ちろり、ちろり

50　・小
何《なに》ともなやなう、何ともなやなう
うき世は風波《ふうは》の一葉《いちえふ》よ

51　・小
何《なに》ともなやなう、何ともなやなう
人生七十古来稀《こらいまれ》なり

52　・小
ただ何ごともかごとも
夢まぼろしや水の泡《あわ》
笹《ささ》の葉に置く露《つゆ》の間《ま》に
味気《あぢき》なの世や

50　どうってこともないんだよ、うき世は。風に吹かれる木の葉のようなものさ。

人生を風に翻える一葉と観じながら、決してそれを悲壮がっているのではないようである。
◇何ともな　思いがけない事態にたち至った際に発する当時の成句。失望、落胆、拍子抜け、自嘲《じちよう》、諦《あきら》め、逆に開き直りの気分にもつながり、時には滑稽な感じさえともなう。ここもその例。「おやまあ」「アホらし」「しょうもな」というほどに解してもよかろう。

51　おやまあほんに、私も何時《いつ》の間にか七十歳、古稀《こき》とやら。どうってこともなく過して来たんだが。

気づいてみたら古稀に達していたという驚きをユーモアを交えて歌った。嘆きや自嘲ではあるまい。

52　この世はすべて夢まぼろし、水の泡のように、また笹の葉の上の露のようにはかないもの。その一時《いつとき》の夢の世をくすんで生きてどうなるの。

本来は正面から無常を詠嘆した歌であろうが、右のように解したほうが、四九～五五の一連のうき世賛歌の中に収まり易かろう。

53　この世は夢まぼろしだって。わあ大変、えらいこっちゃ。

人生を夢幻と観じる風潮に対して、逆にそれを茶化した気分で受けとめている楽天的な姿勢がうかがえる。
◇南無三宝　驚きを表す感動詞として用いられているが、実は決して大変とは思っていないのである。

54　まじめくさった人なんて、見ちゃいられない。夢、夢、夢の世の中を、一人醒《さ》めたような顔をして。

無常感を排し、この夢の世を楽しく生きようとする人生観が読みとれる。『宗安』一三参照。
◇くすむ人　陰気なほどまじめな人。

55　どうする気だい、まじめくさって。所詮《しょせん》人生は夢よ。遊び狂え、舞い狂え。

現実を肯定し、陶酔する心を歌う。「狂」は忘我遊狂の意。「夢の浮世にただ狂へ」（『慶長見聞集』五）、「夢のうき世をぬめろやれ、遊べや狂へ皆人《みなひと》」（仮名草子『恨《うらみ》の介《すけ》』上）、「ただ遊べ夢の世に」（『甲陽軍鑑』品五十三）とあるように、遊・狂の精神は中世から近世に移る時期には巷《ちまた》に満ち溢《あふ》れていた。これらの歌の背景に「憂き世」から「浮き世」への動きがうかがえる。
◇一期　人生。この世。◇狂へ　『日葡《にっぽ》辞書』にも「クルイ　ふざけたわむれる。または遊ぶ」とある。

56　いっそ手折ろうか。それとも折るのをやめて梢《こずえ》の花として眺めようか。弥生三月遊び足りぬままに一日を過したよ。

春の野に咲く花を見て、折ろうか折るまいかと迷う気持を歌う。『宴曲集』一「春」の一節だが、ここでは花に女性を重ね合せているとみてもよい。「しひてしも折らでみましを藤の花春は幾日《いくか》も残る色かな」（『再昌《さいしょう》草《そう》』三十三）はもとの宴曲をふまえたものであろうか。

53　・小
夢まぼろしや、南無三宝《なむさんぼう》
夢

54　・小
くすむ人は見られぬ
夢の夢の、夢の世を、うつつ顔《がほ》して
夢

55　・小
何《なに》せうぞ、くすんで
一期《いちご》は夢よ、ただ狂へ
夢

春を暮らす

56　・早
しひてや手折《たを》らまし
折らでやかざさましやな
弥生《やよひ》の永き春日《はるび》も

◇かざさまし　「かざす」はここでは単に頭上に覆うようにする意。自分は樹下に立っているのである。
◇暮らしつ　本書の配列の上から言えば、ここに暮春の意も利かしている。

57　卯の花襲《はながさね》など決してお召しにならぬように。忍び逢ってもそれが月光に映えて、二人の仲が露顕しますから。
春から夏へ、日暮れから夜へと、時間的推移に沿った配列が見られる。月下に忍び逢いを重ねる愛人への注意。こうした苦心のかいもなく見つかってしまった時の歌が三〇か。『宗安』一四一参照。
◇輝き　当時は「カカヤキ」(『日葡辞書』)と発音した。

58　「夏の夜は寝たと思うとすぐ明ける」などと歌った人は「物のあはれ」を知らぬ人。麦搗く里の名を挙げてみよう。まず信夫の里、ここへ来たというだけで都を偲ぶ心がかき立てられるのか、わけもなく涙がこぼれるよ。北へ進むと、愛人に逢ってもいないのに浮名を取るという名取川が流れている。聞えて来るのはその川音か麦搗く杵の音か、はてどちらかしら。有明の里では時鳥の声を聞こうと杵を打つ手を休めたことだ。なおも陸奥《みちのく》の名所を挙げてみると、武隈の松、末の松山、千賀の塩釜、衣の里、壺の石碑、外の浜。その浜風に吹かれながら月に小歌を吟じていると、短い夏の夜とて月も西に入る。その月を隠す山の

なほ飽《あ》かなくに暮らしつ

夏の夜

57
・小
卯《う》の花襲《はながさね》なな召さいそよ
月に輝《かかや》き、顕《あらは》るる

58
・近
夏の夜《よ》を寝《ね》ぬに明けぬと言ひおきし
人は物をや思はざりけん
麦搗《つ》く里の名には
都信夫《しのぶ》の里の名
あらよしなの涙やなう
逢《あ》はで浮名《うきな》の名《な》取川《とりがは》

端も恨めしく感じられるよ。しばし杵の手を休めて、束の間の月を眺めようか。

曲名不詳の近江猿楽《おうみさるがく》の一節。狂言『鳴子』の鳥追歌にも似た歌詞があり、また乱曲「麦舂《むぎつき》」（廃曲）としても伝わった。数行単位の短篇歌謡をつなぎ合せて組歌《くみうた》としているので、長篇の謡物《うたいもの》としては必ずしも意味が一貫していない。近江猿楽は大和《やまと》猿楽に圧倒されて早く衰退し、『閑吟集』には他に六三に見えるだけである。

◇夏の夜を…　『和漢朗詠集』（上、夏夜）等に見える和歌。隆達節小歌にも「夏の夜を寝ぬに明くると言ふ人は、物を思はぬか物を思はぬかの」とある。◇麦搗く里の名には　これ以降は必ずしも冒頭の和歌とは関係なく、奥州の歌枕の列挙となる。狂言では鳥追歌とするが、本来は麦搗歌であろうか。◇信夫　福島市。和歌などでは「偲《しの》ぶ」に掛けて用いられることが多い。以下地名については巻末地図参照。◇名取川　仙台市の南部を流れる川。◇有明の里　長野県南安曇《あずみ》郡穂高町有明か。奥州ではないが歌枕で時鳥の名所。参考「過ぎぬるか有明の嶺《みね》の郭公《ほととぎす》物思ふとていとひやはせん」（『歌枕名寄《なよせ》』信濃《しなの》）。あるいはまた単に有明の月の照らす里とみても意は通じる。◇武隈の松…　「武隈の松」「末の松山」「千賀の塩釜」は宮城県、「衣の里」は岩手県、「壺の石碑」「外の浜」は青森県にある。◇さしおきて　杵の手を休めて。

川音も杵《きね》の音《おと》も
いづれとも覚《おぼ》えず
有明《ありあけ》の里の時鳥《ほととぎす》
時鳥聞かんとて杵を休めたり
陸奥《みちのく》には
武隈《たけくま》の松の葉や、末の松山
千賀《ちか》の塩釜《しほがま》、千賀の塩釜
衣《ころも》の里や壺《つぼ》の石碑《いしぶみ》
外《そと》の浜風、外の浜風
更《ふ》け行く月にうそぶく
いとど短かき夏の夜の
月入る山も恨《うら》めしや

月

いざさしおきて眺《なが》めんや、〱

水辺の恋

59 ・小
我が恋は
水に燃えたつ螢《ほたる》、螢
物言はで、笑止《せうし》の螢

60 ・小
磯《いそ》住まじ、さなきだに
見る見る恋となるものを

磯

車

61 ・大
影恥《は》づかしき我が姿

59 私の恋は「思ひ」という火に焦がれる水辺《みずべ》の螢のようなもの。見ずに燃え、口には出せぬ哀れな身。

「忍ぶ恋」を螢に託す例は、「音もせで思ひに燃ゆる螢こそ鳴く虫よりもあはれなりけれ」(『後拾遺集』夏)等、古来多い。ここでも暗黙のうちに、五六の「信夫《しのぶ》」に連なっているとみてよかろう。『宗安』六九参照。

◇笑止　憐《あわ》れむべきこと。また困惑を感じること。ここはその二つの意味を重ねた感じである。

60 磯辺には住むまいよ。そうでなくってさえ磯の海松布《みるめ》の名のとおり、見る見るうちに恋に陥るから。

恋心が萌《きざ》すや、あっという間にそれが燃えさかる。「磯住まじ」と自制はしているが、なかなかどうしてそれでは済むまい。『宗安』一三参照。

◇磯　『連珠合璧集《れんじゅがっぺきしゅう》』によれば、連歌の付合《つけあい》で、「磯」は「海松布」(見る目)「松」(待つ)「若布」(若女《わかめ》)等を連想させる語であった。

61 恥ずかしくも恋にやつれた私の姿。忍び忍びに引く潮汲車《しおくみぐるま》も、潮が引いてしまえば轍《わだち》の跡に水が残っているばかり。その水が澄む時のないように我らとてこの世に住み通せる身ではない。野中の草に置く露なら、朝日の射すとともにいさぎよく消えもしよう。けれどこの身は、磯辺に寄せる藻を掻き寄せる海人《あま》にさえも見捨てられて朽ちはてる草のようなもの、そして我が袖も涙に濡れて、ともども朽ちてゆくのである。

観阿弥《かんなみ》作、世阿弥改作の謡曲『松風』の一節。須磨の浦で昔在原行平《ありわらのゆきひら》に愛された松風・村雨《むらさめ》姉妹の海人の亡霊が出現し、潮汲車を引きながら消えやらぬ妄執《もうしゅう》をかこつ歌。

◇跡に残れる　行平が都へ去り、自分たちだけ須磨に残されたことをいう。◇野中の草の…　松風・村雨としては、むしろ草の露のように消えたいと望んでいるのである。

62　桐壺の更衣は輦車《てぐるま》の宣旨を受け、葵の上は車争いで六条御息所《みやすどころ》と争う。『源氏物語』の車もいろいろだ。

宴曲『拾菓集《しゅうかしゅう》』下「車」の一節。原歌は車づくしの謡《うたい》物《もの》であるが、これはその中から『源氏物語』桐壺・葵の両巻に関する部分を抜き出したもの。須磨を舞台にした前歌に『源氏物語』の縁でも続いている。

◇輦車の宣旨　桐壺の更衣が、病のため特に手車で宮廷への出入りを許されたこと。◇車争ひ　葵祭の日に、葵の上と六条御息所の供の者同士で、車を留める場所について争った事件。

影恥づかしき我が姿
忍《しの》び車を引く潮《しほ》の
跡《あと》に残れる溜《たま》り水
いつまで澄みは果《は》つべき
野中の草の露《つゆ》ならば
日影に消えも失《う》すべきに
これは磯辺《いそべ》に寄《よ》り藻《も》掻《か》く
海人《あま》の捨草いたづらに
朽ちまさり行く袂《たもと》かな

62
・早
桐壺《きりつぼ》の更衣《かうい》の輦車《てぐるま》の宣旨《せんじ》
葵《あふひ》の上《うへ》の車争ひ

63 ・近
思ひ廻《まは》せば小車《をぐるま》の
僅《わづ》かなりけるうき世かな

64 ・小
宇《う》治《ぢ》の川瀬《かはせ》の水車《みづぐるま》
何《なに》とうき世をめぐるらう

65 ・小
やれ、面白《おもしろ》や、えん
京《きやう》には車、やれ
淀《よど》に舟、えん
桂《かつら》の里の鵜飼舟《うかひぶね》よ

63　あれこれ思いをめぐらすと、小さな車があくせく廻っていると同様、人の世の動きなんてちっぽけなものさね。
曲名不詳の近江猿楽の一節。独立させ小歌調で歌ったものか。近江猿楽の道阿《どうあ》弥《み》が演じた『葵上《あおいのうえ》』では舞台に作り物の車を出したというが、あるいは本歌はその段階における歌詞で、現行の「うき世は牛の小車の、巡るや報ひなるらん」の辺にあったものかも知れない。とすれば車争いの話をふまえて前歌に続き、それも所詮《しょせん》うき世におけるささやかな権力争いの一齣《ひとこま》に過ぎぬ、との意味合いを帯びてこよう。参考「思ひ廻せば小車の、やる方なきは心かな」（幸若『屋嶋軍《やしまのいくさ》』）。◇小車　車は「めぐる」「廻る」「輪廻《りんね》」「うき世」等の縁語。◇僅か　車の「輪」を掛ける。

64　宇治の川瀬で廻る水車、うき世をめぐるとはどういうことか考えをめぐらしながら廻っているみたいだな。
古来有名な宇治の水車を、「めぐる」の縁語で人生の相《すがた》にことよせた。「宇治の川瀬を見渡せば、憂世に廻る水車」（南都本『平家物語』一、徳大寺厳島参詣事）など類歌・類句はすこぶる多い。『宗安』二六参照。

65　鳥羽《とば》から四方を見渡せば、京へは作り道を車がつらなる、淀へ向かうは下り舟、桂の里には鵜飼舟、やれまあ、あれこれ面白い眺めだな。
京・淀・桂の中間点にある鳥羽付近から、当時ようやく形を整えた交通網を望見した体《てい》の歌であろうか。やれ・いいえんの囃子詞《はやしことば》が効果的。民謡として京都府内各地に伝わる。狂言『石神』には「京に車、淀に川舟、中なる道は神の通ひ路《かよぢ》」とある。『宗安』一八三参照。

◇京には車　物資を運ぶ車が鳥羽の作り道を進むさまをいうのであろう。当時鳥羽は馬借・車借の根拠地であった。◇淀　鳥羽の南方、淀川に臨む港町。◇桂の里の鵜飼舟　桂川は下鳥羽《しもとば》の西で鴨川《かも》と合流する。桂川の鵜飼は有名であった。参考「この川に小夜《さよ》更けぬらし桂びと鵜縄《うなは》手に巻き船下すなり」(『新撰六帖』三、夜河)。

66　お忍びの車がちょっと佇む《たたず》一時《ひととき》、そこに咲く夕顔の花を見て、これはという次第にて——。『源氏物語』夕顔の巻による。『閑吟集』にはこのような「雅」の世界を扱った歌謡も少なくない。『宗安』二〇六参照。

67　中垣に白く咲く夕顔は、実のならぬあだ花ばかり。二人の仲もまたならぬらしい。まるで「夕顔の巻」みたい。憂鬱《ゆううつ》なことよ。

これも夕顔の巻に託して、ならぬ恋を歌う。

◇徒花　咲いても実を結ばぬ花。◇中垣　隔ての垣。

68　忍んで通う道の軒端に、瓢簞《ひょうたん》なんぞを植えておいてナ、這わせて生らすなよ、鳴らすなよ。それにつられてひょこひょこと心も浮かれ、人に見咎《とが》められるから。

夕顔から瓢簞へ、『源氏物語』から下世話の忍び男へと移る。ナの繰り返しがユーモラスな効果を添える。

夕顔——瓢簞

66
・小
忍《しの》び車のやすらひに
それかと夕顔《ゆふがほ》の花をしるべに

67
・小
生《な》らぬ徒花《あだばな》真白《まつしろ》に見えて
憂《う》き中垣《なかがき》の夕顔や

68
・小
忍ぶ軒端《のきば》に
瓢簞《へうたん》は植ゑてな
おいてな
這《は》はせて生《な》らすな

車

生らぬ

生らす

心のつれて
ひよひよら、ひよひよめくに

恋の重荷

69 ・小 待つ宵《よひ》は、更《ふ》け行く鐘《かね》を悲しび
逢《あ》ふ夜は、別れの鳥を恨《うら》む
恋ほどの重荷あらじ
あら苦しや

70 ・大 しめぢが原立《はらた》ちや
よしなき恋を菅筵《すがむしろ》
臥《ふ》してみれども居《を》られればこそ

『更級日記《さらしな》』の武芝伝説の瓢《ひさご》の歌に比べても、一段と軽妙さを加えていることがわかろう。仮名草子『むもれ木』に類歌。ほかに狂言『節分』、近世の『紙鳶《いかのぼり》』上、古浄瑠璃『西行物語』（四）等に見える瓢簞節の類にも相似た歌が継承されている。

69 恋人を待つ夜は夜更けを知らせる鐘の音を恨めしく思い、逢った夜はまた別れの時刻の近づいたのを知らせる夜明けの鶏を恨めしく思う。恋ほどの心の重荷はあるまい。ああ苦しい。
二六八・二六九と同様、「待つ宵に更け行く鐘の声聞けば飽かぬ別れの鳥はものかは」（『新古今集』恋三、等）による。狂言『鳴子』でも歌う。宴曲『拾菓集』上「金《きん》谷思《こくのおもい》」にも「待つ宵の鐘の響き、飽かぬ別れの鳥の音《ね》、いづれも思ひの端《つま》となる」とある。

70 しめじが原ではないけれど腹立たしい。及ばぬ恋をする身は菅筵に臥したとて寝られるはずもなく、苦しさに何度も寝返りを打ち、独り寝の手枕を右に左に替えてみても、恋の重荷は支えきれない。
世阿弥作の謡曲『恋重荷《こいのおもに》』の一節。狂言『文荷《ふみにない》』にも歌われる。

◇しめぢが原　しめじ茸《だけ》の生えている原。湿地であるところから次の「よし」（葦《よし》）を引き出す。◇肩替へて　寝返りを打つ意であるが、同時に重荷に耐え兼ねる意を巧みに利かせる。

71　恋ゆえにこの身も重くなったり軽くなったりするような気のするこの私。涙も淵となるほどで、その淵に浮いたり沈んだりして押し流されて行くことよ。

恋に溺《おぼ》れる我が身を歌う。和歌形式に近い。
◇涙の淵　涙をたたえた状態をいう歌語。参考「人恋ふる涙の淵に浮き沈み水の泡とぞ思ひ消えぬる」（伝為相筆本『好忠集』等）。

72　恋を誘う風が吹いて来て袂にまつわりついてね、袖が重くて仕方がない。風も恋風ともなると重いものだ、思い者というからな。

これも恋の重さを歌う。狂言『枕物狂《まくらものぐるい》』でも用いられ、『落葉集《おちばしゅう》』五「六法出端《では》」を経て、清元「保名《やすな》」に至る代表的な恋愛歌謡。多くはこの前に「恋よ恋、我《われ》中空になすな恋」という歌詞がある。参考「憂《う》や辛《つら》や恋の重荷は思ひ物」（『徳元《とくげん》千句』謡之名誹諧《うたいのなはいかい》）。

苦しや独《ひと》り寝《ね》の
我が手枕《たまくら》の肩替へて
持てども持たれず
そも恋は、何《なに》の重荷ぞ

71
・小
恋は、重し軽《かろ》しとなる身かな、〱
涙の淵《ふち》に浮きぬ沈みぬ

72
・小
恋風が
来ては袂《たもと》に搔《か》い縺《もと》れてなう
袖《そで》の重さよ
恋風は、重いものかな

73　闇の夜にお出《じ》ゃるとおっしゃる。だが闇の夜というのは月もない。恋を語るにふさわしくない夜ですよ。

闇夜に逢おうと言った男への返事。単に闇夜は駄目だというだけでなく、「月夜におりやれ、月の夜におりやれ〳〵、雨の降る夜はなかなか濡るる、月夜には心がそぞろにあこがれて、上の空ならめ」(『慶長九年豊国大明神祭礼記』踊歌)のように、月夜に堂々と訪ねておいでと、積極的に出たものと解し得る。

◇仰やる「おぢゃる」(いらっしゃる)という意も利かしていよう。◇つきもない「つきなし」(方法がない)と「月無し」を掛ける技法は和歌の世界に多いが、ここは『日葡《にっぽ》辞書』の「ツキナイ　そぐわなくて、不都合(なこと)。これは婦人用語である」に従うべきであろう。

74　毎日降り続く長雨の雨脚も激しく注ぐ葦葺きの細殿や萱の軒端、竹垣の中に淋しく住まう私、竹の節《よ》ならぬ世の中の憂き節《ふし》を誰に語って心を慰めようか。

出典不明の謡曲。「垣のさまよりはじめて、めづらかに見給ふ。茅屋《かや》ども葦葺ける廊めく屋など、をかしうしつらひなしたり…長雨の頃になりて…」(『源氏物語』須磨の巻)に似る。閑居のさまであろう。前歌の「つき」(月)に対し「日」と続けている。

◇降り　日数を「旧《ふ》り」の掛詞。◇憂き節《ふし》　辛《つら》いこと。「節」に竹の節を掛ける。

夏の風物

73　・小

仰《おし》やる闇《やみ》の夜
仰やる、仰やる闇の夜
つきもないことを

74　・大

日《ひ》数《かず》降り行く長雨《ながあめ》の
日数降り行く長雨の
葦葺《あしふ》く廊《らう》や萱《かや》の軒《のき》
竹編《あ》める垣《かき》の内
げに世の中の憂《う》き節《ふし》を
誰《たれ》に語りて慰まん

75　庭の夏草よ、茂るなら道を隠すほど茂れ。道があっても訪ねて来る人などないのだから。
前歌との関連では人里離れて閑居する心境ということになるが、もとは失恋して捨鉢になった状態の歌ではあるまいか。隆達節草歌（夏）にも継承されている。◇夏草　しばしば思いの深さにたとえられる。参考「あと絶えて人も分け来ぬ夏草のしげくも物を思ふ頃かな」（『新勅撰集』雑一）。

76　折った青梅をじっと見ていると自然と唾《つば》が湧《わ》いて来るよ、エエお前。それが止らないで困るよ、察しておくれ。
女に対して心の動くさま。「青梅」も「梅の折枝」も、どちらも若い女性の肢体を思わせる。◇唾が…　女性に見ほれる思いを表す。参考「寺中老ノ若共懸レ思、門前男女皆引レ津（唾《つ》）」（『滑稽詩文』）、「唾《つ》を引くや青梅よりも花ざかり」（『小町踊』春上、梅）。◇和御料　二人称代名詞。諸本「やこりよ」とあるが、セとの連鎖語とみて改める。囃子詞《はやしことば》的効果もある。

77　お前さんを思えばこそはるばる伊勢の安濃津《あののつ》からやって来たのに。それなのに、その俺を振るなんて一体全体何《なん》としたこったい。
振られた男の大仰な驚きがユーモラスな表現とともに伝わって来る。「津」と「唾」からも矢に連なる。◇安濃津　三重県津市の古名。博多津（福岡県）、坊《ばうの》

誰に語りて慰まん

75
・小
庭の夏草茂らば茂れ
道あればとて、訪《と》ふ人もな

76
・小
青梅の折枝《をりえだ》
唾《つ》が唾が、唾が、和御料《わごりよ》
唾が引かるる

思ふ

77
・小
和御料《わごれう》思へば
安濃津《あののつ》より来たものを

和御料
唾
和御料
津

津（鹿児島県）ともに三津と称せられ、中世、貿易港として栄えた。

78　何をせかせかとおっしゃるの。「俺の心は上の空」ですって。いいわよ、こちらも覚悟したから。

覚悟してあなたのものになってあげるから、もう落ち着きなさいよ、ということであろうか。やや意味のとりにくい歌。

79　紫草で染めるじゃないが、思い初めさえしなければ、濃くも薄くも深くも浅くも物思いなどしないで済むものを。

七九〜八八は「思ふ」「思ひ切る」「忘れる」等が堂々巡りのように続く。夏の恋だけに激しい歌が多い。
◇濃くも薄くも　染料の濃淡に物思いの濃淡を掛ける。「紫の色に心はあらねども深くぞ人を思ひそめつる」（『新古今集』恋一）による。近世に入っても「濃くも薄くも紫の、思ひ染めずやさるにても、ヱイかなはぬ」（『御船歌留』中、恋くどき）等の例がある。

80　いちずに思い続けなさい。そうすりゃきっと意中のお方もあなたを思って下さるよ。思ってもくれない人を思っているって例が、ソレ現にあるじゃないの。

片思いの人を励ます歌と解しておく。宴曲『真曲抄《しんきよくしよう》』中「対揚」の一節。「思ふ」を繰り返す謎《なぞ》歌的なものは古来多い。「思はじと思ふ思ひを思ひにて思ひ絶えせぬ思ひをぞする」（『登蓮法師恋百首』）等。『宗

俺振《おれぶ》りごとは
こりや何ごと
何

78 ・小 何を仰《おし》やるぞ、せはせはと
上《うは》の空《そら》とよなう
こなたも覚悟申した
何

79 ・小 思ひ初《そ》めずは紫《むらさき》の
濃《こ》くも薄《うす》くも、物は思はじ

80 ・小 思へかし
いかに思はれん

安』一三七にも思ふづくしの歌がある。

81　悩みの種でしかないのかなあ、人を愛するということは。

愛の深みに落ち込んだ時に、溜息《ためいき》とともに思わず漏らした呟《つぶや》き、といった感がある。『閑吟集』中最短詩型の一つ。「情は今の思ひの種よ、辛《つら》きは今の深き情よ」(仮名草子『恨《うらみ》の介《すけ》』上、等)に比べると、短詩型の強みとでもいったものを感じるであろう。

82　思いは断《た》ち切ったつもりなのに、またあの人の面影が瞼《まぶた》に浮んで、心を苛立《いらだ》たせることだ。

思い切れぬ凡夫の心を歌う。『宗安』六五参照。

83　どうにも諦《あきら》め切れないままに、星のように美しいあの女《こ》が欲しい欲しいと月を仰いで廊下にお立ちになった。あ、また一つ星が流れた。

意味のとりにくい歌であるが、未練がましい心で恋人のことを思い浮べて夜空を仰ぐ貴公子の物語と解してみた。

◇欲しや　愛人を我がものとしたい。「星や」を掛けるとみる。「をしや欲しやと思ふは何《なん》ぞ、とかく君ゆゑナアレカシ」(『山家鳥虫歌』土佐)の例からすれば「惜《を》し」「愛《を》し」の意もふまえるか。◇流れた　底本「なられた」。彰考館本により改める。流星を見た意にとり、そこに恋の不吉な成り行きを見たと解する。

84　思いを寄せる私の心は御身に何時《いつ》も寄り添っていながら、なぜこんなに恋しさがつのるのだろ

思はぬをだにも思ふ世に

81
・小
思ひの種《たね》かや、人の情《なさけ》

82
・小
思ひ切りしに来て見えて
肝《きも》を煎《い》らする、肝を煎らする

83
・小
思ひ切り兼ねて
欲しや欲しやと、月見て廊下《らうか》に立たれた
また流れた

84
・小
思ひやる心は君に添《そ》ひながら

う。私のところには何も残っていないはずなのに。離れている恋人を思い、我が身を嘆く和歌形式の歌謡。「いかなればたちも離れぬ面影の身に添ひながら恋しかるらむ」(『新拾遺集』恋四)など類想歌も多い。三九一参照。

85　思い出すというのは忘れるからこそ起る現象。私のことを忘れる時がなければ思い出すなんてこともないはずですのに。

「思はじと思ふも物を思ふなり思はじとだに思はじやなぞ」(『源氏物語奥入』葵《あおい》)に比べると一段と積極的である。隆達節草歌(恋)にも伝えられたが、後には「思ひ出すとは忘るる故よ、思ひ出さぬよ忘れぬは」(『異本洞房語園《どうぼうごえん》』下、朗細〈弄斎《ろうさい》〉の章歌)のように七七七五調化して広く流布した。

86　思い出さない時なんて片時たりともないんだよ。忘れてまどろむ夜もないよ。

狂言『十夜帰り』(『花子』の古名)では八六→八五と問答歌の形で用いている。これも隆達節草歌(恋)に「思ひ出す日なし、忘れてまどろむ夜半《よは》もなし」として継承された。

87　私のことを思ってくれるのはいいけれど、表面上はさりげない様子で、しゃきっとしておいでこそ大人物に見えるんですよ。

女性から見た理想的な男性像、恋人像のあり方であろうか。

何の残りて恋しかるらん

85
・小　思ひ出すとは忘るるか
思ひ出さずや忘れねば

86
・小　思ひ出さぬ間《ま》なし
忘れてまどろむ夜《よる》もなし

87
・小　思へど思はぬ振《ふ》りをして
しやつとしておりやるこそ底は深けれ

88
・小　思へど思はぬ振りをしてなう

思ひ痩《や》せに痩せ候
埋れ草

89 ・大
げにや寒竈《かんさう》に煙《けぶり》絶えて
春の日いとど暮らし難《がた》う
幽室《いうしつ》に燈火《ともしび》消えて
秋の夜なほ長し
家貧にしては信智《しんち》少なく
身賤《いや》しうしては故人疎《うと》し
親しきだにも疎くなれば
よそ人はいかで訪《と》ふべき
さなきだに狭《せば》き世に

88　お前がそういうものだから、思い詰めているのに思ってもいないふりをしていたら、内向してしまったのか、こんなに痩せちゃったよ。

前歌と組み合せて読むと面白い。第三者からすれば滑稽だが、本人はそれどころではないのである。近世に入ると「思《おも》て思はぬ振《ふ》りしよとすれば、思《おも》て想はぬ振りやならぬ」(『延享五年小歌しやうが集』五三七)と「なんぼ恋には身が細る、二重の帯が三重廻る」(女歌舞伎踊歌「伏見踊」)のように分解した形で伝わるが、『閑吟集』の素朴でユーモラスな味には及ばない。

89　まこと竈《かまど》の煙も絶えた貧しい暮しとて、春の長い一日はひとしお過しにくい。また暗い部屋に燈火もないので、秋の夜は甚だ長く感じる。こんなに貧乏だと付合いも少なく、おちぶれ果てては知人も疎遠となる。親しい人さえそうだから、他人はなおさら訪うはずがない。ただでさえ住み難いこの世なのに、人目を忍んで山奥に住む身とて、風雅心など起す気持の余裕もなく、道を隠すほど生い茂る草に置く露のように、何時《いつ》消えるとも知れぬ我が身であることよ。

謡曲『雲雀山《ひばりやま》』の一節。父に捨てられた中将姫の山居のさまを歌う。「思ひ」と「煙」、「痩せ」と「寒竈」で前歌に連なる。◇寒竈　火の消えたかまど。◇幽室　暗い部屋。謡本には「弊室《へいじつ》」「壊日《ゑじつ》」「永日《えいじつ》」等とある。◇信智　「親知」が正しい。親しくしてくれる人。◇山深み　山が深いので。山奥なので。◇道狭き埋れ草　中将姫が世に出る道を閉ざされ埋れていることを山居の草にたとえ、はかない運命の象徴である次の「露」を導く。

90　扇の陰から色目を使ってみせたりして——。ちゃんと彼氏のいるこの私をどうしようっていうの、エエ。

宴席における女の歌。表面上の歌意とは逆に、結構女の方からも挑発的媚態《びたい》を見せているようである。◇目を蕩めかす　とろりと見ほれた目つきをいう。女はそれを秋波《ながしめ》と受け取った。「とろり〱としむる目の、笠のうちよりしむりや、腰が細くなり候《そろ》よ」（『松の葉』一、琉球組《りゆうきゆうぐみ》）とあるのも同じ目つきであろう。◇俺　一人称代名詞。古くは男女とも用いる。ここは女。◇何とかせうか…　以下の「せう（か）」の繰り返しが女の心の高まりを見事に表現している。参考「人に情を掛川の宿の、雉《きじ》の雌鳥《めんどり》ほろりつと落《おと》いて、うちきせて締《し》めて、いゝいゝ、せうのせうの愛《いと》しよの、そぞろ愛《いと》しゆてやるせなや」（狂言歌謡「府中」）。

さなきだに狭《せば》き世に
隠《かく》れ住む身の、山深み
さらば心のありもせで
なほ道狭《せば》き埋《むも》れ草
露《つゆ》いつまでの身ならまし
　露いつまでの身ならまし

浮からかいた恋

90
・小
扇《あふぎ》の陰《かげ》で、目を蕩《とろ》めかす
主《ぬし》ある俺《おれ》を、何とかせうか
せうかせうか、せう

91
・小 誰《た》そよお軽忽《きやうこつ》
主《ぬし》ある我を
締《し》むるは
喰《く》ひつくは
よしや戯《じや》るるとも
十七八の習ひよ、〳〵
そと喰ひついて給《たま》ふれなう
歯《は》形《がた》のあれば顕《あらは》るる

主ある我

92
・小 浮からかいたよ
よしなの人の心や

人の心

91 誰よ軽はずみな。主《ぬし》ある私を抱き締めたり嚙《か》んだりして。まあいい、私も十七、八の女盛りとて少々のいたずら心は許されるでしょうよ。しかし嚙むにしてもそっとにして下さいな。「歯形のあれば顕るる」っていうから。

前歌同様、主ある女でありながら、言い寄った男を拒もうとしない。むしろ煽《あお》り立てているようである。

◇お軽忽　とんでもない。相手を詰《なじ》っているようだが、真意はもちろんそうではない。◇主ある我を　諸本「ぬしある越《(を)》を」。「越」は「我」の誤写とみて改める。◇そと喰ひついて　以下は独立した歌でもあったようだ。『宗安』三五参照。

92 思い切り煽って、浮からかしてやったわ。人の心なんて他愛《たわい》もないものね。

九〇・九一の強烈な愛欲歌謡をここで締めくくる。一連の興奮高潮気味の調子を、醒《さ》めた心で受けとめていることの歌をここに配した編者の意図も心にくい。同時に夏の恋歌の終熄《しゅうそく》ともなり、九三の秋風に驚く歌へのつなぎともなる。

◇浮からかいたよ　『日葡辞書』に「ウカラカシ　うっとりと、あるいはほうけて心が奪われてしまうように、人を興奮させる」「また、自分自身なり、他人なりを、肉欲の悪へとそそり立てる」とある。◇よしなの人の心や　挑発に出た女が、ことが終って後《のち》に、男性一般、ひいては人間一般の心の弱さを感じて漏らした呟《つぶや》きとみると面白かろう。

93　あの人は私に飽きたのか、姿も見せない。軒端の萩が秋の初風が吹いたのを知らせるように揺らいでいるのも恨めしいこと。

この九三から秋の歌となる。秋風に寄せて捨てられた身を歌う。参考「そよめく音に幾度《いくたび》出でて、君待つ時の荻《をぎ》（イ「萩」）の風」（隆達節小歌）。

◇軒端の萩　「軒」に「退《の》き」を掛ける。諸本「荻」とあるが「萩」の誤りか。

94　ほんのかすかな葉音にも、あの人の訪れかと思う。しかしまた待ちぼうけだったと知ると、下荻の葉末を吹く風にも恨《うら》み言《ごと》なりとも言いたくなる。

『宴曲集』三「龍田河恋《たつたがわのこい》」の一節。荻は風に靡《なび》くことや「招《を》ぎ」に通じるところから、和歌や歌謡で恋に寄せられることが多く、またその音を愛人の訪れと錯覚するという例も少なくない。参考「寝覚めの枕はそばだてて、誰《た》そよと聞けば荻《をぎ》の風、恨めしや、ただ恨めしや」（女歌舞伎踊歌「心変り」）「荻の葉のそよともあらぬ情ぶり」（『毛吹草《けふきぐさ》』七、恋）。

◇下荻　物陰に咲く荻。あるいは荻の下葉を指すか。「折れ返り起き伏し侘《わ》ぶる下荻の末越す風を人のとへかし」（『狭衣《さごろも》物語』三）によるか。宴曲では続けて「雲居の雁《かり》の玉章《たまづさ》も、上の空なる記念《かたみ》かな」とあり「下」と「上」の対をなす。

95　夢の中の戯《たわむ》れごとはうかうかと松風に知らせないでおこう。朝顔は日に萎《しお》れ、野草の露は風に消える。こんなはかない夢の世を現実と思って過すの

秋風

93 ・小

人の心の秋の初風、告《つ》げ顔《がほ》の
軒端《のきば》の萩《はぎ》も恨《うら》めし

94 ・早

そよともすれば下荻《したをぎ》の
末越す風をやかこつらん

朝顔

95 ・田

夢の戯《たはぶ》れいたづらに
松風に知らせじ
朝顔《あさがほ》は日に萎《しを》れ

野草《のぐさ》の露《つゆ》は風に消え
かかるはかなき夢の世を
うつつと住むぞ迷《まよ》ひなる

露
世

こそ迷いのもと。
出典不明の田楽能の一節。この世を夢幻と達観して生きる身を歌う。五四と対照的な歌。◇松風に知らせじ　松風は「明くれば古寺《ふるでら》の、松風や芭蕉葉《ばせうば》の、夢も破れて覚めにけり」（謡曲『井筒』）のように、能では夜明けの点景として用いられることが多いが、「知らせじ」とはそれを無視してこの世を夢として生き続ける意を表すか。または松の常緑を後の朝顔や露と対比するか。

96
・小
ただ人は情《なさけ》あれ
朝顔の花の上なる露の世に

露・世

96　愛と誠を第一に生きることにしよう。朝顔の上の露同様のはかない世の中だから。
当時の成句を二つ組み合せた歌。「情」は一般的な慈愛のほか、二五・二六のように個人的な愛情という意味もあり、それだと「せめてあなたの愛を私に」という意になる。

虫

97
・小
秋の夕《ゆふ》べの虫の声々
風打ち吹いたやらで、淋《さび》しやなう

秋の夕べ

97　秋の夕暮れ時、部屋に独り籠《こも》っていると、外で鳴く虫の声も、風が吹いたせいか淋しく聞えるよ。
「秋」とあるのは、恋人に飽きられ捨てられた身を暗示するか。
◇吹いたやらで　「やら」とあるので、屋内から外の情景を推し量っていることがわかる。虫の声が乱れたのであろうか。

98
・大
尾花の霜夜《しもよ》は寒からで

98　薄《すすき》に霜の降《お》りるような夜も、添い寝の床ゆえ寒くない。だが秋の名残りを惜しむような虫の音とともに夜も更けて、名残り惜しくも別れの時刻が近づいた。手枕を照らす月も傾いてまこと恨めしい思い。

出典不明の謡曲。狂言『若菜』では後半を「虫の音もいと繁し、夢ばし覚まし給ふな」として歌っている。もとは夢幻能の前シテ退場の際の歌詞だったのを、恋歌に改作したか。

◇尾花　薄《すすき》。「手枕」と取り合せて用いられることが多い。参考「手枕に結ぶすすきの初尾花かはす袖さへ露けかりけり」(『続拾遺集』恋三)。◇手枕　恋人の腕を枕とすること。添い寝のさま。

99　「風が破れ窓を煽《あお》って燈火も消え易く、月はこのあばら屋に射し込んで夢を結ぶことも出来ない」という詩のような淋しい秋の夜、この荒涼たる山陰に住む私の素姓《すじょう》は誰も知らないが、まるで白露が降るように古び老い行くこの身の末を思うとやはり悲しいことだ。そんな山賤《やまがつ》同然の私に馴れ親しむものとては、岩や木くらいのもの。ところで、たやすくは理解出来ないのだが、深遠なのは法華経の教え、それに触れなければ、形だけ唐錦の衣を身にまとっていても、「衣の珠」すなわち法《のり》の宝玉は得られないだろう。それにしても、世を捨てたこの草の衣の袂を涙の露で濡らしつつ歳月を送っているうちに、思い出深い秋もはかなく過ぎ去ったことよ。

名残《なご》り顔《がほ》なる秋の夜の
虫の音《ね》も恨《うら》めしや
手枕《たまくら》の月ぞ傾《かたぶ》く

月

99
・大
風破《は》窓《さう》を簸《ひ》て燈火《ともしび》消え易《やす》く
月疎《そ》屋《をく》を穿《うが》ちて夢なり難《がた》し
秋の夜すがら所から
物凄《すさ》まじき山陰《やまかげ》に
住むとも誰《たれ》か白露《しらつゆ》の
降《ふ》り行く末ぞあはれなる
あはれ馴《な》るるも山賤《やまがつ》の

金春禅竹《こんぱるぜんちく》作の謡曲『芭蕉』の一節。中年の女、実は芭蕉の精が、山居する僧を訪ねて『法華経』の教えを説きつつも老いゆく我が身を嘆く件り。◇風破窓を簸《ひ》て　「簸る」は箕《み》で穀物を篩《ふる》い落すこと。杜荀鶴《とじゅんかく》作「旅中臥病」の「風射《イテ》㆓破窓㆒燈易㆑滅、月穿㆓疎屋㆒夢難㆑成」（『百聯抄』等）による。謡本も多くは「射《い》て」。◇所から　所も所とて。「夜すがら」と韻を重ねる。◇山賤　木樵《きこ》りや猟師など、山で生活する者。◇見ぬ色の　「甚深微妙法、難㆑見難㆑可㆑了」（『法華経』方便品）による。「色」から「花」「染め」を導く。◇衣の珠　『法華経』（五百弟子受記品《じゅきほん》）に見える寓話《ぐうわ》で、衣の裏に縫いつけられたまま長い間気づかれなかったという宝珠のこと。仏教の教えの象徴として用いられている。◇草の袂　粗末な世捨人の衣。「唐衣の錦」に対する。「草」「露」「涙」と縁語が連なる。以下は「心なき草の袂も花すすき露ほしあへぬ秋は来にけり」（『新勅撰集』秋上）に類する心境。◇あはれ「泡」を掛け、前の「泡沫の」に続く。

100　一夜の宿を貸すことを惜しんではいけませんよ。夜ともなれば月さえも仮寝しそうなあなたの草庵ではありませんか。軒も垣根も古びたこの古寺は、「愁へは崖寺の古るに破れ、神《たましひ》は山行の深きに傷《いた》ましむ」という詩の心そのままで、月の光もすさまじいばかり。誰の作であったか「蘭省《らんせい》の花の時錦帳の下《もと》、

友こそ岩木《いはき》なりけれ
見ぬ色の、深きや法《のり》の花心《はなごころ》
深きや法の花心
染めずはいかがいたづらに
その唐衣《からきぬ》の錦《にしき》にも
衣《ころも》の珠《たま》はよも掛けじ
草の袂《たもと》も露涙
移るも過ぐる年月《としつき》は
めぐりめぐれど泡沫《うたかた》の
あはれ昔の秋もなし

100
・大
惜《を》しまじな、月も仮寝《かりね》の露の宿

露

露

廬山の雨の夜草庵の中」という詩があるが、その草庵にも似たあなたの庵に私も泊めていただきたく思います。

これも謡曲『芭蕉』の一節。出現した女が僧に宿を借りようとする件り。

◇月も仮寝の露の宿　「仮」に「借り」を掛ける。「露の宿」は野末の宿のこと。参考「枕ゆふ野原の草の露の上に仮寝争ふ月の影かな」(『新葉集』羇旅《きりよ》)。◇愁へは崖寺の…　杜甫《とほ》作「法鏡寺」の「神傷㆓山行深㆒、愁破㆓崖寺古㆒」による。「神」は「魂」に同じ。山中深く分け入り、崖上に建つ古寺を見るにつけても心が傷み愁いがつのる、の意。◇蘭省の花の時…　『和漢朗詠集』(下、山家)等に出る白楽天の詩による。「蘭省」は尚書省のこと。都の官界と廬山のわびしい生活を対比させ、その山中の草庵をゆかしく思う、という内容。

101　二人で寝たところで辛《つら》く思うだろうよ。窓から傾いた月が斜めに射し込み暁の鐘の響きを聞く時は。

前歌の後半を受けて一〇四まで漢詩的世界が続く。前歌との間に「草の庵の夜《よる》の雨、聞くさへ憂きに一人《ひとり》寝て」(隆達節小歌)をおけば、詩趣の移行は一層滑らかになろう。『宗安』二参照。

102　今夜は遠い鄜州で、妻は私と同じくこの月を眺めていることだろうよ。

杜甫作「月夜」の一節。安禄山の乱で杜甫が長安城に

月も仮寝《かりね》の露《つゆ》の宿
軒《のき》も垣穂《かきほ》も古寺《ふるてら》の
愁《うれ》へは崖寺《がいじ》の古《ふ》るに破れ
神《たましひ》は山行《さんかう》の深きに傷《いた》ましむ
月の影も凄《すさ》まじや
誰《たれ》か言つし、蘭省《らんしやう》の花の時錦帳《きんちやう》の下《もと》とは
廬山《ろさん》の雨の夜草庵《さうあん》の中《うち》ぞ思はるる

101
・小
二人寝《ふたりぬ》るとも憂《う》かるべし
月斜窓《しやさう》に入る暁寺《げうじ》の鐘《かね》

102
・小
今夜《こよひ》しも鄜《ふ》州《しう》の月

閨中《けいちゅう》ただ独《ひと》り看《み》るらん

103

・小　清見寺《せいけんじ》へ暮れて帰れば
寒潮《かんてう》月を吹いて袈裟《けさ》に洒《そそ》く

104

・小　残月清風、雨声《うせい》となる

105

・小　身は浮草《うきくさ》の
根も定まらぬ人を待つ
正体《しやうだい》なやなう
寝うやれ、月の傾《かたぶ》く

抑留された時、鄜州に避難させた妻子を思っての詩。◇今夜　底本「こよひ」と振り仮名がある。◇鄜州　陝西省《せんせい》。長安の北方三〇〇キロの地。◇閨中　婦人の部屋。

103　日が落ちた浜辺の道を清見寺へ帰る僧一人。打ち寄せる波が海上の月を洗うよう、袈裟に潮《うしお》が散りしぶく。

下句は『続翠詩集《しょくすいししゅう》』の「送三人之《ゆクヲ》二伊州一」中の一句。送別の詩であるのを、月光のもと海浜の道を急ぐ僧の姿と重ね合せて巧みに小歌化する。

◇清見寺　静岡県清水市にある臨済宗の大寺。中世、今川氏の帰依により繁栄した。◇洒く　中世末ごろまでは「洒《ソヽク》」(『運歩色葉集』)と清音であった。

104　残月のもとさわやかな風、それが何時《いっ》しか雨音と化したよ。

杜常《とじょう》作「華清宮」の「行尽江南数十程、暁風残月入二華清一、朝元閣上西風急、都《すベテ》入二長楊一作二雨声一」(『三體詩』等)を綴《つづ》り合せ西風を清風と改めて小歌化したもの。◇雨声となる　諸本「雨」に「あめ」と振り仮名。それだと「雨、声となる」で多少吟詩調から離れる。

105　私は浮草のような心細い身、これも浮草のような根も定まらぬ男を待って、気もそぞろ。だがもう諦《あきら》めて寝よう。月も西に傾いたことだしねえ。

浮気な男を待つ女の、はかない、しかしやるせない気持を歌う。『宗安』一九〇参照。

106　雨の夜にさえ訪ねてくれた仲だったのに、今は月夜の晩にも来てくれない。今夜のこのきれいな月夜にも——。

心変りした男への恨《うら》み言《ごと》。「雨の夜にさへ訪はるるが、月に訪はぬは心変りかの君は」（隆達節小歌）の次の段階である。「雨」と「月」の対照、「さへ」と「よ」を用いての繰り返し、そして最後を絶句にしたのがよく利いている。『宗安』六〇参照。

107　木幡の山路で日が暮れた。伏見も近いことだし、ここでちょっと臥して月を見るとしようか。

不定型の多い『閑吟集』では、このような七五七五調が新鮮に響く。狂言『靱猿《うつぼざる》』の中でも歌われる。『宗安』三参照。

◇木幡　現在の宇治市木幡地区だけでなく、京都市の東南部から宇治市にかかる一帯をいう。奈良に通じる道筋。「木幡《コワタ》」（『易林本節用集』）と発音した。◇草枕　旅寝のこと。

108　薫物の「木枯し」の香りが漏れる鉤簾《こす》の内、そこに射す月の光さえも美しく匂い漂う感じのするこの夕暮れよ。

薫香に託して思いを述べた珍しい例。王朝的な雰囲気《ふんいき》である。

◇薫物　煉香《ねりこう》。香木を粉にして煉り合せたもの。◇木枯し　香の一種。「枯木《こぼく》」ともいう。「焦がらし」、つまり思い焦がれる気持を掛ける。◇漏り　「身を木枯

106
・小
雨にさへ訪《と》はれし仲《なか》の
月にさへなう、月によなう

107
・小
木幡山路《こはたやまぢ》に行き暮れて
月を伏見《ふしみ》の草枕《くさまくら》

108
・小
薫物《たきもの》の木枯《こがら》しの
漏《も》り出《い》づる鉤簾《こす》の扉《とぼそ》は
月さへ匂《にほ》ふ夕暮れ

洛南の秋

109
・大
都は人目つつましや

しの森」と続ける和歌の修辞による。「木枯しの森」は静岡市にある歌枕。◇鉤簾　すだれ。『俳諧《はいかい》類船集』によれば、「鉤簾」と「詠《なが》むる月」「空焼《そらだき》」とは付合《つけあい》。◇月　香の名でもある。

109　都は人目も憚《はばか》られる。というのは、もし私に気づいて小町のなれの果てかという人があったらどうしようかと心配だ。そこで、夕闇に紛れて月の出とともに都を出たのだが、都城警備の役人たちもこんな身すぼらしい姿の私をよもや咎めはしないだろう。――となるとこのように人目から隠れることも無用だったかしら。木の間隠れではっきり見えぬが、あれは鳥羽の恋塚や秋の山、月が美しい影を映している桂川には川瀬に舟漕ぐ人もいるようだ。

観阿弥《かんなみ》作の謡曲『卒都婆小町《そとばこまち》』の一節。老後零落した小野《おの》小町が、人目を恥じつつ都を出て行く時の歌。◇月もろともに　『源氏物語』末摘花《すえつむはな》の巻の「もろともに大内山は出でつれど入るかた見せぬ十六夜《いざよひ》の月」などをふまえるか。◇雲居百敷や　「大内山」の序。◇木隠れて　「人知れぬ大内山の山守は木隠れてのみ月を見るかな」(『千載集』雑上、等)による。◇鳥羽の恋塚、秋の山　どちらも京都市伏見区にある。袈裟《けさ》御前や鳥羽離宮の遺跡。◇月の桂の川瀬舟　「秋」「月」「桂」と連想が働いている。桂川は京都市の西郊を流れ、下鳥羽《しもとば》の西で鴨《かも》川と合流する。

月

もしもそれかと夕《ゆふ》まぐれ
月もろともに出《い》でて行く
月もろともに出でて行く
雲居《くもゐ》百敷《ももしき》や
大内山《おほうちやま》の山守《やまもり》も
かかる憂《う》き身はよも咎《とが》めじ
木隠《こがく》れてよしなや
鳥羽《とば》の恋塚、秋の山
月の桂《かつら》の川瀬舟《かはせぶね》
漕《こ》ぎ行く人は誰《たれ》やらん
　漕ぎ行く人は誰やらん

110　夢とまぼろし、夢とうつつを繰り返す夜の枕を重ねるうちに山崎の関も越え、明け暮れに都の空の月影を偲《しの》びながらも、何時《いつ》か都も遠去《とおざ》かったことだ。夕べの空に聞えて来る鐘の音から察するに、どうやら人里も近いらしい。

世阿弥作の謡曲『蟻通《ありどおし》』の一節。紀貫之《きのつらゆき》の玉津島明神参詣《さんけい》の旅を歌う。

◇関戸　大阪府島本町関戸明神の辺り。ここは山城《やましろ》・摂津両国の境で、平安時代初期には関所が置かれた。「夜の関戸」は、夜を一日の節目《ふしめ》と考え、それを関所に見立てたもの。「戸」の縁で「明け」に続く。◇雲居　内裏、そして都の意も併せてあるが、ここはそれが遠く雲に隔てられた意も含める。

111　東寺の辺りまで来ると、昔誰が作ったのかは知らないが、鳥羽の作り道に出る。その傍らに鳥羽殿の旧跡秋の山があるが、人に飽きられ捨てられた身とて、秋の山風が露ならぬ涙に濡れた私の袖に吹きつけ、そうでなくてさえ辛《つら》い心を更にわびしくさせる

110

大

・夢路《ゆめぢ》より、幻《まぼろし》に出《い》づる仮枕《かりまくら》

幻に出づる仮枕

夜《よる》の関戸《せきと》の明《あ》け暮《く》れに

都の空の月影を

さこそと思ひやる方《かた》の

雲居《くもゐ》は跡《あと》に隔《へだ》たり

暮れ渡る空に聞ゆるは

里近げなる鐘《かね》の声

里近げなる鐘の声

111

（大）・東寺《とうじ》の辺《あた》りに出でにけり、〳〵

昔誰《たれ》か作り道

ことだ。行く手には真菰で有名な淀野が開《ひら》ける。その真菰を刈るではないが思う人と離れ離《か》れになったために、旅慣れぬ身でこのように遠出《とおで》。それでも間もなく美豆の御牧にさしかかる。考えてみればこの御牧の荒駒を蜘蛛《くも》の糸でつなぎとめることが出来たとしても、二道掛けるような男の心に頼みをつなぐことはとても出来ない。だのに、それを頼んでいたというのはまことに愚かなことでありましたよ。

謡曲『現在女郎花《おみなめし》』(廃曲)の一節。現行の『女郎花』と同材。小野頼風《よりかぜ》と契りを交わした女が、その訪れの途絶《とだ》えたのを不審に思い、八幡《やわた》にある頼風の館を訪ねて行く件り。謡曲では一行目の「〳〵」はない。◇東寺　京都市下京区にある教王護国寺。弘法大師の開創。前歌の「鐘の声」に連なる。◇作り道　鳥羽の作り道のこと。平安京を東西に二分する朱雀《しゆじやく》大路を南に延長した線上にあった大路。その東方に鳥羽殿や秋の山がある。◇淀野　京都市伏見区。淀の周辺の野。桂川と宇治川に挟《はさ》まれる。歌枕。参考「茂るごと真菰の生ふる淀野には露の宿りを人ぞかりける」(『拾遺集』夏)。◇真菰草　はながつみ。水辺に自生する。「真菰刈る」というところから、次の「離《か》れ」を導く。◇美豆の御牧の荒駒を　「美豆」は伏見区淀美豆町の辺りか。淀の西南端。朝廷御料地の牧場があった。「御牧の荒駒」から、古歌「蜘蛛《くも》の網《い》に荒れたる駒はつなぐとも二道かくる人は頼まじ」を導く。◇細小蟹　蜘蛛の別名。

昔誰か作り道
さて鳥羽殿《とばどの》の旧跡《きうせき》
さなきだに、秋の山風吹きすさみ
憂《う》き身の露《つゆ》の袖《そで》の上
末は淀野《よどの》の真《ま》菰草《こもぐさ》
離《か》れ離《が》れなりし契《ちぎ》りゆゑ
習はぬ旅の我が心
美豆《みづ》の御牧《みまき》の荒駒《あらこま》を
細小蟹《ささがに》の糸もて繫《つな》ぐとも
二途《ふたみち》かくる人心《ひとごころ》
頼むぞ愚かなりける
　頼むぞ愚かなりける

深夜慕情

112
・小
残灯《ざんとう》牖下《いうか》落梧《らくご》之雨
是《これ》君を思ふに非《あら》ずとも、鬢斑《びんまだら》なるべし

113
・小
宇《う》津《つ》の山辺《やまべ》のうつつにも
夢にも人の逢《あ》はぬもの

情

114
・小
ただ人は情《なさけ》あれ
夢の夢の夢の
昨日《きのふ》は今日《けふ》の古《いにしへ》へ

112　消え残った燈火のもと、地に落ちた青桐の葉に降りそそぐ雨音を窓辺に聞くと、たとえ恋する身でなくとも、憂いの余り鬢に白髪も交じるであろうよ。まして君を思い続ける者としては――。

吟詩を和らげた小歌。恋人を思い悲しみに耽《ふけ》るということで前歌に続く。

◇牖下　窓の下。◇落梧　落ち散った青桐。◇是君を思ふに… 時雨《しぐれ》を聞いてさえ憂いに沈む私だから、君を思う時の悲しみを察してほしい。出典は不明ながら「日夜思レ君両鬢斑《りやうびん》」(『滑稽詩文』)など、類句は多い。

113　「駿河《するが》なる宇津の山辺のうつつにも夢にも人に逢はぬなりけり」という和歌もあるんだから、君が逢ってくれないのもなるほど尤《もつと》もだな。

『伊勢物語』(九段)の歌をふまえて、相手を皮肉ったり恨んだりしている。隆達節草歌(恋)にも「宇津の山辺のうつつにも、夢にも人に逢はぬよの」とある。◇宇津の山　静岡市と志太郡との境にある宇津谷峠。東海道の歌枕。同音の「うつつ」を導く序。

114　せめてこの世は愛と誠で生きようじゃないか。夢の世の中、昨日は今日の昔、今日は明日の昔。あっという間に過ぎ行くはかないものなんだから、人生は。

この世は無常なるがゆえに恋に生きようと歌う。刹那《せつな》的な現実主義の生き方が窺《うかが》える。九六参照。

◇夢の夢の夢の　「夢のうき世に」の心で「情あれ」に、「夢のうき世は」の心で「昨日は今日の」につな

夢・人

人　夢

がる。参考「とにかくに現《うつつ》にもあらぬこの世には夢こそ夢の夢はありけり」（『為家卿千首』雑）。

115　いっそのこと私に情《つれ》なく当ってほしい。あなたが愛情を寄せてくれるのがかえって私の身の破滅になり兼ねないから。

もう情《なさけ》をかけられるのはご免だと言っている。恋の楽しさと苦しさは表裏一体である。『宗安』二三参照。

◇人の情は身の仇　『北条氏直時分諺留《ことわざどめ》』に「人の情は身の仇、人の辛《つら》きは身の宝」とあるように、本来は人を甘やかすことへの戒めであった。それがここでは恋の歌として巧みに転用されている。

116　本当に辛《つら》いことだなあ、人の情《なさけ》という奴は身を滅ぼすもとになる。

前歌に続いて恋の苦しさを歌う。これも切《せつ》ない思いの中で思わず漏らした呟《つぶや》きの一つということであろうか。

117　こうなった以上は殿御《とのご》の愛情だけが頼りでございます。とるに足りないこの私、身の破滅も厭《いと》いませぬ。

恋に身を滅ぼす人もあれば、それに縋《すが》って生きるよりほかない人もいる。『宗安』二四参照。

◇身は数ならず　実際に身分が低いとも、謙遜《けんそん》ともとれる。参考「あはれとて人の心の情あれな数ならぬにはよらぬ情を」（『山家集』下）。

118　情《なさけ》を掛けたことが結局は自分にはね返った。詰《つま》らぬ人に馴れ親しんで、今や都のことも忘れる

今日《けふ》は明日《あす》の昔

115
・小　よしや辛《つら》かれ、なかなかに
人の情《なさけ》は身の仇《あた》よなう

人・身

116
・小　憂《う》やな辛やなう
情は身の仇となる

身

117
・小　情ならでは頼まず
身は数《かず》ならず

身

118
・小　情は人の為《ため》ならず

ほどになってしまったよ。

宮増作と伝える謡曲『粉川寺《こかわでら》』(廃曲)の一節。粉川寺の稚児と親しくなった男の述懐。肩書「小」は「大」の誤りか。あるいは二五の謡曲『花月』の「小歌」と同様、ここだけ小歌調で歌ったか。謡曲では最後の「〳〵」はない。

119　むやみに人に馴れ親しむものではありませんよ。一旦睦《むつ》んだあとで離れるってことは、そりゃもう、大変なことなんですから。
これも人と愛し合うのを警戒する歌。近世に入っても『松の葉』(一、賤《しつ》)に「たんだ人には馴れまいものよ、馴れての後は、るゝんるゝ、身が大事なるもの」という形で継承される。
◇るるるる…　ここは扇で拍子を取りながら歌ったのでもあろうか。「胸の間に螢《ほたる》あるらん、焦《こ》がるゝるゝるゝ…」(隆達節小歌)という例もある。◇大事ぢやる　大事である、の転。

120　昨夜の嵐が静まってみると、何時《いつ》もは漁師が掻き集める松の葉を風が吹き集めてくれた。見渡せば朝靄《もや》が煙のように霞《かす》んで、まるで集めた松葉を焚いているようだ。
出典不明の田楽能の一節。誤写もあるらしく意味がとりにくい。七四・七五調に合わせて読んでみた。
◇今朝はとり　「とり」は「さり」(去り)の誤写か。

121　愛《いと》しいあの女《こ》は塩屋に立ち昇る煙か、立ち姿までしおらしい。

よしなき人に馴《な》れ初《そ》めて
出《い》でし都も、偲《しの》ばれぬほどになりにける、〳〵
馴れ

119
・小　ただ、人には馴れまじものぢや
馴れての後《のち》に
離るる、るるるるるるが
大事ぢやるもの
馴れ

煙――塩・潮

120
・田　浦は松葉を掻《か》きとし
夜《よる》の嵐《あらし》ぞ今朝《けさ》はとり
掻き聚《あつ》めたる松の葉は

愛人の可憐《かれん》な姿を塩屋の煙にたとえた歌にはほかにも「君様は、明石《あかし》の浦の塩屋の煙、心とふりと立つにしほの候」（隆達節小歌）等がある。
◇塩屋の煙　製塩用の小屋から立つ煙。風に靡《なび》くように自分に靡けという意を込めていよう。説経『小栗《おぐり》絵巻』の恋文にも「塩屋の煙と書かれたは、さて浦風吹くならば、一夜は靡けと読まうかの」とある。

122　潮ならぬあの女《こ》のしおに迷わされ、さまよう磯の細道よ。
愛嬌《しお》に魅せられて通う恋の細道。隆達節草歌（恋）には下句「磯の通《かよ》ひ路《ぢ》」として伝わる。
◇磯　恋を連想させる語。六〇参照。

123　干満の激しい鳴海の浦のように、この先どうなる身の上か、潮に乗せられ流れ寄る片し貝のように、あの人に引き寄せられた片思いの私は。
片恋の象徴である片し貝に寄せて、身の行く末を嘆く歌。
◇鳴海　名古屋市緑区。中世には海浜であった。潮の引いた情景を和歌に詠まれることが多い。参考「さてもわれいかに鳴海の浦なれば思ふ方には遠去《とほざ》かるらむ」（『続古今集』羇旅《きりょ》）。◇片し貝　二枚貝が離れたもの。「合はぬ」「逢はぬ」の縁語。

124　潮を汲め、網を引け、松の落葉を掻けと強《し》いられて、憂き目を見せる三保の洲崎に寄る波干る波さながらに私は夜となく昼となく——。

焚《た》かぬも煙《けぶり》なりける
　焚かぬも煙なりける

121　・小
塩屋《しほや》の煙、塩屋の煙よ
立つ姿までしほがまし

122　・小
潮《しほ》に迷うた、磯《いそ》の細道

123　・小
何《なに》と鳴海《なるみ》の果《は》てやらん
潮に寄り候《そろ》、片し貝

124　・小
潮汲《く》ませ、網《あみ》引かせ

前歌の「何と鳴海（なる身）」から、海岸で苦役を強いられている境涯の歌を続けた。『山椒《さんしょう》太夫』のような物語を背景に考えてもよかろう。◇三保が洲崎　静岡県清水市三保の松原の岬。◇波の夜昼　ここから冒頭に帰り反復して歌われたか。

125　水際《みぎわ》に打ち寄る夜の潮を、水に映る月影ともども桶《おけ》に汲みましょう。心ならずも生きながらえてしまったこの身は、秋の木の実が落ちるように落ちぶれ果てて、何時《いつ》までこのように潮汲みを続けねばならぬことやら、思うだに辛《つら》いことですよ。出典不明の田楽能の一節であるが、謡曲『松風』の原曲とされる『汐汲』と関係があるかも知れない。狂言『お茶の水』（『水汲』）でも歌われ、乱曲「近江」（廃曲）にも似た歌詞がある。

126　人が刈ったわけでもない水辺の葦を、川の流れは自然と浜まで運んで行く。私たち海人《あま》の生活もそれに似て世の流れに身を任せたはかないものだが、さりとて生業《なりわい》ともなれば賤《いや》しい職などとは言っていられない。くどくど言うのはやめて、さあ天野の里へ帰りましょう。

松の落葉掻《か》かせて
憂《う》き三保《みほ》が洲崎《すさき》や
波の夜昼《よるひる》

125
・田
汀《みぎは》の波の夜《よる》の潮《しほ》
月影ながら汲《く》まうよ
つれなく命存《ながら》へて
秋の木《こ》の実《み》の落ちぶれてや
いつまで汲むべきぞ、味気《あぢき》なやや

126
・大
刈《か》らでも運ぶ浜川《はまがは》の
刈らでも運ぶ浜川の
川

謡曲『海人』の一節。海人の女の述懐部分。海浜の生業を歌っているということで前歌に続く。
◇浜川　浜辺を流れる川。◇潮海　海のこと。水海《みずうみ》（湖）に対する。◇世　葦の「節《よ》」を掛ける。◇天野の里　香川県大川郡志度町。志度寺の東方一キロの地点。天野峠がある。参考「あまの里は四渡寺《しどじ》の寅卯《とらう》の方也。あまの里ともいへり。海人《あま》が墓あり」（『謡曲拾葉抄《しゅうようしょう》』）。

127　舟が進めば両岸の眺めも次々と移り変る。その流れのように、涙は川と流れて瀬枕ならぬ我が枕に注ぐ。そして私の心は上の空、ちょうど上空を月を乗せて雲が流れ去ったあとのようにすっからかんの放心状態。ああ何《なん》とも救いようがないことよ。

謡曲『現在江口』（別名『門江口』、廃曲）の一節であるが、狂言『水汲』等でも歌われており、本来流行小歌で、それを謡曲や狂言に取り入れたものらしい。禅宗の詞句や歌語・俗語を巧みに綴《つづ》り合せた恋愛歌謡。
◇舟行けば…　「雲駛月運、舟行岸移」（『円覚経』）による。中世の禅林語録に多く引用された句。「舟行けば…」は「涙川の瀬枕」の、「雲駛ければ…」は「上の空」の序として用いられている。◇涙川の瀬枕　恋に沈む状態。「瀬枕」は早瀬の水が岩に当って枕のように盛り上がったところ。「涙川」「瀬枕」ともに歌語で、より俗語的な「上の空」に対応する。◇何ともなで、自嘲《じちょう》的口吻《こうふん》を示すか。五〇参照。

潮海《しほうみ》かけて流れ葦《あし》の
世を渡る業《わざ》なれば
心なしとも言ひ難《がた》し
天野《あまの》の里に帰らん
　天野の里に帰らん

127 ・小

舟

舟行けば岸移る
涙川の瀬枕《せまくら》
雲駛《はや》ければ月運ぶ
上《うは》の空《そら》の心や
上の空かや、何《なに》ともな

心　川　心

128
さあ歌えや歌え、あわれ泡のようにはかなく過ぎ去った昔を偲《しの》びつつ、今ここに遊女が歓楽の舟遊びをしている。うき世を渡りこの川を渡るための舟歌だ。さあ歌おう、浮かれよう。

観阿弥作とされる謡曲『江口』の一節。謡曲では江口の舟遊女によって歌われる。世阿弥自筆本の『江口』では、ここに「早歌《サウカ》節《フシ》」と傍記する。江口は大阪市東淀川区。港としても遊里としても有名で、川舟に乗って遊女が色を売った。

◇歌へや歌へ 「泡沫」と頭韻。諸本「うたへや〱」。謡本により改める。

129
水棹を操りつつ歌う舟歌に、うき世の様を歌い込むとしようか。ああ夕波千鳥も声を合わせて海人乙女と歌い交わしている。私たちの舟が世の恨みを乗せた室の遊女の舟とも知らず、後を慕うように追って来ることだ。朝妻舟というのは近江の湖《うみ》のもの、私もそれにあやかって恋しい人に逢う身となりたいのだが、海山《うみやま》遠く隔たっては情《なさけ》なや文字どおり浮舟の身、せめてそれにふさわしく舟歌を歌おうか、歌い馴れたうき世節《ぶし》の舟歌を。

謡曲『室君《むろぎみ》』の一節。これも瀬戸内海航路の港として

128
・大
歌へや歌へ泡沫《うたかた》の
あはれ昔の恋しさを
今も遊女《いうぢよ》の舟遊び
世を渡る一節《ひとふし》を
歌ひていざや遊ばん

129
・大
棹《さを》の歌、歌ふうき世の一節《ひとふし》を
夕波《ゆふなみ》千鳥《ちどり》声添《そ》へて
友呼びかはす海人《あま》乙女《をとめ》
恨《うら》みぞまさる室君《むろぎみ》の

栄えた室津（兵庫県揖保《いぼ》郡御津《みつ》町）の舟遊女、すなわち室君たちの舟歌。「歌ふうき世の一節」で前歌の「世を渡る一節」に連なる。

◇棹の歌　舟歌。『傀儡子記《くぐつき》』には傀儡《くぐつ》の芸の一つに「棹歌」を記し、『蔭涼軒日録《いんりょうけんにちろく》』（長享二年五月九日）には五山の僧の舟遊びで横川景三《おうせんけいさん》が漕《こ》ぎ手となり「発二棹歌一」、つまり舟歌を歌ったとある。◇夕波千鳥　夕方波の上を飛ぶ千鳥。友を呼んで鳴くとされる。参考「和歌の浦の夕波千鳥たちかへり心を寄せしかたに鳴くなり」（『新千載集』冬）、「夕波千鳥友寝して」（謡曲『知章《ともあきら》』）。◇朝妻舟　朝妻の遊女たちの乗った舟。「朝妻」は滋賀県坂田郡米原《まいばら》町。中世に栄えた琵琶《びわ》湖東岸の港。参考「本朝遊女の始まりは、江州の朝妻、播州の室津より事起りて」（『好色一代男』五）。

130　私はさしずめ近江舟か。志那の港を漕ぐように、死なんばかりに思い焦がれているよ。

以下一三三まで「漕ぐ」「焦がれる」という歌が続く。

◇志那　滋賀県草津市。中世に繁昌した港。「嬌態《しな》」の意も匂わすか。

行く舟や慕ふらん
朝妻舟《あさづまぶね》とやらんは
それは近江《あふみ》の海なれや
我も尋ね尋ねて
恋しき人に近江の
海山《うみやま》も隔《へだ》たるや
味気《あぢき》なや浮舟の
棹《さを》の歌を歌はん
水馴《みな》れ棹の歌歌はん

近江

130
•小
身は近江舟かや
志那《しな》で漕《こ》がるる

近江

131　人買舟は沖を漕ぐ。所詮《しよせん》売られるこの身、せめて静かに漕いでおくれ船頭殿。
琵琶湖を航行し、東国あるいは北国へと下る人買舟の歌。第一句は叙景的に、第二句第三句は売られ行く人の立場で歌う。物語中の一齣《こま》のようでもあるが、それを離れてもそこはかとない哀愁が漂う。近世に入っても「いかに船頭、あの舟とこの舟は、同じ港に着かぬかや、舟漕ぎ戻し静かに漕がい船頭殿」（寛文七年版、説経『山椒太夫《さんしよう》』二）と利用され、ほかにも「人買舟は沖を漕ぐ、とてもうら〳〵（うらるる、か）身を、静かに漕げ」（『徳川実記』附録、小田原陣の歌）、「人買舟からめしや、とても売らるる身ぢや程に、静かに漕ぎやれかんた殿」（『吉原はやり小歌総まくり』さかな端歌づくし）と受けつがれた。
◇ただ　これだけは、せめてという意を利かせた囃子《はやし》詞《ことば》。

132　私はまるで鳴門舟。阿波の鳴門の泡の中で漕ぐ舟のように、恋人には逢わず焦がれるばかり。
一三〇と同想。「みるめばかりに波立ちて、鳴門舟かやあはでこがるる」（隆達節小歌）など継承歌も多い。

133　沖合で舟を漕いでいたんだが、阿波の若衆に手招きされると、ただもう身がとろけそうで、ああ櫓が、櫓が押せぬ、櫓が押せぬよ。
舟遊女ならぬ、舟若衆の存在を窺《うかが》わせる。当時の衆道（男色）趣味の反映。大阪府和泉《いずみ》地方民謡「小踊り」（若狭踊《わかさおどり》）に「沖の門中で櫓押せば、宿の姫子は出て

131
・小
人買舟《ひとかひぶね》は沖《おき》を漕《こ》ぐ
とても売らるる身を、ただ
静かに漕げよ船頭殿《せんどうどの》

132
・小
身は鳴門《なると》舟かや
阿波《あは》で漕がるる
阿波

133
・小
沖の門中《となか》で舟漕げば
阿波の若衆に招かれて
味気《あぢき》なや
櫓《ろ》が櫓が櫓が、櫓が押されぬ
阿波

招く、あじき櫓櫂《ろかい》や腰が萎《な》えて櫓が押されぬ」(『貝塚市史』二)とある。また福岡県民謡「ハンヤ歌」(四国舟)の「ハンヤ、四国舟〳〵、沖をば漕がで渚《なぎさ》漕ぐ、静かに押せや仲乗りの船頭殿、足がしどろで、櫓が櫓で櫓が櫓で押されぬ。ハンヤ、堺舟〳〵、沖をば漕がで…(以下繰り返し)」は一三一・一三三を合わせたもの。少しずつ地名などを変えて各地で歌われたらしい。
◇阿波の若衆 「若衆」は男色を業とする若者。二九〇参照。

134 沖の鷗は、さながら舵を操って進む舟よ、それではさしずめ足が櫓というわけか。
海に浮ぶ鷗を舟に見立てた。参考「沖の鷗《かごめ》は舟遊山《ふなゆさん》、足を櫓櫂に身を舟に」(『民謡研究』伊豆大島旧泉津《せんづ》村大漁歌)。

135 磯山の岩根の松近くに居て物も言わず一時《いつとき》待っていると、誰が呼ぶ音とも知られぬ夜舟の舵の鳴る音が白波の間から聞えて来るばかり。浦も静かな鳴門の今宵《こよい》。
井阿弥《せいあみ》原作、世阿弥改作の謡曲『通盛《みちもり》』の一節。旅僧が夜、鳴門の浦で平家一門の菩提《ぼだい》を弔っていると、平通盛と小宰相局《こざいしょうのつぼね》の亡霊が小舟に乗って登場する場面。
◇岩根 大地に根を張ったような大岩。

136 月は西へと傾いた。暁の鐘が聞えて人里もどうやら近い様子。泊り舟の中に枕を二つ並べて、

134
・小
沖の鷗《かもめ》は舵《かぢ》取る舟よ
足を櫓《ろ》にして

135
・大
磯山《いそやま》に、暫《しば》し岩根《いはね》の松ほどに
暫し岩根の松ほどに
誰《た》が夜舟《よぶね》とは白波に
舵音《かぢおと》ばかり鳴門《なると》の
浦静かなる今夜《こよひ》かな
浦静かなる今夜かな

136
・小
月は傾《かたぶ》く泊り舟

取舵面舵さながらに、左に右に転《まろ》び寝る。袖を夜露に濡らしつつ、しっぽりと。

碇泊《ていはく》中の舟で女と一夜を明かす情景。一三六〜一三八は港や碇泊に関する歌。

◇月は傾く… 乱曲「西国下」の「遊女のうたふ歌の声、うき世を渡る一節も、まことにあはれなりけり…月落ち烏《からす》鳴き、霜天に満ちてすさまじく、江村の漁火《ぎょくゎ》もほのかに、半夜の鐘の響きは、客の舟にや通ふらん」（『五音』下）に通じる。◇お取舵 「おッ取舵」と歌ったか。「取舵」は船首を左に、「面舵」は右に向けること。◇濡れてさす 夜露に濡れて棹《さお》さす意に、男女の情交を掛ける。

137 湊へまた舟が入って来るらしい。唐櫓の音が、ほら、ころりからりと聞えてくるよ。

海辺で男を待つ遊女の歌であろうが、単に港の夜の情景とみても趣深い。『宗安』一七三参照。◇入るやらう 「やらう」は「やらん」の訛《なまり》。「また」とあるから、前にも舟が入ったことがわかる。◇唐櫓 唐風の長い櫓。「空櫓《からろ》」とも考えられるが、次歌の「唐土舟《もろこしぶね》」との続きからすれば「唐櫓」であろう。

138 薄情なあの人を待って、松浦の沖に浮んで碇泊しているあの唐土舟同様、待ちくたびれて今宵《こよい》も浮き寝、ああ憂き寝。

恋愛歌であるが、九州の松浦湾に碇泊する明《みん》国船を詠み込んでいるところに時代色を感じさせる。◇松浦 長崎県の海岸。この一帯は平戸を中心に大陸

鐘《かね》は聞えて里近し
枕《まくら》を並べて
お取舵《とりかぢ》や面舵《おもかぢ》にさし交《ま》ぜて
袖《そで》を夜露《よつゆ》に濡《ぬ》れてさす

137
・小
また湊《みなと》へ舟が入《い》るやらう
唐櫓《からろ》の音《おと》が、ころりからりと

捨てられて

138
・小
つれなき人を、松浦《まつら》の沖《おき》に
唐土舟《もろこしぶね》の浮き寝よなう

貿易の根拠地であり、後には南蛮船も渡航した。古くは松浦《まつら》佐用姫《さよひめ》の伝説でも名高い。◇浮き寝　安からぬ思いを抱きつつ寝ること。

139　来ないというならそれもよし。この世は夢、この身も露のはかなさ。たまに逢えたとて、光っては消える宵の稲妻のようなものだよ、一瞬の喜びに過ぎないのだから。

前歌の「つれなき人」に対処する心の持ち方を歌う。悟っているのではなく、負け惜しみといった感が強い。隆達節草歌（恋）にも伝わる。

◇稲妻　「夢」「露」とともに短いもののたとえ。

140　今の辛《つら》さにひきくらべ、過ぎた昔の懐かしさ。人生の春とはいわぬまでも、せめて、せめて晩秋あたりに戻る手だてはないものか。ああ昔恋しや。立ち返ることもなく、寄せるばかりの老いの波、そしてこの雪のような白髪頭。なまじ永らえたこの命がただもう恨めしい。

田楽能とあるが、謡曲『西行西住《さいぎょうさいじゅう》』（廃曲）の一節でもある。年老いた現在を冬にたとえ、昔の春ならずともせめて秋の暮れといえる時期まで歳月を引き戻してほしいという老いの嘆きを歌う。『宇津山記』や『宗長手記』（大永六年条）に、「田楽の謡」としてこの歌の一部が引用されている。

◇老の波　寄る年波。「波」の縁で「立ちも返らぬ」と言い、さらに後の「恨み（浦見）」を引き出す。

139
・小　来《こ》ぬも可《か》なり
夢の間《あひだ》の露の身の
逢《あ》ふとも宵《よひ》の稲妻《いなづま》

恨み

140
・田　今憂《う》きに、思ひくらべて、古《いにし》への
せめては秋の暮もがな
恋しの昔や
立ちも返らぬ老《おい》の波
戴《いただ》く雪の真白髪《ましらが》の
長き命ぞ恨《うら》みなる
長き命ぞ恨みなる

141
・大
恨《うら》みは数々《かずかず》多けれども
よしよし申すまじ
この花を御法《みのり》の花になし給《たま》へ

141　恨《うら》み言《ごと》は数々あるが、もうよい、それは言うまい。この朝顔を、仏様への手向《たむ》けにしてください。

小田垣能登守《おだがきのとのかみ》作と伝えられる謡曲『朝顔』（廃曲）の一節。朝顔を見捨てて萩《はぎ》を賞翫《しようがん》する旅僧に対し、朝顔の精が出現して思いを述べる件り。この直前に「咲く花に、うつるてふ名はつつめども、折らで過ぎ憂き朝顔と、もてはやさるるもあるものを、ただ萩のみを御賞翫の」とあり「恨みは数々」と続く。◇よしよし　まあそれはいいから。不満はあるが咎《とが》めないでおこう、という意。◇御法の花　草木成仏を説く『法華経』を暗示する。

142
・小
恨みは何《なに》はに多けれど
または和御料《わごりよ》を悪《あ》しかれと、更《さら》に思はず

142　何かと恨みは多いのだが、それはそれとしてあなたが不幸になればいいなどとは、私は決して思っていないよ。

どうしても相手を捨て切れぬ因果な自分を歌う。作者は男女どちらとも考え得る。『宗安小歌集』一〇六の「恨みは数々《かずかず》多けれど、逢《あ》うた嬉《うれ》しさに、はたと忘れた」と併せ読めば、人を愛する立場の弱さ・微妙さがわかる。乱曲「述懐」（廃曲）として伝わる。◇恨み　「浦見」を掛け、次の「何は」（難波）を導き、更に後の「悪し」（葦《あし》）を引き出す。◇または　諸本「又は」。従来「みは」（身は）の誤写とされて来たが、乱曲の本文も「又は」である。

143
・小
葛《くず》の葉《は》、葛の葉
憂《う》き人は葛の葉の
恨みながら恋しや

143　葛の葉よ葛の葉、葛が葉裏を見せるように、冷たい人を恨みはするが「恋しくは訪ね来てみよ」と古歌にあるとおり、やはりあの人は恋しい。前歌よりも更に激しい心の悶《もだ》えを歌う。「葛の葉の、葛の葉の、恨みながらも忘れねど…」(『浅野藩御船歌集』山田守ぶし)という継承歌もある。『宗安』一八参照。

144 四つ時を告げる鼓《つづみ》が聞える。この世の中に恋も恨みもないものならば、こんなに一人《ひとり》で思い煩うこともあるまいに。ああ、もう九つ時、夜半になってしまった。や、恋しい夫の面影が、目の前に現れたよ。こうして私が夫の身代りになっているので、「夫婦は二世」という夫婦の契りもどうやら果たせるというものだ。嬉しいことよ。となればこの牢は出まいよ。ああもうこの牢に住みつきたいことよ。

二九とともに謡曲『籠太鼓《ろうだいこ》』の一節。脱獄した夫に代って入牢《じゅろう》した妻が、狂気して時《とき》の鼓を打ち、夫を恋い慕うところ。

◇四つの鼓　四つ時(午後十時)を告げる鼓。◇九つ　九つ時(午前零時)。

144 ・大

四つの鼓《つづみ》は世の中に
四つの鼓は世の中に
恋といふことも、恨みといふことも
なき習ひならば
独《ひと》り、物は思はじ
九つの、九つの
夜半《やはん》にもなりたりや
あら恋し、我が夫《つま》の面影《おもかげ》立ちたり
嬉《うれ》しやせめて実《げ》に
身替りに立ちてこそは
二世《にせ》の甲斐《かひ》もあるべけれ
この牢《らう》出づることあらじ

◇なつかしのこの牢　意地にでも入牢を続けるという信念である。

145　思いが叶《かな》って連れ添ったとて、必ず迷いは起るもの。誰だってそうよ。だから、相手が誰でもいいから、ともかく一緒になってみてごらん。

思う人と結婚しても必ず迷いは生じるのだから、そこは達観して誰とでも連れ添ってごらんよ、という人生の先輩からのアドバイス。

◇誰もなう　底本は「誰になう」とも読める。その場合は後輩が「誰に添えとおっしゃるんですか」と質問を挟《はさ》んだ問答体の歌ということになる。

146　連れ添うにしろ添わぬにしろあの人はなぜもっとおおらかな気持で私に接してくれないのでしょうか。

自分の愛情に比べて相手はそれほどでもない、そのじれったさを歌う。女の歌か。隆達節小歌の「靡《なび》かずと靡かずと、せめて見るめをうらうらと」と同想。

◇うらうらと　心のどかなさま。◇なかるらう　なぜ…でないのだろう。「なくあるらん」の口語的用法。あるいは、もとは、「な（馴）るるらう」とあったか。それだとこの歌は、うかうかしているうちに男と馴れ親しんで深みにはまった女の述懐となり、一四七の「馴るるもの」にも接続し易い。

147　人里遠く離れた、荒野の牧場の荒馬でさえ、捕えて世話さえしてやれば、ついには懐《なつ》いてくれ

なつかしのこの牢《らう》や
あら、なつかしのこの牢や

添ふ

145
•小
添《そ》うてもこそ迷《まよ》へ、添うてもこそ迷へ
誰《たれ》もなう
誰になりとも添うてみよ

146
•小
添ひ添はざれ
などうらうらと、なかるらう

捕る——放す

るものだが。その点お前はまったくじゃじゃ馬だなあ。
気の強い女に手を焼いた男の歌。「陸奥《みちのく》の荒野の牧の駒だにも捕れば捕られて馴れ行くものを」（『長秋詠《ちょうしゅうえい》藻《そう》』下）によっているのであろうが、小歌ならではの自由な律調に仕立て直されている。

148　いっそ自由にして下さいな。あなたは私をじゃじゃ馬と言うけれど、実は籠《かご》の中の山雀同然。胡桃をあてがわれてはいるものの、あなたの来るのを待つ身でもないのです。
難解な歌であるが、一四七の相手の女の答歌と解してみた。言い分の食い違った皮肉な問答歌ということになる。隆達節草歌（秋）の「身は山雀、放せよ我を、松の実ばかりで胡桃でもなし」のほうがわかり易い。
◇なかなか　こうなったらいっそのこと。◇とても　所詮《しょせん》。どうしたところで。◇胡桃　山雀の好物。『毛《け》吹草《ふきぐさ》』（三）の付合《つけあい》にも「胡桃―山雀」とある。

149　私はまるで破れ笠みたいなものだ。誰も着もせず、ただ掛けておかれるだけの破れ笠に似て、待ち人も来もせず干《ほ》されているばかり。
「胡桃」（来る身）と「着」（来）で前歌に連なる。隆達節小歌にも「身は破《や》れ笠、きもせで、すげなの君や掛けておく」とあり、降《くだ》っても「破れ菅笠締緒《すげがさしめを》が切れて、更に着もせず捨てもせず」（『糸竹初心集』菅笠節）といった形で流布した。

147
・小 人気《ひとげ》も知らぬ、荒野《あらの》の牧《まき》の
駒《こま》だに、捕《と》れば
終《つひ》に馴《な》るるもの

148
・小 我をなかなか、放《はな》せ山雀《やまがら》
とても和御料《わごれう》の
胡桃《くるみ》でもなし

笠―色黒

149
・小 身は破《やぶ》れ笠《がさ》よなう
着もせで、掛けて置かるる

150 ・小
笠《かさ》を召せ、笠も笠
浜田の宿《しゆく》にはやる
菅《すげ》の白い尖《とが》り笠を召せなう
召さねば、お色の黒げに

151 ・小
色が黒くは遣《や》らしませ
もとよりも、塩焼《しほやき》の子で候《そろ》

鳴子

152 ・狂
引く引く引くとて鳴子《なるこ》は引かで
あの人の殿《との》引く
いざ引く物を歌はんや

150 笠はいかが、笠よ笠、浜田の宿で流行の菅の白い尖り笠をお召しなされ。召されぬと、お顔が黒く陽《ひ》に焼けますぞえ。

笠売りの売り声をもとにした歌か。笠と顔の黒さを歌ったものには、狂言歌謡「柳の下」の「柳の下のお稚児様、朝日に向うてお色が黒い、お色が黒くは笠を召せ、笠も笠、いつきよ尖り笠おそり笠…」や民謡の「笠を召せ〳〵、召さねば顔が黒い」(『巷謡篇《こうようへん》』下、土佐郡じよや)等、例が多い。

◇浜田の宿　島根県浜田市か。中世から開けた都市。参考「編笠は茶屋に忘れた、扇は町で落いた。買うて参《まゐ》せう今度の三吉《みよし》(三次)町で」(『田植草紙』昼歌四番)。

151 色が黒いとお気に入らねば、うっちゃっておいて下さいませ。もともと私は、賤《いや》しい塩焼きの子ですもの。

前歌に対する応答歌と見做《みな》してここにおいたもの。『宗安』九八参照。

◇もとよりも　どうせ私の素姓《すじよう》は。説経『小栗《おぐり》絵巻』に、照手姫を虐待する手段として「それ夫《をつと》と申すは、色の黒いに飽くと聞く。あの姫の色黒うして、太夫に飽かせうと思し召し…生松葉《なま》を取り寄せて、その日は一日燻《ふす》べ給ふ」とあるのに比して、ここは女の方から色黒を口にする点、おおらかさが感じられる。

152 引く引くなどと言いながら、鳴子を引かずに、思う殿御《とのご》の袖を引っぱるよ。さあ、引く物づく

塩

いざ引く物を歌はん
春の小田《をだ》には苗代《なはしろ》の水引く
秋の田には鳴子引く
名所、都に聞えたる
安達原《あだちがはら》の白真弓《しらまゆみ》も
今この御代《みよ》に留《とど》めた
浅香《あさか》の沼にはかつみ草
信夫《しのぶ》の里には綟摺《もぢずり》石の
思ふ人に引かで見せめや
姉歯《あねは》の松の一枝《ひとえだ》
塩釜《しほがま》の浦は雲晴れて
誰《たれ》も月を松島や

塩

しの歌を歌おう。春の田では苗代水を引き、秋の田では鳴子を引く。陸奥《みちのく》の名所として都にその名も高く、今の世までも名が伝わっている安達原の白真弓、これも引く物。浅香の沼ではかつみ草、信夫の里では綟摺石、これだけは根引きせずに思う人に見せたいのが姉歯の松の一枝。松といえば、雲一つない塩釜の浦で月の出を待つ松島よ。平泉もよい所。それにしても、秋の夜長を、月が傾くまで忙しく鳴子を引くとは。ちょっとこのへんで手を休めるとしようか。——さてまた引く物づくしを続けよう。鷹野では鳥を取る猟犬を引く。海辺では魚を取る網を引く。だが、何よりも何よりも、あの女《ひと》との別れを促すあの横雲、夜明け前に山もしらじらと明るくなるころ、長く棚《たな》引くあの横雲の恨めしさこそ、後に引く最大のものであろうよ。

狂言『鳴子』の鳥追歌と一致する部分が多い。仮名草子『尤《もつとも》の草紙』(下、ひく物の品々) などと同様、引く物づくしの形式をとる。◇あの人の殿引く　引く物づくしに寄せて思う人の袖を引くことをいう。「花見車を引きやるはよいが、〳〵、御所の女郎衆の袖引くな」(『落葉集《おちばしゆう》』七、花見車) 等類例は多い。◇安達原の白真弓　福島県の安達原に産する白い檀《まゆみ》の木で作られた弓。「引く」の縁語。以下、奥州の歌枕を列挙する (巻末地図参照)。◇浅香の沼にはかつみ草　「浅香の沼」は、福島県郡山市にあった沼。「かつみ草」は真菰《まこも》の異名という。このあたり、『義経記』二「伊勢三郎義経の臣下にはじめてなる事」の東下《あずまくだ》りの道行《みちゆき》文に類似するが、そこには「安達の野辺の白真弓…浅香の沼の菖蒲草《あやめぐさ》」とある。◇信夫の里には綟摺石　「信夫」は福島市。「綟摺石」は、この地の名産「信夫綟摺《しのぶもじずり》」より出たもの。福島市の文字摺観音境内の石かという。◇姉歯の松　宮城県栗原郡金成《かんなり》町姉歯にあった名松。子《ね》の日の行事などから「引く」に縁がある。◇なほ引く物を…　奥州の歌枕を連ね終り、ここからまた別の歌となる。◇何よりも、何よりも　以下、引く物のうちで最高の印象を残すものとして、後朝《きぬぎぬ》の別れの際に棚引く横雲のありさまを叙して結びとする。◇有明　空に月が残ったまま夜が明けること。前句に続けて「名残りあり」と掛ける。◇東雲　東の空が白んでゆく夜明け頃。◇横雲　明け方に多く見られる横に棚引く雲。『連珠合璧集《れんじゅがっぺきしゅう》』には「横雲トアラバ　暁、在明…別」とあるが、この前後の語句も、連歌でいう「付合《つけあい》」となっている。

平泉《ひらいづみ》は面白《おもしろ》
いと隙《ひま》なき秋の夜《よ》に
月入《い》るまでと引く鳴子《なるこ》
いざさしおきて休まん
　いざさしおきて休まん
なほ引く物を歌はんや、〱
浦には魚《うを》取る網《あみ》を引けば
鳥取る鷹野《たかの》に狗《いぬ》引く
何よりも、何よりも
契《ちぎ》りの名残《なご》りは有明《ありあけ》の
別れ催《もよほ》す東雲《しののめ》の
山白む横雲は

引くぞ恨《うら》みなりける

別離

153
・小
忘るなと、田《た》の面《む》の雁《かり》に伴《ともな》ひて
立ち別れ行く都路《みやこぢ》や
春は誘《さそ》ひてまた越路《こしぢ》

別れ

154
・小
思へば露《つゆ》の身よ
いつまでの夕《ゆふ》べなるらん

身

一度

155
・小
身は錆《さび》太刀

身

153　「忘れないで下さい」と頼む私を残して、田の面の雁と一緒に、あなたは都を指してこの地を離れて行くけれど、春にはどうぞまた雁とともにお越し下さい、この越路まで。

北陸地方の人と、都へ往還する人との別れの歌。留まる側の歌と解したが、これから都へ上る人の歌と考えることも出来る。

◇田《た》の面《む》「田《た》の面《も》」の転。参考「都とやらんもそなたなれば、声をしるべの頼りの友と、我も田《た》の面《む》の雁がねこそ、連れて越路のしるべなれ」(謡曲『花筐《はながたみ》』)。

◇春は誘ひてまた越路　歌の主を都へ上る人と考えれば、「春にはまた雁とともに北陸路へ罷《まか》り越しましょう」の意となる。「越路」は、北陸地方。また「越《こし》」へ通ずる道のこと。

154　考えてみれば、人間というものは露のようなもの。何時《いつ》の日の夕べまでの命なのだろう。

自分を露にたとえ、薄命を嘆く。前歌の「雁」から「雁の涙」すなわち「露」に続く。

◇夕べ　夕露の降りる時刻と人生の黄昏《たそがれ》とを重ね合せる。

155　この身はさながら錆刀。しかし、必ず一度はそなたをものにしてみせましょうぞ。

男の一念を歌う。滑稽というべきか、恐ろしいというべきか。

◇身は錆太刀　衰えた自分を自嘲《じちよう》した言い方。自分を鋳刀にたとえた例には阿国《おくに》歌舞伎踊歌「我は備前の鋳刀、思ひ廻せば伽《とぎ》（研ぎ）欲しや」（新謡曲百番『歌《か》舞伎《ぶき》』）等がある。

156 そなたは奥山の朴《ほお》の木よ。必ず一度は私の刀の鞘にしてさし上げましょうぞ。

前歌の「太刀」を承《う》けて「鞘」を出した。自分を太刀にたとえた男が、相手の女を鞘に見立てたもの。情交を暗示する。

◇朴の木　山地に生える大木。「ホウノ木といふて、秤《はかり》の覆ひ、刀の鞘に用ふる木」（『牛馬問《ぎゅうばもん》』二十六）。

◇まらしよ　「まゐらせう」の転。敬語を使っているのは相手の女に対する皮肉か。

157 やけのやんぱち、一度はっきり言ってやろう。それでも私を嫌《いや》だというのなら、こちらも見切りをつけよう。

はっきりしない相手の態度に捨鉢になった女の歌であろう。

◇ふてて　ふてくされて。◇みう　「みむ」の転。…してみよう、の意。

さりとも一度《いちど》遂《と》げぞせうずらう

156 ・小

奥山の朴《ほほ》の木よなう
一度は鞘《さや》に
なしまらしよ、なしまらしよ

157 ・小

ふてて
一度言うてみう
嫌《いや》ならば
我もただ、それを限りに

野宮の秋

158
枯れゆく草葉の中の荒れ果てた野宮、昔懐かしいこの所にも、あの思い出の九月七日はめぐって来た。ささやかな小柴垣、斎宮《さいぐう》の仮の御住居《すまい》。今も火焼屋のあたりにはかすかな火が見えるようだ。もしやあれは、私の胸の内の火が体内からさまよい出てあそこで燃えているのではなかろうか。ああそれにしても、何とも寂しい宮所のたたずまいよ。

謡曲『野宮《ののみや》』の一節。六条御息所《みやすどころ》の亡霊が、里の女の姿で嵯峨《さが》の野宮に現れ、その昔光源氏がこの野宮に自分を訪れたことを、旅僧に向って物語る部分の冒頭。『源氏物語』賢木《さかき》の巻によるところが多い。前歌の「我もただ、それを限りに」を、御息所の心と見做《みな》してこの歌に接続させる。

◇末枯れ　草木の梢《こずえ》や葉が枯れること。◇長月の七日「長月」は陰暦九月。光源氏が御息所を野宮に訪れた日。◇小柴垣　簡素な垣根。黒木の鳥居とともに、野宮の象徴的風物とされる。◇火焼屋　神膳を調えるための神聖な火を絶やさず燃しておくための小屋。

158
・大
末枯《うらが》れの、草葉に荒るる野宮《ののみや》の
草葉に荒るる野宮の
跡なつかしきここにしも
その長月《ながつき》の七日《なぬか》の日も
今日《けふ》にめぐり来にけり
物はかなしや小柴垣《こしばがき》
いとかりそめの御住居《おんすまゐ》
今も火《ひ》焼屋《たきや》の幽《かす》かなる
光や、我が思ひ
内《うち》にある色や、外《ほか》に見えつらん
あら寂《さび》し宮どころ
あら寂しこの宮どころ

159　秋も末となり、野宮の森の木枯しが身にしみるにつけ、身にしみ込んでいた昔のはなやかな色も、この秋の色同様すっかり消え失せたのだと思い知らされる。人目を忍びつつ昔を偲ぶにはどうしたらよいものか。忍ぶ草の衣を着ているわけでもなし、この野宮に戻って来てもかいのないこの仮の世の一時《ひととき》と知りつつも、この世とあの世を往きつ戻りつせざるを得ないこの身の因果の恨めしさよ。

前歌と同じく謡曲『野宮』の一節。一曲の冒頭部分、六条御息所の亡霊が登場し、自分の妄執《もうしゅう》のほどを物語る件り。

◇忍ぶの草衣　忍ぶ草で摺《す》って模様をつけた衣。◇行き帰る　あの世とこの世との往還をいう。

160　彦星が西の空に見えますが、今は一体何時頃《なんどき》なのでしょう。もう夜明けも間近なのでは。ああ、過ぎて行くのが惜しい。惜しい星の夜よ。もう少し時間が欲しい。

星に寄せて逢う瀬の一刻を惜しむ。『野宮』の九月七日の夕月夜から、月は異なるが同じ七日の七夕《たなばた》の逢う瀬を連想したものか。「宵《よひ》の明星さん夜明けと思うて、殿を帰して今悔《くや》し」(『佐渡の民謡』佐渡盆踊歌)は、この歌の後《あと》の状況を歌ったものと解せるが、よほど茶化した気分が漂う。

◇犬飼星　彦星の異名。◇ああ惜しや惜しや　共に過ぎるわずかな時間を惜しむ女の気持。八三と同じく「星」や「欲し」をも利かしているか。

159
・大
野宮《ののみや》の、森の木枯《こがら》し秋更《ふ》けて
森の木枯し秋更けて
身にしむ色の消え返り
思へば古《いにし》へを
何《なに》と忍《しの》ぶの草衣《くさごろも》
着てしもあらぬ仮《かり》の世に
行き帰るこそ恨《うら》みなれ
　行き帰るこそ恨みなれ

仮枕

160
・小
犬飼星《いぬかひぼし》は、何時候《なんどきぞろ》ぞ

161　風雅な心をお持ちの旅のお方よ。この女郎花には実は主《ぬし》があるのですが、この花のいわれを知っていらっしゃることに免じてお咎《とが》め申しますまい。どうぞ一本手折っていらっしゃい。いかにもなまめいた感じで立っている女郎花ですから、何かと気になることでしょう。「女郎」と書くことから、誰でしたか戯れにこの花と偕老の契りを結ぼうとした人もあったとか。だがあの邯鄲の枕に結んだ五十年の栄華も、あわれ粟を炊く間の、泡のような一瞬の仮寝《かりね》だったという故事なども、この女郎花の色が蒸粟色であることから、一つ思い出して下さってもいいですね。

謡曲『女郎花《おみなめし》』の一節。男山八幡宮に詣《もう》でる旅僧が、野辺に咲く女郎花を手折ろうとするところに、小野頼《より》風《かぜ》の亡霊が花守の翁となって現れ、声をかける件り。◇女郎花　謡曲では「オミナメシ」と発音されるが、諸本すべてが、本文・傍訓とも「をみなへし」とあるのに従う。参考「女郎花《ヲミナヘシ》」(『明応本節用集』)。◇よし、知る　旅僧が女郎花にまつわる古歌をよく知っていたことを指す。「よし」は、由来の意の「由」に、よろしい、と許可する意を掛ける。◇名に愛でて　その古歌を知っていることに免じて。「名に愛でて折れるばかりぞ女郎花われ落ちにきと人に語るな」(『古今集』秋上)による。以下「なまめき立てる」は「秋の野になまめき立てる女郎花あなかしがまし花も一時」(『古今集』十九、誹諧《はいかい》歌)、「うしろめたくや」は「女郎花うしろめたくも見ゆるかな荒れたる宿にひとり立

161

ああ惜《を》しや惜しや、惜しの夜やなう
・大
優《やさ》しの旅人や
花は主《ぬし》ある女郎花《をみなへし》
よし、知る人の名に愛《め》でて
許し申すなり、一本《ひともと》折らせ給《たま》へや
なまめき立てる女郎花《をみなへし》
なまめき立てる女郎花
うしろめたくや思ふらん
女郎《ぢよらう》と書ける花の名に
誰偕老《たれかいらう》を契りてん
かの邯鄲《かんたん》の仮枕《かりまくら》

てれば」(『古今集』秋上)による。◇偕老　年老いるまで夫婦睦《むつ》まじく連れ添うこと。「花色如㆓蒸粟㆒、俗呼為㆓女郎㆒、聞レ名戯欲レ契㆓偕老㆒」(『和漢朗詠集』上、女郎花)による。◇邯鄲の仮枕　五十年の栄華と思ったのも実は粟《あわ》を炊く間の一睡の夢に過ぎなかったという、盧生《ろせい》の夢枕の物語を指す。右の朗詠にみえる「粟」から、粟に関連したこの故事を引いたのであろう。参考「ただ邯鄲の仮の宿、栄花のほどは五十年、さて夢の間《あひだ》は粟飯《あはいひ》の、一炊《いつすい》の間《あひだ》なり」(謡曲『邯鄲』)。

162　秋の時雨がずっと降り続いたというわけでもないのに、干す暇もない私の袂、恋の涙に濡れたこの袂よ。

間断なく降る時雨に寄せて恋の涙を歌う。◇降り降り「旧《ふ》り」を掛ける。恋の相手とはかなり以前からの馴染《なじみ》ということを匂わせる。御伽草子《おとぎざうし》『和泉式部』の式部と道命阿闍梨《どうみやうあじやり》の恋物語の中に「君恋ふる涙の雨に袖濡れて干さんとすればまたはふりふり」「出でて干せ今宵《こよひ》ばかりの月影にふりふり濡らす恋の袂を」という和歌がある。

163　露時雨で山陰の下紅葉も色を増し、その間を吹く秋風までが身にしみる旅路。ところが、霧のたちこめる中をかいくぐり雲をおし分けて進むうちに、不案内な山中に踏み迷ってしまった。これからの旅の行く手はどうなるのだろう。

金春禅鳳《こんぱるぜんぽう》作の謡曲『一角仙人』の一節。天竺波羅奈《てんじくはらな》国

夢は五十年《いそぢ》のあはれ世の
例《ためし》もまことなるべしや
　例もまことなるべしや

時雨

162
・小
秋の時雨《しぐれ》の、または降り降り
干《ほ》すに干されぬ、恋の袂《たもと》

163
・大
露《つゆ》時雨、漏《も》る山陰《やまかげ》の下紅葉《したもみぢ》
漏る山陰の下紅葉
色添《そ》ふ秋の風までも
身にしみまさる旅衣《たびごろも》

の扇陀夫人《せんだぶにん》が、一角仙人を尋ねて山中に分け入る件りだが、原曲から離れて、山路の旅を歌った謡物《うたいもの》としても鑑賞できる。
◇露時雨　露がいっぱいに降《お》りて、まるで時雨が降ったように見えるのをいう。時雨が降るごとに紅葉は色づくとされていた。「露時雨漏る山陰の下紅葉濡るとも折らむ秋のかたみに」（『新古今集』秋下）による。
◇たづきも知らぬ…　「をちこちのたづきも知らぬ山中におぼつかなくも呼子鳥かな」（『古今集』春上）による。「たづき」は手がかり。案内。謡曲では、流儀によっては「たつき」と発音する。

164　名残り惜しさに、門口まで出て見やれば、山の中に、あの人のかぶった尖り笠の尖《さき》ばかりがほのかに見えます。

ここから、一夜を共にした旅人との別れの歌が続く。木の間隠れに尖り笠がほの見えるという情景は印象的。一六七と同じく、山中一面霧がかかった状態を想定してもよかろう。「旅人の分くる夏野の草繁み葉末に菅《すげ》の小笠はづれて」（『山家集』上）と似た風景だが、込められた心情はかなり異なる。
◇笠の尖り　尖り笠の先端。参考「恋しさにまたちよと出て見たりや、笠の尖りが見え隠れ」（『延享五年小歌しやうが集』三三五）。

霧間《きりま》を凌《しの》ぎ雲を分け
たづきも知らぬ山中《やまなか》に
おぼつかなくも踏《ふ》み迷《まよ》ふ
道の行方《ゆくへ》はいかならん
　道の行方はいかならん
山中

164

霧の名残り

・小
名残《なご》り惜《を》しさに出《い》でて見れば
山中に
笠《かさ》の尖《とが》りばかりが
ほのかに見え候《そろ》
山中

165 一夜馴染《なじ》んだ名残り惜しさに、外に出て海の方を見やれば、沖を指して遠去《とおざ》かって行く舟の速さよ、霧の深さよ。

前歌が山中であったのに対し、ここは港の女の歌。男を自分から遠去ける舟脚と霧に向かって、やるせない気持で呼びかけている。

166 月は山田の上にかかり、あの人の乗った舟は明石の沖合を漕いで行く。月よこのまま冴《さ》えわたれ。霧がたちこめると夜舟が迷うから。

ここに配列されると、恋人の乗った舟の航行の安全を祈る歌ということになるが、本来は気象への願いと情景を歌った舟歌と思われる。西航する船上で明石の沖から振り返って詠んだ歌か。

◇山田　愛媛県民謡「いさ踊」（月の踊）の「月は山《やま》端《ば》の上にあり」という類例からみればこの「山田」は普通名詞とも考えられるが、次行の「明石」に対するところからすればここはやはり地名とみるべきであろう。神戸市北区の丘陵地帯に山田町があるが、歌の情景からすれば、同垂水《たるみ》区の山田川辺りを指すか。◇明石　兵庫県明石市。月と海峡の霧は、この地の景物であった。「舟出する明石の沖に霧晴れて島隠れなき月を見るかな」（『歌枕名寄《なよせ》』播磨《はりま》）。

167 あの方の後ろ姿を見ようと思うのに、霧が、朝霧が立ちこめて……。

165

・小 一夜《ひとよ》馴《な》れたが
名残《なご》り惜《を》しさに出《い》でて見たれば
沖中《おきなか》に
舟の速さよ、霧《きり》の深さよ

舟

166

・小 月は山田の上にあり
舟は明石《あかし》の沖を漕《こ》ぐ
冴《さ》えよ月
霧には夜舟の迷《まよ》ふに

舟

167

小 後影《うしろかげ》を、見んとすれば
霧がなう

霧の中を去って行く恋人との別れを歌う。その後《あと》の言葉が続けられないほど、女の心は切《せつ》ないのである。継承歌謡も多い。『宗安』二九参照。

168　秋もはや末になり、奈良坂の児手柏は赤く染まった。草の枯れはじめた春日野で、妻を恋いつつ鳴く鹿の声を聞くにつけ、今年の秋ももう終りかと身にしみて感じられる。

出典不明の田楽能の一節。秋の末の奈良坂付近の情景を歌う。

◇奈良坂　奈良市の北部般若《はんにゃ》寺あたりの坂道。◇児手柏　枝が子供の掌《てのひら》に似ているところからこの名がある。葉に裏表の区別がないため、古来二心あることにたとえられた。奈良坂の奈良豆比古《ならずひこ》神社境内にある樹が名高い。◇妻恋ひ兼ぬる鹿の音　鹿は秋になると妻を求めて鳴くとされる。

169　さよ、さよ、小夜更け時に聞える、哀れげな鹿の一声——。

夜の静寂《しじま》の中に鹿の哀音が人の眠りを覚ます。『宗安』二八参照。

◇さよ、さよ　「小夜更け」を引き出すとともに、しんしんとした夜の雰囲気《ふんいき》を醸《かも》し出す効果もある。

朝霧が

鹿

168
・田　秋早《は》や末に奈良坂《ならざか》や
児手柏《このてがしは》の紅葉《もみぢ》して
草末枯《うらが》るる春日野《かすがの》に
妻恋ひ兼ぬる鹿《しか》の音《ね》も
秋の名残《なご》りと覚えたり
　秋の名残りと覚えたり

名残り

169
・小　さよ、さよ、小夜更《さよふ》け方《がた》の夜
鹿の一声《ひとこゑ》

170　人里近いあたりで鳴く牡鹿《お》のあの声は、牝鹿《め》に逢っての別離の悲しさか、それとも逢えぬを恨んでのことか。

鹿に寄せて恋人を待つわが身を嘆いている。「何時《いつ》も暁鳴く鹿は、逢はで鳴く音《ね》か、逢うて別れを鳴く音か」（隆達節小歌）も同想。

◇外山　人里近い山。「奥山」の対。

171　思う人に逢えたその夜はかの人の手枕だが、今夜のように訪れのない夜は自分の手枕で寝ざるを得ない。それにしても、私一人ではあまり床が広すぎる。枕よ、こっちへ来い、こっちへ来い。何《なん》だ、来ないのか。お前まで情《つれ》なくするつもりか。

狂言『枕物狂《まくらものぐるい》』の歌謡。狂言では、百歳《ももとせ》に余る老翁が若い娘を恋い慕っての物狂いの場で歌うが、独立させれば単なる独り寝の悶《もだ》えの歌とみることが出来よう。

◇手枕　ここは恋人の手を枕の代りにすること。共寝の状態。◇袖枕　自分の袖を枕にすること。『百人一首』の「きりぎりす鳴くや霜夜のさむしろに衣《ころも》片敷き独りかも寝む」（藤原良経《よしつね》）を思い浮べるとよい。

◇枕、余りに床広し　以下、恋人の代りに自分の枕に呼びかけている。しかし枕では反応もあろうはずがなく、「枕さへに疎むか」という嘆きとなる。「独り寝《ぬ》る夜のはかなの口説《くど》き、誰と語らう枕と語らう、寄れ枕こち寄れよ枕、枕さへ我を疎むよ、なよ枕」（女歌舞伎踊歌「心変り」）等、空閨《くうけい》の淋しさを枕に訴えるという類の歌は多い。

170
・小
めぐる外山《とやま》に鳴《な》く鹿《しか》は
逢《あ》うた別れか
逢はぬ恨《うら》みか

枕

171
・狂
逢ふ夜は人の手枕《たまくら》
来ぬ夜は己《おの》が袖《そで》枕
枕、余りに床《とこ》広し
寄《よ》れ枕
此方《こち》寄れ、枕よ
枕さへに疎《うと》むか

172 窓の外の芭蕉に夜通し降り注ぐ雨。あの雨のように、今夜は私の涙が枕をしとど濡らすだろう。

漢詩趣味の小歌。「窓前一夜芭蕉雨」（『無文禅師《むもんぜんじ》語録』山中偶作）といった類の句を利用するか。

◇一夜　諸本「一夜《や》」と振り仮名がある。

173 世間のことはまるで邯鄲の夢枕、人の心はさながら灔澦の灘の如し。

世事と人心の頼み難さを巧みな比喩《ひゆ》で歌う。参考「客窓日月邯鄲枕、世路風波灔澦堆」（『空華集《くうげしゅう》』）。

◇邯鄲枕　はかないもののたとえ。一六二参照。◇灔澦灘　中国の四川《しせん》省にある揚子江の難所。岩石が多く水流の激しい所で、古来、世事や人情の難いことのたとえに引かれる。

174 その美しさは昔のまま少しも衰えることなくあの人は夢枕に現れ、かすかながらその声も聞えた。――と思ったら、夜半の鐘の音とともにすべてむなしく消えた。邯鄲の枕とはよく言ったもの。

建長寺龍源菴所蔵詩集（四）『光巖老人詩』「寄レ人」の「清容不レ落邯鄲枕、残夢疎燈半夜鐘」の詩句によったものか。原詩は閑居のさまを歌ったものだが、ここではそれを独り寝の歌にとりなしている。

◇清容　美しい容姿。あるいは、美女の姿と月の美しさとを重ね合せた表現か。◇不落　その美しさが衰えないことをいう。昔のままの恋人の姿を独り寝の枕に夢見たのである。◇疎声　かすかに聞えた昔の恋人の声。原詩の「燈」を「声」と改めている。

172

（小）
一夜窓前芭蕉《いちやさうぜんばせう》の枕
涙や雨と降るらん

173

吟
世事邯鄲枕
人情灔澦灘

世事《せいじ》邯鄲《かんたん》の枕《まくら》
人情灔澦《じんせいえんよ》の灘《なだ》

邯鄲

174

吟
清容不落邯鄲枕
残夢疎声半夜鐘

清容《せいよう》落ちず邯鄲の枕

邯鄲

残夢《ざんむ》疎《そ》声《せい》半夜の鐘《かね》

175
・小
人を松虫枕《まくら》にすだけど
淋《さび》しさのまさる秋の夜すがら

176
・小
山田作れば庵寝《いほね》する
いつかこの田を刈《か》り入れて
思ふ人と寝うずらう
寝にくの枕や
寝にくの庵《いほ》の枕や

177
・小
咎《とが》もない尺八を

175　恋人の訪れを待つ私の枕辺に、松虫が群れ集まって鳴き騒いでいるけれど、折しも秋の夜長、淋しさはつのるばかり。
松虫に寄せて、恋人を待つ身の淋しさを歌う。隆達節小歌の「独り寝覚めの長き夜に、誰をまつ虫鳴き明かす」と通じるものがある。

176　山田を耕すこの身ゆえ、刈り入れ時は山小屋暮し。何時《いつ》になったら、この田を刈り終えて恋しいあの女《こ》と添い寝出来るのやら。ああ寝にくいこの床《とこ》よ、この枕よ。
狂言『鳴子』で歌われるが、狂言では「寝《ぬ》るれば夢を見る、覚むれば鹿の音を聞く」といった歌詞が挿入《そうにゅう》されるなどの異同もある。中世の農村の生活を偲《しの》ばせる歌。兵庫県民謡「ザンザカ踊」（さお踊）に「山田づくりの鹿の声…いつかこの稲刈り上げて、いとし殿御に添はりよやら」という形で継承されている。◇庵寝　稲の収穫時に、田の傍に作った仮小屋で寝泊りすること。◇いつか　何時《いつ》になったら。意のままに振る舞えぬ身分であること、つまり名主《みょうしゅ》に使われる身であることを暗示する。◇寝うずらう　「寝んとすらん」の転。

177　何《なん》の咎もない尺八を、枕にカタリと投げつけたが、どうなるってものでもない。ああ何《なん》とも淋しい独り寝よ。
独り寝の淋しさから愛用の尺八にやつあたりしている。苛立《いらだ》った男の心を歌う。
◇尺八　この時代から流行し始めた一節《ひとよ》切《ぎり》の尺八であろう。その「一節《ひとよ》」から一六八の「一夜《ひとよ》」に続く。◇かたり　擬音だが、この音にまで孤独な感じが出ている。

178　ただ一晩来てくれないからといって、罪もない枕を、縦に投げ横に投げしながら、「なあ枕よ、なあ枕、私の辛《つら》い心を察してくれよ」。
前歌同様やつあたりの歌。一七一に歌われた後の場面とみることも出来よう。「ナ」音の繰り返しが、感情の苛立ちをまざまざと伝える。「君が来ぬにて枕な投げそ、投げそ枕に咎もなや」（『吉原はやり小歌総まくり』かはりぬめり歌）その他、近世に類想歌謡が多い。『宗安』一〇八参照。
◇縦な投げに、横な投げに　前に投げ横に投げ、抛《ほう》り出し叩きつけ、ということであろう。

179　お前さんの手枕なんて引っ込めてくれ、木枕にも劣るむくつけき手枕だ。高雄の和尚の手枕といったってこんなじゃあるまいよ。
意味のとりにくい歌だが、前後の配列からみると、恋歌で、それも衆道（男色）に関するものと思われる。「高雄の和尚」とは文覚《もんがく》上人あたりを念頭においているか。
◇高雄　京都市右京区にある真言宗高雄山神護寺。

枕にかたりと投げ当てても
淋しや独《ひと》り寝《ね》

178 • 小
一夜《ひとよ》来《こ》ねばとて
咎《とが》もなき枕を
縦な投げに
横な投げに
なよな枕よ
なよ枕

179 • 小
引けよ手枕《たまくら》
木枕にも劣るよ手枕

咎

◇和尚　諸本「わしやう」と仮名書き。真言宗・法相宗・律宗等における僧の呼称。

180　あの人が通《かよ》って来ているということを、私のほかに知っているのはこの枕だけ。――なあ枕よ、その秘密をお前が人にしゃべったら一大事だよ。「わが恋を人知るらめや敷妙《しきたへ》の枕のみこそ知らば知るらめ」(『古今集』恋一)、「枕こそ知れわが恋は、涙かからぬ夜半《よは》もなし」(隆達節草歌、恋)のように、枕だけが自分の恋心を知っているという発想の歌は多いが、それに口止めしているところが面白い。◇来る来る来る　クルクルクルと歌いながら、ここでそれに合わせて枕をくるくると弄《もてあそ》ぶ所作《しよさ》などするのであろうか。◇勝事　尋常でないこと。大変なこと。

181　枕は恋の行く末を知っているというから枕にそれを尋ねてみたのだが、冷たくおし黙ったままだ。枕に口止めする人もあれば、思いの余り枕に恋の成り行きを尋ねようとする人もある。こと恋ともなれば、人もさまざまである。

182　別れの朝まだき、衣を打つ砧の音が、枕辺にほろほろ、ほろほろと聞えてくる。その音を慕うかのようにほろほろとこぼれ落ちるのは、涙よ、わが涙なのだよ。後朝《きぬぎぬ》や独り寝の淋しさを更にかきたてる砧の音を取り入れて歌う。『宗安』四〇参照。

高雄の和尚《わじやう》の
高雄の和尚の、手枕《たまくら》

180
・小
来る来る来るとは、枕こそ知れ
なう枕
物言はうには
勝事《しようし》の枕

知る

181
・小
恋の行方《ゆくへ》を知ると言へば
枕に問《と》ふもつれなかりけり

知る

182
・小
衣々《きぬぎぬ》の砧《きぬた》の音《おと》が

衣・砧

◇衣々　男女が共寝した翌朝に、各自の衣を着て別れること。「きぬ」という音から「砧」を引き出す。◇ほろほろ…　砧の擬音と涙の落ちるさまを掛ける。「交りて落つる露涙、ほろほろはらはらはらと、いづれ砧の音やらん」(謡曲『砧』)。◇別れ　諸本は「かそれ」とあるが誤写とみて改める。

183　旅の空にある君よ。私がこうしてあなたを偲《しの》んで淋しく秋の夜寒に砧を打っていることを、うつつにはともかく夢の中にでもどうして思いやって下さらなかったのですか。思えば恨めしい。

世阿弥作の謡曲『砧』の一節。遠く都へ赴いたまま便りもなく、自分を捨てたかにみえる夫に対する妻の恨みを歌う。

184　信夫の里の旅枕、この名残りつきぬ夢を覚まさないでおくれ。また都が恋しくなるではないか。

謡曲『横山』(古名『草刈』、廃曲)の一節。『中楽談《さるがくだん》儀《ぎ》』(序段)に「草刈の能に…『ここはしのぶの草枕』と謡ひ出し…」とあって観阿弥《かんなみ》が演じたことを記す。肩書に「小」とあるが、謡曲の一部が独立して小歌化したことを示すか。あるいは逆に小歌を謡曲でとり入れたか。
◇信夫　福島市。歌枕。◇名残り　謡本は「名取《なとり》」。「名取」は宮城県の地名で歌枕。「こ」と「と」の誤写とも考えられるが「名残り」のほうが小歌としては普遍性をもつ。

枕にほろほろ、ほろほろと
別れを慕ふは、涙よなう、涙よなう

183 ・大
君、いかなれば旅枕
夜寒《よさむ》の衣《ころも》うつつとも　　衣打つ
夢ともせめて、など　　夢
思ひ知らずや恨《うら》めし　　思ふ

184 ・小
ここは信夫《しのぶ》の草枕
名残《なご》りの夢な覚《さ》ましそ　　夢
都の方《かた》を思ふに　　思ふ

千里

185 ・小
千里も遠《とほ》からず
逢《あ》はねば咫尺《しせき》も千里よなう

186 小
君を千里に置いて
今日《けふ》も酒を飲みて
独《ひと》り心を慰めん

酒

187 ・田
南陽県《なんやうけん》の菊《きく》の酒
飲めば命も生《い》く薬《くすり》

185　逢いに行くとなると、千里の道も遠くは感じない。しかし逢わぬとなったら、目と鼻の先にいても、千里も先にいるように思えることだなあ。

「咫尺千里」という成句の歌謡化。『宗安』10参照。◇咫尺　古代中国の長さの単位。ごく短い距離をいう。

186　恋しい君を千里の彼方《かなた》へおいて、今日も独り酒を酌《く》み、空しさを慰めよう。

「千里も遠からず」とはいうものの遠く隔たった所にいる恋人に逢うのは容易でなく、その憂さを酒で紛らすのである。乱曲「水汲」(別名「地主」、廃曲)にも「君を千里においても、今は酒を飲み、我と心を慰る」とある。

187　南陽県の菊の酒は、それを飲めば命が幾百年か生《い》き延びるという妙薬。七百年を生き続けても、昔のままの若々しさだ。

奈良春日《かすが》若宮の田楽に伝わる田楽能『菊水』の一節。謡曲『菊水慈童』(廃曲)にもとり入れられている。永遠の若さを保ちつつ長寿を重ねる童子を主人公とするめでたい曲。小謡《こうたい》として酒を勧める時の歌として用いられたか。参考「一つ控へて盃見れば、老を延べしときくの酒」（『鄙《ひなの》一曲《ひとふし》』奥籬節《おくまがきぶし》）。◇南陽県の菊の酒　中国河南省南陽県を流れる菊水で製する酒。この酒のことは謡曲『枕慈童』『菊慈童』のほか『體源鈔《たいげんしょう》』（三ノ下、承和楽）等にも見え、不老長寿の妙薬とされた。

188　着物の上から被《かず》く練貫ならぬ、練貫酒を強いられたせいか、あっちへよろり、こっちへよろり。足腰が立たぬほどめろめろになったのは、あの女が酒を勧めたためだよなあ。

女に強いられた酒で酔っ払ったさまを巧みに表現する。

◇上さ　上様《うえざま》と同意か。上から。◇練貫　生糸を縦糸に、練糸を横糸として織った絹布。「練貫酒」の意を掛けるとともに、それをまとった女性の姿態が暗示されていよう。練貫酒は白酒の一種。九州博多の名産。参考「遠国《をんごく》なりと申せども、筑前に練貫、長崎平戸の葡萄酒《ぶだうしゅ》」（御伽草子《おとぎぞうし》『酒茶論』）。◇よろよろよろ　『文明本節用集』に「蹱《ヨロメク》（トウ・ヨロ〳〵）」とある。◇腰　底本「あしこし」と振り仮名がある。

189　どうか、御指名で私に差して下され、その盃を。

下から読む歌。二七三にも例がある。酒宴の席などで思い差しの盃を貰おうとする際、暗号式に用いられたものか、とされる。

七百歳《さい》を保ちても
齢《よはひ》はもとの如くなり
　齢はもとの如くなり

188
・小
上《うへ》さに人のうち被《かづ》く
練貫《ねりぬき》酒の仕業《しわざ》かや
あち、よろり
こち、よろよろよろ
腰の立たぬは
あの人のゆゑよなう

189
・小
きつかさやよせさにしさひもお

思ひ差しに、差せよや盃《さかづき》

◇思ひ差し　酒席で特に相手を指定して盃を差すこと。

190
・大
赤きは酒の咎《とが》ぞ
鬼とな思《おぼ》しそよ
恐れ給《たま》はで、我に相馴《あひな》れ給はば
興《きよう》がる友と思《おぼ》すべし
我もそなたの御姿《おんすがた》
うち見には、うち見には
恐ろしげなれど
馴れてつぼいは山伏《やまぶし》

190　顔が赤らんでいるのは酒のせいです。赤鬼だなんてお思い下さるな。怖《こわ》がらずに私と馴染《なじ》んで下されば、面白い奴だと思《おぼ》し召すでしょう。逆に私から見れば、山伏姿の貴公も、ちょっと見たところ恐ろしげだけれど、「馴れてつぼいは山伏」とやら。お互いさまですよね。

宮増作と伝える謡曲『大江山』の一節。御伽草子『酒《しゅ》呑童子《てんどうじ》』にもほとんど同文でとり入れられている。酒呑童子が山伏姿の源頼光の一行を饗応《きょうおう》する時の言葉。◇うち見には　絵巻『大江山しゆてん童子』（慶応義塾大学本）には、酒呑童子が「興がる声音《こわね》を出だし、歌を歌ふを聞けば」として、「うち見には」以下を奏でたとある。◇馴れてつぼいは山伏　当時の諺《ことわざ》でもあったか。「つぼい」は、可愛《かわい》らしい、親しみのわく、の意。

191
・早
況《いは》んや興宴《きようえん》の砌《みぎり》には

191　まして興宴の際には、人から勧められるまで、飲むのを待ってなどいられようか。

『宴曲集』五「酒」の一節。酒が人々に喜ばれることを述べ、「古徳も多く愛しき、賢人もさすが捨てざりき」とあってこの「況んや…」に続く。◇興宴　興を催す酒宴の場。◇砌　場所、時、双方に用いられる。◇何ぞ必ずしも　反語表現。自分から進んで飲むぞ、という語勢が窺《うかが》える。

192　わが身が逢坂《おうさか》の関の鶏であったならば、あなたの往き来する姿を、泣きながら黙って見過したりしようか。かえすがえすも羨ましいあの鶏よ。それにしても、鶏の別名を八声の鳥というと聞いてはいたが、今は夜も明けたのに八声どころか九声、十声と鳴き続けている。空音なのか正音なのか、物狂おしい鶏の心よ、そして我が心よ。

世阿弥作かとされる謡曲『逢坂物狂』（別名『逢坂盲』、廃曲）の一節。逢坂山に住む盲人、実は関の明神の化身《けしん》が、鶏の声を聞きつつ往来の人々のことを思いやる場面。独立させれば、夜明け方に男が立ち去った後の女の歌とみることも出来る。『禅鳳雑談《ぜんぽうぞうたん》』（中）に引用されている。

◇あの鳥にてもあるならば…　「逢坂の木綿《ゆふ》つけ鳥にあらばこそ君が往来《ゆきき》をなくなくも見め」（『古今集』恋四）による。「往来」から「帰る」、そして「かへすがへす」を導く。◇八声の鳥　鶏のこと。夜明け方にたびたび鳴くところからいう。◇今は八声も数過ぎぬ　夜が明け放ったのに依然鳴き続けていることをいう。◇空音　聞き違い。「空寝」の意も含むか。

◇うつつなの、鳥の心や　度を越して鳴き続けていると鶏を咎《とが》めたものの、実は正気を失っているのは自分のほうで、あの声は自分の幻聴なのかも知れない、という心境。

何《なん》ぞ必ずしも人の勧《すす》めを待たんや

夢とうつつと

192 ・大

あの鳥にてもあるならば
君が往来《ゆきき》を
泣く泣くもなどか見ざらん
かへすがへすも羨《うらや》ましの鶏《にはとり》や
げにや八声《やこゑ》の鳥とこそ
名にも聞きしに明け過ぎて
今は八声も数過《かずす》ぎぬ
空音《そらね》か正音《まさね》か
うつつなの、鳥の心や

193　辛《つら》いといってもほんの一瞬、嬉しといってもほんの一瞬、醒《さ》めた心で振り返れば、すべてこれ夢なのですねえ。

憂《う》いといい嬉しいというが、どちらも夢の世の中での出来事に過ぎないのだ。隆達節小歌の「思ひ思ひて逢ふも夢、嘆くまいよの別れをも」などに通じるものがある。

194　平家のゆかりの者とて、これまでは人目を忍んで暮していた私、垣根の薄を吹き過ぎてゆく風が音をたてぬと同様、声をころして忍び泣くばかりであったが、今となっては誰に遠慮があるわけでもない。おりからの有明の月夜を、何憚《はばか》ることなく鳴き通す時鳥にならって、私も身の上の知れることなどかまわずに泣き続けましょうよ。

世阿弥作の謡曲『清経』の一節。都にあって、平清経が九州で死んだと知らされたその妻の嘆きである。謡曲では、冒頭道行《みちゆき》の部分に「今はもの憂き秋暮れて、はや時雨降る旅枕」とあるが、その部分を考慮に入れると、「憂き」で一九三に、「時雨」で一九五に接続することになる。
◇人目を包む　平家ゆかりの者というので、都にあった清経の妻は人目を忍んで暮していた。そこへ清経の訃報《ふほう》が届いたのである。◇垣穂　謡曲では「カキオ」と発音する。◇今は　夫の死を知った今では。◇夜ただ　夜、ただひたすらに。夜を徹して。

193
・小　憂《う》きも一時《ひととき》、嬉《うれ》しきも
思ひ覚《さ》ませば夢候《ぞろ》よ

194
・大　このほどは、人目を包む我が宿の
人目を包む我が宿の
垣穂《かきほ》の薄《すすき》吹く風の
声をも立てず忍《しの》び音《ね》に
泣くのみなりし身なれども
今は誰《たれ》をか憚《はばか》りの
有明《ありあけ》の月の夜ただとも
何か忍ばん時鳥《ほととぎす》

195 篠葺《ぶ》きの粗末な家に降りかかる村時雨の音を聞くにつけても、うき世とははかないものという感が深い。

前歌の「人目を包む我が宿」から、閑居する「篠の篠屋」へと連想が及んだもの。「忍《しの》」「篠《しの》」という音からも連なっている。

◇篠の篠屋　篠竹《しの》（細い竹）で屋根を葺いた粗末な家。参考「暁《あかつき》の鴫《しぎ》の羽音は時雨にてすずの篠屋に月ぞ漏りくる」（『秋篠月清集』三）。◇村時雨　ひとしきり強く降っては通り過ぎる時雨。

196 せめて時雨なりと降ってほしいものだ。独りいる板屋住いの我が身がわびしくてならぬから。

独り寝の夜の雨は淋しいものとされるが、ここは、せめて時雨でも訪れてほしいという、更にやるせない気持である。三四にも通じる。『體源鈔』（十ノ下、音曲事）に「よしなのわれらが独り寝や。かばかりさやけき冬の夜に、衣は薄くて夜は寒し、頼めし人は待てど来ず」という歌があるが、こんな状態では確かに時雨でも降ってほしい心境ともなろう。しかし「人々をしぐれよ宿は寒くとも」（芭蕉）になると、さびの境地、また「独り寝る夜は淋《さび》しよてならぬ、鳴けよ妻戸のきりぎりす」（『鄙《ひな》廼一曲《ひとふし》』科埜《しなの》の国 舂《うすつき》唄、曳臼唄）になるとこれは鄙びた味、いろいろ比べてみると面白い。『宗安』五六参照。

◇板屋　屋根を板で葺いた粗末な建物。

197 せめて、愛し合う二人で、相手を思いつつの独り寝なりとしたいものだ。

名をも隠《かく》さで鳴く音かな
名をも隠さで鳴く音かな

時　雨

195 ・小 篠《すず》の篠屋《しのや》の村時雨《むらしぐれ》
あら定めなのうき世やなう

196 ・小 せめてしぐれよかし
独《ひと》り板屋の淋《さび》しきに

独り寝

197 ・小 せめて思ふ

せめて

せめて

添い寝とまではいわずともせめてこうありたいという、恋人もいない男のいじらしい願いを歌う。
◇思ふ　せめて思ふ、思ふ二人、思ひつつの独り寝と、三様に掛る。◇二人、独り寝もがな　随分舌足らずだが、それがかえってこの男の切々《せつせつ》たる思いを素朴《そぼく》に表現しているようだ。

198　一人で寝るのはもう御免だよ、二人寝の味を知ってみるとね。本当に辛《つら》いよ独り寝は。
共寝の習慣のついた人が、たまたま独り寝しての思いを歌う。『宗安』三三参照。
◇物憂やな　彰考館本には「よのうやな」とある。それだと「独り寝し夜《よ》の、憂やな」となる。

199　あの人が愛していてくれていた時分に、どうして独り寝の習慣をもつけておかなかったのだろうか。悔まれる。
二人の仲は永久不変と信じ込んでいた男の悲喜劇を、独り寝を通じて表現する。『宗安』三四参照。
◇人の情のありし時　かつて愛し愛され、毎夜を共に過していた時に。

200　かつては毎夜二人寝だったんだが——。別れてみると一人でも寝られるのだな。人の身なんて習慣次第なんだな。
これも相手に捨てられての歌。前歌より少し時《とき》が経ってのものか。淋しい諦《あきら》めの心境である。『宗安』五九参照。
◇独りも、独りも　あとの繰り返しと同様に、繰り返すことによって無理にでも自分を納得させようとして

二人《ふたり》、独《ひと》り寝《ね》もがな

198
・小
独り寝じ、物憂《う》やな
二人寝寝初《ねそ》めて、憂やな独り寝

199
・小
人の情《なさけ》のありし時
など独り寝を習《なら》はざるらん

200
・小
二人寝しもの
独りも、独りも、寝られけるぞや
身は慣《なら》はしよなう
身は慣はしのものかな

いる様子が読みとれよう。◇身は慣はし　人間なんて慣れによってどうとでもなるという諺《ことわざ》。

201　たとえ独り寝をしようとも、実意のない人と一緒になるのは嫌よ。誠意を尽くしても無駄だもの。男女の仲から嘘というものがなくなってしまえばいいのに、嘘が。

ストイックな心情を歌うか。あるいは裏切られた女の負け惜しみか。

◇世の中　男女の仲の意であろう。あるいはここから別の歌か。諸本いずれもここから改行している。

202　内へ入れないで、霜に打たせておいたがよい。さんざん待たせて夜更けてからやって来た男が憎くて仕方ないから。

約束の時間に遅れた愛人を責める歌。狂言『花子』でも歌われる。同じような情況の歌には「鳰鳥《にほどり》の葛飾《かつしか》早稲《わせ》を饗《にへ》すともその愛《かな》しきを外《と》に立てめやも」(『萬葉集』巻十四)、「東屋《あづまや》の真屋《まや》のあまりの、その、雨そそき、我立ち濡れぬ殿戸《とのど》開かせ」(催馬楽《さいばら》『東屋』)、そしてこの後《あと》の二〇六等いろいろあるが、読み比べてみると、女の歌・男の歌、訪ねる側・待つ側とさまざまである。その中でこの二〇二は最もきびしいようだが、実は愛情の深さではいずれにも劣るまい。「露に打たせうや、夜更けて来たが憎いに」(広島県民謡『苅田村御《お》哥物志《うたぞうし》』朝哥二番)等、民謡にも類歌が多い。

203　どうせお越し下さるならもっと早く、宵のうちから来て下さいな。もう間もなく鶏が鳴く。こ

201
・小
独り寝はするとも
嘘《うそ》な人は嫌《いや》よ
心は尽くいて詮《せん》なやなう
世の中の嘘が去《い》ねかし、嘘が

霜―橋

202
・小
ただおいて霜《しも》に打たせよ
夜更《ふ》けて来たが憎《にく》いほどに

203
・小
とてもおりやらば、宵《よひ》よりもおりやらで
鳥が鳴《な》く

んなに遅くからでは、添い寝したところで幾らも時間はありゃしない。詰《つま》らないこと。
◇おりやらば 「おり」に霜の縁語「降《お》り」の意味をも持たせ、一連の霜の歌の中に配列している。

204 人の心は霜の置いた白菊のように移ろい易いもの。畜生！ 頼みにならぬ浮気心めが。
白菊に寄せて相手の心変りを嘆く歌。参考「何時《いつ》しかと移ろふ色の見ゆるかな花心なる八重の白菊」（『六百番歌合』冬二）。
◇霜の白菊 「移ろふ」の序。変色し易いことからいう。「菊トアラバ…紫、うつろふ…霜」（『連珠合璧集《れんじゅがっぺきしゅう》』）。
◇しや 罵《ののし》る時に発する言葉。◇一花心 「花心」は移り易い心。「一」は一時の意を強調。

205 霜が降りる度《たび》に色香を失ってゆくのが白菊だが、人心も同様。何《なん》とも致し方ないことよ。
前歌と同内容。類想歌としては隆達節小歌の「人の心は霜の白菊、移り易やの移り易やの」「さてもそなたは霜の白菊、移り易やなう移り易やなう」がある。
◇何でもなやなう 前歌との連なりからみれば、相手の心変りを、仕方がないと諦《あきら》めた気持か。「何ともな」（五〇参照）と同じような意味あい。

206 あなたがお越しになりますまで屋内へは入りますまい。たとえ私の濃紫の元結に白く霜が降りましょうとも。
「君来ずは閨《ねや》へも入らじ濃紫わが元結《もとゆひ》に霜は置くとも」（『古今集』恋四）の第二句を省いただけだが、前半を

添《そ》はば幾程《いくほど》、味気《あぢき》なや

204 ・小 霜《しも》の白菊《しらぎく》、移ろひ易《やす》やなう
しや、頼むまじの一花心《ひとはなごころ》や
白菊

205 ・小 霜の白菊は、何《なん》でもなやなう
白菊

206 ・小 君来《こ》ずは、濃紫《こむらさき》
我が元結《もとゆひ》に霜は置くとも

207 ・早 索々《さくさく》たる緒《を》の響き
松の嵐《あらし》も通《かよ》ひ来て

五五音としたことによって歌謡らしい律調になっている。内容的には二〇三と逆の態度である。
◇濃紫　紫は、和歌では白と対比させて用いる。

207　かすかに聞える琴の緒の調べとともに、松風の音が聞えて来る。冷えびえとした霜夜の月が、緱山の山の端に入ろうとしている。
『宴曲集』一「月」の一節。『和漢朗詠集』（下、管絃）中の詩二篇を合成したもの。原歌では秋夜の叙景であったものを二〇六の人待つ女をとり巻く周囲の情景に見立てている。「緒」と「元結」でも前歌に連なる。
◇緱山　唐の都洛陽《らくよう》の南にある山。

208　霜降る寒空の暁に、有明の月光を浴びつつこれからあなたは帰って行かれますか。さてもさても。
寒夜をともに明かした恋人を送る歌。冴《さ》えた情景にふさわしい純粋な女の気持が伝わってくる。

209　鶏の声とともに、田舎《いなか》の宿を冬の月を戴《いただ》いて旅立ったが、早暁にもかかわらず、はや人の足跡が板橋の霜の上に残されているではないか。何者であろうか。
温庭筠《おんていいん》作「商山早行」（『三體詩』等）の一節。『三益稿《さんえきこう》』にも「人跡板橋霜」と題する詩が載るなど、五山詩にしばしば引用される。この足跡を二〇八の男のものと見做《みな》してここに配列しているのである。

210　私がここから朝帰りするのを人に知られたのは、あの霜の上の足跡からなのだよ。

更《ふ》けては寒き霜夜の月を
緱山《こうざん》に送るなり　月

208
・小
霜降る空の、暁月《あかつきづき》になう、さて
和御料《わごれう》は帰らうかなう、さて　月

209
・吟
鶏声茅店月
人迹板橋霜
鶏声茅店《けいせいばうてん》の月
人迹板橋《じんせきはんけう》の霜　月

210
・小
帰るを知らるるは

二〇八～二一〇は、真中に漢詩調の歌を挟《はさ》んで、巧みに、女―第三者―男の歌という形の配列となっている。
◇知らるるは　完全な連作なら「知られしは」とあるべきか。各々が本来独立歌謡であったためだろう。
◇板橋の霜　はかないことのたとえでもある。忍ぶ恋がはかなくも露顕したことを含んでもいるか。

211　橋を通って帰ったのでは人目につく。河口《かこう》の潮が引いてくれないかな。

前歌のような事態にならぬよう気を配りつつ、早暁に女のもとを去る男の歌か。あるいは送り出す女の側の歌ともとれる。
◇湊の川　入江の河口辺り。遠廻りにはなるが人目につかぬ道だったのであろう。

212　橋の下に泳ぐめだかですら、独り寝はすまいと相手を求めるかのように上り下りしているよ。

前歌と同じく橋の歌だが、こちらは目を橋の下の雑魚《ざこ》に向けた。幸若『伏見常盤』に遠江《とおとうみ》（静岡県西部）の田歌として「遠江なる〳〵、浜名の橋の下なるは、鯉《こひ》か鮒《ふな》か鮠《はや》の子か…」という歌があるなど類歌も多いが、この歌では、その雑魚を「独りは寝じと」と見立てたところが面白い。
◇目々雑魚《めめじやこ》　めだか。「丁斑魚、東武にて、めだか、京にて、めめざこ」（『物類称呼』二）。◇独りは寝じと　「高島やゆるぎの森の鷺《さぎ》すらも独りは寝じと争ふものを」（『古今六帖』六、鷺）から出た成句。

人迹板橋《じんせきはんけう》の霜《しも》の故《ゆゑ》ぞ

211
・小
橋へ廻《まは》れば人が知る
湊《みなと》の川の潮《しほ》が引けがな

212
・小
橋の下なる目々雑魚《めめじやこ》だにも
独《ひと》りは寝じと、上《のぼ》り下《くだ》る

213
・小
小川の橋を
宵《よひ》には人の
あちこち渡る

213　宵ともなれば、小川の橋を、いろいろの人がいろいろの思惑《おもわく》を抱きつつ渡って行くよ。

今度は橋の上、宵に恋人のもとへ急ぐ人たちの往来《ゆきき》に目を転じた。◇あちこち渡る　慌《あわただ》しく右へ行き左へ行きする感じである。前歌の「上り下る」に対応する。

214　都の空を遠く離れたはるかな旅路のわびしさを思うにつけ、囚《とら》われの我が身の悲しみが身にしみる。三河の国の八橋の下をあちらこちらに水が流れていたように、ここで心が千々に乱れようとは思いがけなかった。今となっては千手《せんじゅ》と馴れ親しんだのがかえって悔まれ恨めしく思える。

謡曲『千手』の一節。囚われの身として鎌倉へ護送された平重衡《しげひら》が、海道下りの我が身の憂さを愛人千手に物語る部分。◇衰への、憂き身の果て　平家一門の運命と重衡自身のそれとの両方に対していう。◇八橋　東海道の歌枕。ここは『伊勢物語』（九段）をふまえる。◇かけぬ情　鎌倉における思いもかけぬ千手の愛を指す。「かけ」は橋の縁語。

215　「鎌倉へ下る街道に、どういうわけか割り竹の丸橋が渡してある。木がないのか、板がないの

海道下り

214
・大
都の雲居《くもゐ》を立ち離れ
はるばる来ぬる旅をしぞ思ふ
衰《おとろ》への、憂《う》き身の果《は》てぞ悲しき
水行く川の八橋《やつはし》や
蜘蛛《くも》手《で》に物を思へとは
かけぬ情《なさけ》のなかなかに
馴《な》るるや恨《うら》みなるらん
馴るるや恨みなるらん

川・橋

215
・小
鎌倉へ下る道に

か。何《なん》で割り竹の丸橋を渡したのだね」「いや、木もあるし、板もあるんだが、私に靡《なび》いてくれぬ憎らしい若衆を川へ落そうと思って、それで割り竹の丸橋にしたんだよ」。

拍子をとって歌う囃子《はやし》歌であろうか。前半の、なぜ竹の橋を架けたかという問いに、後半で答えるという形式。「竹の丸橋いざ渡らう。瀬でも淵でも落ちばもろとも」(隆達節小歌)や、「ひんよう、いじや(いざ)渡る丸木の小橋、ひんよう、落ちて名の立つ〱」(「伊豆新島若郷大踊歌」まどのやく)の類は、この歌を、渡る人の立場から歌ったものとみることが出来よう。

◇竹剝げの丸橋　「剝ぐ」は折ること。折り取った竹で渡した橋。参考「耗《カウ》ノ字ヲヘクト読ム。折《セツ》ノ字ヲヘヅルト読ム也。ヘグモヘヅルモ心ハ同事也」(『壒嚢《あいのう》鈔《しょう》』三ノ十四)。◇落ち入らせうとて　若衆を川へ落そうという意に、自分の意に従わせようという意を掛ける。

216　面白の海道下りよ、その道中の面白さは何《なん》とも語り尽くせまい。まずは鴨川白川を渡り、愛人に逢《あ》うという粟田口から京を出て山科《やましな》へ。四宮河原や十禅寺、逢坂《おうさか》の関のあった関山三里を越えて、人を待つという大津の松本に着いたよ。そこから東を見渡せば、瀬田の長橋が横たわる。霞の彼方《かなた》は、野路や篠原であろうか。雨は降らずとも漏るという名の守山を越えれば小野の宿、更に進むと摺針峠の細道で、今宵は

竹剝《へ》げの丸橋を渡いた
木が候《さふら》はぬか板が候はぬか
竹剝げの丸橋を渡いた
木も候へど、板も候へど
憎《にく》い若衆を落ち入らせうとて
竹剝げの、竹剝げの、丸橋を渡いた

216
・放
面白《おもしろ》の海道《かいだう》下りや
何《なに》と語ると尽きせじ
鴨川《かもがは》、白川打ち渡り
思ふ人に粟田口《あはたぐち》とよ
四宮《しのみや》河原に十禅寺《じふぜんじ》

橋　渡　渡

関山《せきやま》三里を打ち過ぎて
人松本に着くとの
見渡せば、瀬田《せた》の長橋《ながはし》
野路《のぢ》、篠原《しのはら》や霞《かす》むらん
雨は降らねど守山《もりやま》を打ち過ぎて
小野《をの》の宿《しゆく》とよ
摺針峠《すりはりたうげ》の細道
今宵《こよひ》は此処《ここ》に草枕《くさまくら》
仮寝の夢をやがて醒井《さめがゐ》
番場《ばんば》と吹けば袖《そで》寒む
伊吹颪《いぶきおろし》の激しきに
不破《ふは》の関守、戸鎖《とざ》さぬ御代《みよ》ぞめでたき

橋

ここに旅枕。仮寝の夢もほどなく覚めてもう醒井、番場の宿でばんばと吹く風に袂《たもと》は寒い。その伊吹颪の吹きすさぶ中を無事に不破の関に到着した。関の戸を閉ざすこともない太平の御代と、まことにめでたく歌い納めよう。

一九・二五四と同様放下師《ほうかし》の歌。都から東国へ下る道中の地名を詠み込んだ道行《みちゆき》的歌謡。狂言歌謡「海道下り」としても用いられる。歌舞伎にもとり入れられ、承応頃右近源左衛門の当り芸として有名になった。替歌も多い。先行の謡物《うたいもの》としては『宴曲集』四「海道」や、乱曲「東国下」「西国下」があり、軍記物や御伽草子《おとぎぞうし》の道行文にもこれに類するものがみられる。◇鴨川、白川　京都の東部を流れる川。以下地名については巻末地図参照。◇四宮河原　「しの」に、思う人に逢うための忍びを利かせるか。◇野路、篠原　順路からすればこの間に守山が入るはずだが、古来野路と篠原とは一括並称されるのが常で、後には「野路の篠原」という言い方さえ生れた。尤《もっと》もここは大津のあたりからの遠望だから、それほどこだわる必要もあるまい。◇番場　実際には醒井の西にある。「ばんばと」は風音の形容。『日葡《にっぽ》辞書』に「バンバト　副詞。飛んで行く鳥の羽の音、または、風の音…などの形容」とある。◇戸鎖さぬ御代ぞめでたき　一九と同じく、芸能歌謡の常として、祝意を表して最後を結ぶ。

217　あの女の靨の淵にこの身を投げ入れようと思ってはみたが、やっぱり淵の底の蛇が怖い、邪が怖い。
掛詞《かけことば》を用いつつ「外面如菩薩《ぼさつ》、内面如夜叉《やしゃ》」などといわれる女への警戒心を歌う。海道の宿駅の女のことと見做《みな》して前歌に続けたか。
◇靨　愛嬌《あいきょう》の象徴だが、深い池の意である窪《くぼ》（女陰を暗示）をも利かせ、後の「身を投げ」や、「邪（蛇）」を引き出す。◇身を投げ　女性に身を任せる意を掛ける。

218　今朝お聞きになった風音は別に嵐ではないようですよ。大井川の川瀬の音のようですよ。
京都嵐山で遊女と一夜を明かした早暁、川音を嵐と聞き違えた男に女が囁《ささや》いた言葉を小歌としたか。『宗安』三九参照。
◇大井川　大堰《おおい》川とも書く。桂《かつら》川の別名。嵐山の辺に井堰《いせき》を設けたことからこの名がある。『拾芥抄《しゅうがいしょう》』（下、霊所）に、大井川周辺には傀儡《くぐつ》が住居したとあり、また『都風俗鑑』（四）には京の色里の一つとして「嵯峨《さが》の茶屋はひときは田舎にたち出でたる心地して面白し…小倉の嵐大井の川音枕に響き」と記されているところからみると、中世近世を通じてこの辺は遊所であったらしい。

219　上流が凍ったのか、河口の流れが細まったみたいです。御同様、私めも独り寝ゆえに、身が細まったみたいですよ。

水に因む恋

217
・小　靨《ゑくぼ》の中へ身を投げばやと
思へど底の邪《じや》が怖《こは》い

218
・小　今朝《けさ》の嵐《あらし》は嵐ではなげに候《す》よの
大井川の川の瀬の音ぢやげに候《す》よなう

219
・小　水が凍《こほ》るやらん、湊川《みなとがは》が細り候《す》よなう
我らも独《ひと》り寝《ね》に、身が細り候《す》よなう

恋しの昔

窪・川・瀬・湊と、水に関わりのある恋歌が続く。歌型も前歌に似ているので、ここに配列されたのだろう。『宗安』八四参照。
◇湊川　川が海に注ぐ所。

220　春が過ぎ、夏も深まり、また秋が暮れて冬が訪れる。そうした季節の移り変りを知らせてくれるのは、ただ草木の色だけだ。ああ恋しい。思い出の一つ一つが、何につけても懐かしい。
謡曲『俊寛』の一節。鬼界が島の配所のさまであるが、独立した歌謡としてみれば、人里離れて閑居する身を歌ったものとみることが出来る。
◇草木のみただ知らするや　絶海の孤島にあっては、四季の推移を知らせるのは、ただ草木の変化だけだ、というもの。

221　まこと、見渡せば月こそ満ちているものの、陸《みち》奥《のく》の塩釜を模したこの庭の泉水も歳月とともに淋しく荒れ果ててしまった。今も私はこうして潮汲みの生業《なりわい》に馴染《なじ》んでいるがそれにふさわしく、老いという波だけが繰り返し寄せるばかり、もはや昔に返るということはありえない。ああ恋しい昔。恋しい恋しいと、慕っても願ってもかいもなきこと、渚で鳴く浦千鳥のように、私も声をあげて泣くばかりだ。
世阿弥作の謡曲『融《とおる》』の一節。今は荒れはてた旧居河原の院に、左大臣源融の亡霊が潮汲みの老人の姿で現れ、昔を回想する場面。河原の院は融が造営した豪壮な邸宅で、京都六条坊門の南、万里小路《までのこうじ》の東にあっ

220
・大
春過ぎ夏闌《た》けて、また
秋暮れ冬の来たるをも
草木《くさき》のみただ知らするや
あら恋しの昔や
思ひ出《で》は何《なに》につけても

221
・大
げにや眺《なが》むれば
月のみ満てる塩釜《しほがま》の
うら淋《さび》しくも荒れ果《は》つる
跡《あと》の世までも潮《しほ》じみて
老《おい》の波も返るやらん
あら昔恋しや

たといい、その庭は、陸奥《みちのく》の塩釜の浦の景を模して造営されたと伝えられる。
◇潮じみて　もはや潮をたたえることもない河原の院で、この老人が潮水に染まって潮汲みに従事していることをいう。

222　あの人に逢うことが叶《かな》わず、むなしく帰る道道、朱雀川原では千鳥が鳴いている。黙って眺める有明の月さえ恨めしい。月よ、お前は無情にも彼女に逢わせぬままに私を帰すのか。
「千鳥鳴く川辺の茅原《ちはら》風冴《さ》えて逢はでぞ帰る有明の月」(『壬二集《みにしゅう》』)の小歌化といえるが、月を恨んで恋人を恨まないところがしおらしい。『宗安』一九七参照。
◇朱雀の川原　底本「朱雀」に「しゆしやく」と振仮名がある。「朱雀の川」は鴨川の異称。朱雀とは本来都の中心部の称であるが、平安京が次第に東方へ移動するに伴い、東京極大路《ひがしきょうごくおおじ》のことを東ノ朱雀、その側を流れる鴨川も朱雀川と呼ぶようになった。◇つれなと逢はで帰すや　「帰す」の主体は月影ととれる。

恋しや恋しやと、慕へども願へども
甲斐《かひ》も渚《なぎさ》の浦千鳥《ちどり》
音《ね》をのみ鳴《な》くばかりなり
　音をのみ鳴くばかりなり

千　鳥

222　・小
逢《あ》はで帰れば
朱雀《しゆじやく》の川原の千鳥《ちどり》、鳴《な》き立つ
有明《ありあけ》の月影
つれなや、つれなやなう
つれなと逢はで帰すや

千鳥
鳴く
鳴き

223 ・小

須磨《すま》や明石《あかし》の小夜《さよ》千鳥
恨《うら》み恨みて鳴くばかり
身がな身がな
一つうき世に、一つ深山《みやま》に

鳴く　深山

223　須磨や明石の小夜千鳥が浦を見つつ鳴くように、私もあの人を恨みに恨んで泣くばかり。ああ、この身が二つあればなあ。一つはうき世に、もう一つはあの深山に。

千鳥に託して自分の恨みを述べる。◇須磨　神戸市須磨区。明石とともに千鳥の名所。◇明石　兵庫県明石市。◇身がな身がな　諸本とも改行はされていないが、『宗安』一六八のように、あるいはここからを別の歌とみるべきか。

烏

224 ・田

深山烏《みやまがらす》の声までも
心あるかとものさびて
静かなる霊地かな
げに静かなる霊地かな

深山

224　山奥の烏の声までも、仏の教えを讃《たた》えるかのように響く。高野《こうや》の山はまことに閑寂そのものの霊地である。

高野山を讃えた歌。田楽能の謡物《うたいもの》とあるが、小謡「高《こう》野巻《やのまき》」（廃曲）としても伝わった。『申楽談儀《さるがくだんぎ》』（十二段）に見える「高野の古き謡」の一節でもあるらしい。◇深山烏　高野山奥の院を守護すると伝えられる烏を指すか。「御廟の辺に一雙の霊烏《れいう》棲めり」（『紀伊続風土記』高野山之部、学侶《がくりょ》、霊烏）。

225 ・小

烏だに

225　あの心ない烏でさえも、このうき世を厭《いと》って墨染めの衣をまとったのであろうか。それなら私が世を捨てたく思うようになるのも当然のことだろ

うき世厭《いと》ひて
墨染《すみぞめ》に染めたるや
身を墨染に染めたり

226
・吟
丈人屋上烏
人好烏亦好

丈人屋上の烏《ぢやうじんをくじやうのからす》
人好《よ》ければ烏も亦《また》好し

227
(小)
・音《おと》もせいで、お寝《よ》れお寝れ
烏は月に鳴《な》き候《そろ》ぞ

う。

烏の黒さを僧衣に見立てた歌。類歌に「山烏何を厭ひて墨染の浅黄にあらであたらこの世を」(『昔々《むかしむかし》物語』)、「山烏、誰を恨みて墨染めに、浅き契りに相馴れそめて、なかなか今はなかなかに」(『吉原はやり小歌総まくり』さかな端歌づくし)などがある。

226　お爺さんの家の屋根の上には何時《いつ》も烏がとまっている。主人の人柄が好いので、その烏まで好ましく見えるじゃないか。
好い人であればその人の家の屋上に棲《す》む烏までも愛《いと》しくなるという、いわゆる「屋烏《おくう》之愛」を歌う。杜甫《とほ》作「奉レ贈二射洪李四丈一」が出典であるが、『禅林句集』にも本書と同じ形で掲載されている。五山の僧の間に普及していた詩句だったのであろう。
◇丈人　「丈」は杖。「杖人」は杖を必要とする人、つまり老人のこと。

227　ばたばたしないで静かにおやすみなさいよ、まだ夜更けだから。烏は月に浮かれて鳴いているだけ。
夜明けと思って起き上がろうとする男を、女が引き止めようとしているさま。狂言『花子』にも歌われる。初期歌舞伎踊歌では「烏が鳴けば、も往《い》のと仰《おし》やる、月夜の烏いつも鳴く、〳〵」(『業平躍《なりひらおどり》十六番』)と七七七五調に変化し、女の囁《ささや》くような律調が失われている。『宗安』105参照。
◇お寝れ　「御夜《およる》」から出た「寝る」の尊敬語。

228　名残り惜しいそなたの袖を振り切って、さて帰るとしようか。風に吹き寄せられた浜の真砂の数に勝るとも劣らぬほど名残りは尽きぬが。それでは――。

名残りを惜しみつつ女のもとを去る男の歌。これも狂言『花子』で歌われる。

◇往なうず　「往なんとす」の転。◇吹上の真砂の数　数量の多いことをいうが、ここは名残り惜しさの甚だしいこと。参考「君に恨みは真砂の数に、恨み恨みて戻ろやれ」（女歌舞伎踊歌「浦千鳥」）。

229　この袖にそなたの名残りを惜しみつつ旅立つのか。いっそあの鴛鴦のように、連れだって飛びたちたいものよ、そなたと連れだって。

三七・二八のねっとりとした歌調の後に置かれると、七五七五調のこの歌は、「連れて立たばや」とあるにふさわしく明るく爽快《そうかい》な感じを与える。

◇鴛鴦　雌雄相添う鳥として知られている。

230　風に舞い落ち、水に浮ぶ花紅葉のように、しばしの間涙をこの袖に留めておこう。その涙の露の宿る袖の上に月の姿が映り、それをわが子の面影かと思ってよく見るとそうではなく、また笹の上に落ちる霰の音を、一瞬わが子の声かと思ったがこれもまた空耳、しかもその音すら次第に遠去《とおざ》かってしまった。

袖

228
・小
名残《なご》りの袖《そで》を振《ふ》り切り
さて往《い》なうずよなう
吹上《ふきあげ》の真砂《まさご》の数《かず》
さればなう

名残り

229
・小
袖に名残りを鴛鴦《をしどり》の
連《つ》れて立たばやもろともに

名残り

230
・大
風に落ち、水には浮かぶ花紅葉《もみぢ》
暫《しば》し袖に宿さん

四〇と同じく謡曲『昭君』の一節。王昭君の両親が、胡《こ》国《こく》へ送られた娘のことを偲《しの》びつつ落葉を掻く場面。◇浮かぶ　諸本「さかふ」または「まかふ」と訓める。謡本により改める。

231　この世は霰、笹の葉の上に降りかかる霰みたいなものよ。さらさらさっと、降っては過ぎ去ってしまう。

世の中の移り変りを霰にたとえたもの。「拾はば消えなんと見ゆる玉笹の上の霰」（『源氏物語』帚木《ははきぎ》の巻）などに比べると、単に世のはかなさや無常迅速を嘆くのとは違った新しい感覚が、「さらさらさつと」という表現に感じられよう。『宗安』一三参照。◇世間　諸本「よのなか」と振り仮名。◇笹の葉の上の　文意の上からは、「世間は、笹の葉の上の霰よなう」とあるべきところだが、次の「さらさらさつと」と続けることによってのサ音の繰り返しの効果を狙《ねら》ったのであろう。◇降る　「経《ふ》る」「旧《ふ》る」の意を掛ける。

232　そもそも、人間界の様相をあれこれ考えてみるに、傀儡師《かいらいし》の操る人形の舞台同然のこの世で、人はああだこうだとわずかなことに争い、本当に自分がいかに小さな存在であるかも知らずにいるのだ。迷いにとり憑《つ》かれて誤ったさかさまな判断をし、夢幻のごときこの世なのに、目に見えるものすべてを実在だと思い込んでいるようだ。

謡曲『苅萱《かるかや》』（廃曲）の一節。苅萱道心が人間世界は

涙の露《つゆ》の月の影
涙の露の月の影
それかとすればさもあらで
小《を》笹《ざさ》の上の玉霰《たまあられ》
音も定かに聞えず

人生

231
・小　世間《よのなか》は霰よなう
笹《ささ》の葉の上《へ》の
さらさらさつと降るよなう

232
・大　凡《およ》そ人界《にんがい》の有様を

笹の上・霰
霰
笹の上

夢幻の世であることを説いた件り。
◇人界　人間の住む世界。仏教でいう十界の一。◇思惟　筋道をたてて思考すること。◇傀儡棚頭…　「傀儡棚頭論ニ彼我一、蝸牛角上闘ニ英雄一」(『夢窓国師語録』下ノ一、因レ乱書レ懐《おもひヲ》)等、当時好んで用いられた成句。◇あるをあるとや思ふらん　実は一切が無であるにもかかわらず、目に見える物すべてを実在と誤認している、というもの。

233　胸に秘めた思いを打ち明けたい。私がそれ相応の身分だったなら、あの方にすぐにでもそれを打ち明けるのだが。

身分の低い女の、声ならぬ声である。「申したやなう」の繰り返しが、心の悶《もだ》えを見事に表している。

234　人の数にも入らないこの私が、泣いてみたって慕ってみたってどうしようもないこと。ああ、せめて村雨なりと降ってほしい。

前歌に続いて数ならぬ身の及ばぬ恋を嘆いたもの。二三三と素材は同じだが、より突きつめた感情が窺《うかが》える。◇なきに　底本「なきも」。彰考館本により改める。◇村雨　急に激しく降る断続的な雨。恋の歌に配された雨の歌には「雨が降れがなはらはらと、独り板屋の淋しきに」(隆達節草歌、雑)、「名残り惜しや情《つれ》なやう〻、はら〳〵ほろと、何《いつ》れ誰《た》が情ぞ村雨」(女歌舞伎踊歌「ややこ」)、時代は下るが「露の干ぬ間に朝顔、照らす日影の情《つれ》なさに、あはれ一村雨のはらはらと降れかし」(『小歌志《おかし》彙集《いしゅう》』)等があり、それぞれ、

暫《しばら》く思惟《しゆい》してみれば
傀儡棚頭《くわいらいぱうとう》に彼我《ひが》を争ひ
まこといづれの所《ところ》ぞや
妄想顚倒《まうざうてんだう》、夢まぼろしの世の中に
あるをあるとや思ふらん

慕ふ

233 ・小
申したやなう、申したやなう
身が身であらうには、申したやなう
身

234 ・小
身のほどの、なきに慕ふもよしなやな
あはれ一村雨《ひとむらさめ》の
身

はらはらと降れかし

235
・小

あまり言葉のかけたさに
あれ見さいなう
空行く雲の早さよ

浦——蛤

236
・小

吉野川《よしのがは》の
よしやとは思へど胸に騒《さは》がるる
田子《たご》の浦波《うらなみ》の
立ち居《ゐ》に思ひ候《そろ》もの

淋しさを紛らす雨、思いをかきたてる雨、慈悲の雨と、さまざまである。この歌の心はそのいずれであろうか。

235 ただもう声をかけたいばっかりに、「ほらごらんよ、空を翔《かけ》る雲の速いこと」。

可愛《かわい》い女に言葉をかけたいのだが、きっかけもなければ話題もない。そこで思い切ってきり出したその時の、途切れ途切れの言葉をそのまま小歌化したという風情《ふぜい》である。純情な男なのだろう。京都府相楽郡和束《わづか》町民謡「踊歌」(『日本歌謡集成』巻二、月報。昭55)に「十七八を先に立て、余《あん》り言葉がかけたさに、あれ見さよのさ、空行く雲の早さよ〱」と継承されているが、ほかにも女に言葉をかけるという行為を歌にした例は後世にも多い。

236 吉野川ではないが、よしままよと思ってみるものの、やはり胸が騒いで、田子の浦に立ち騒ぐ波同様、立っても居ても恋心がつのります。

名勝に寄せて、穏やかならぬ胸の内を歌う。◇吉野川　吉野山から出て和歌山県に入り紀ノ川となる川。歌枕。◇田子の浦　静岡県富士郡を流れる富士川の河口付近の海岸。歌枕。

237 田子の浦に波の立たぬ日はあるけれど、立たぬ日はあるけれど、私は——。

「駿河《するが》なる田子の浦波立たぬ日はあれども君を恋ひぬ日はなし」(『古今集』恋一)による。下の句をカットして言いさしにしたところが心にくい。

田子の浦波

立ち

237　小
田子の浦波、浦の波
立たぬ日はあれど、日はあれど

238　小
石の下の蛤《はまぐり》
施《せ》我《が》今世楽《こんせいらく》せいと鳴《な》く

弓

239　吟
百年不易満
寸々彎強弓
百年《はくねん》満ち易《やす》からず
寸々強弓《すんずんがうきゆう》を彎《ひ》く

田子の浦波
立たぬ
彎く

◇立たぬ日はあれど、日はあれど　この繰り返しは、寄せては返す波を暗示するとともに、自分の苛立《いらだ》つ思いの形容でもあろう。

238　石の下に隠れ住む蛤は、「我に今世の楽を施せ」と言って鳴いている。

人目につかぬ場所で人目につかぬ蛤が呟《つぶや》いた歌。蛤が仏果を得ようと願う説話は『古今著聞集』(二十)や『沙石集《しやせきしふ》』(二)に見える。「蛤は一睡に一千年を経《ふ》となり」(『俳諧類船集』)という俗諺《ぞくげん》と関係あるか。『蔭《いん》涼軒日録《りようけんにちろく》』明応二年閏四月二十一日には、化鳥が出現して「無常引導骨積天」と鳴いたとある。

◇施我今世楽せい　我に今世の楽しみを施せ、の意か。後世よりも現世のほうが大切だという考え方。「今生《こんじやう》は夢のうちの夢なれば、一筋に後生を心にかけ、各々嗜《たしな》むべきに、遍《ひとへ》に今生の楽ばかりに誇り、往生を心に入れざることなかなか申すに及ばず」(御伽草子『宝満長者』)などとはまったく逆の思想である。

239　天地の流れからみればごく短い百年、それさえも生き通すのは珍しいことなのに、絶え間なく強弓を引くように、人々は目一杯に生きようとするよ。

短い一生をあくせく生きることの愚を説く。蘇軾《そしよく》作「次㆓前韻㆒寄㆓子由㆒」による。五山詩文にも多く用いられた詩句。

◇百年　人の一生のこと。参考「誰か百年《はくねん》の齢《よはひ》を期《ご》せん」(謡曲『歌占《うたうら》』)。

240
・小
和御料《わごりよ》に心筑紫弓《つくしゆみ》
引くに強《つよ》の心や

241
・小
取り入れておかう、やれ、白木《しらき》の弓を
夜露《よつゆ》の置かぬ前《さき》に
取り入れうよなう

242
・小
さまれ結《ゆ》へたり、松山の白塩《しらしほ》
言語神変《ごんごじんべん》だよ
弓張り形に結へたりよ
あら神変だ

240　そなたには随分心を尽くし、いろいろ気を引いてはみたが、筑紫弓のように気の強いそなたは、引いてもまったく靡《なび》こうともしない。

意に従ってくれぬ女の手ごわさを弓に寄せて歌う。「陸奥《みちのく》の安達《あだち》の真弓《まゆみ》我が引かば末さへ寄り来《こ》忍び忍びに」(『古今集』二十、神遊びの歌)は陸奥の弓を歌ったものだが、対照してみると面白い。◇筑紫弓　九州産の弓であろう。鎮西《ちんぜい》八郎為朝《ためとも》や百合《ゆり》若《わか》大臣の話等から出たものか。◇引く　弓の縁語。

241　家に取り込んでおこうよ、白木の弓を。夜露の降《お》りないうちに、さあ、取り込んでおこうよね。

弓の湿るのを恐れて、大事な白木の弓を屋内に入れておこうというだけの歌か、あるいは「白木の弓」は愛人の暗喩《あんゆ》ででもあろうか。◇白木の弓　漆を塗ってない弓。「今世の木と竹を合せたる白木弓は、軍中雨露などにあへば鰾膠《にべ》離れ損ずるなり」(『五武器談』)。

242　ともかくも結ぶことが出来たよ、松山の白塩の効能で。神変不可思議、弓を張ったような形に結べたよ。さても奇妙だ。

意味不明。呪術《じゆじゆつ》的な意味をもつものかとされる。◇結へたり　祈願のための結び松の類と思われる。◇松山の白塩　不明。◇言語神変　「言語道断」に類する褒め言葉か。

243　たいそうほっそりしたお腰に太刀を佩き矢を背負い、虎豹をも踏む御足に藁の沓をお召しになった。その姿で柴垣をかき分けくぐり抜けようとなさるとがさがさと鳴った。さても邪魔っけな柴垣よ。

貴人が夜中、賤《しず》の家《や》の愛人を訪ねるさまを歌う。前半はものものしい出立《いでたち》を歌い、後半はがらりと変って砕けた調子となる。狂言歌謡「柴垣」としても用いられる。扮装や所作《しょさ》を伴ったものかも知れない。「太刀」「矢」から前歌の「弓」に連なる。◇虎豹を踏む御脚　虎豹の敷皮という調度を持った高家の貴公子ということであろうが、実際にはここで足拍子を踏んだり、猛獣を踏みつける所作等を見せたものか。◇柴垣　隔ての垣であるが、恋歌ではその垣の中の女性の居所、あるいは女性そのものを暗示することもあるようだ。◇えせ物　無法者。参考「おちよぼ忍ぶに六《むつ》の苦が候《そろ》。まづ一番に雨に霰《あられ》に夜露に柴垣…月はゑせ者」（『松の葉』一、下総《しもさ》ほそり）。

244　どうして嫌だなんて申しましょう。柴垣の中の女の部屋まで侵入して、私の身体を打《ぶ》つなりどうなり御自由に。お陰《かげ》でその夜はずっと陶酔状態。

柴垣の中で男を待つ女の歌か。『宗安』九四参照。◇打て　愛情表現の一つであろう。◇押し寄せて　前歌の「太刀を佩き矢負ひ」を承《う》けて合戦用語を用い

柴垣

243
・小　いと物細き御腰《おんこし》に
太刀《たち》を佩《は》き矢負《お》ひ
虎豹《とらへう》を踏《ふ》む御脚《おんあし》に
藁沓《わらぐつ》を召された
潜《くぐ》ればがさと鳴《な》り候《そろ》
賤《しづ》が柴垣《しばがき》、えせ物

244
・小　嫌《いや》申すやは
たただただ打て
柴垣に押し寄せて
ただ

その夜は夜もすがら、うつつなや

縹の帯

245 ・小 薄《うす》の契《ちぎ》りや
縹《はなだ》の帯の、ただ片結び

246 ・(大) 神は偽《いつは》りましまさじ
人や、もしも空色の
縹《はなだ》に染めし常陸帯《ひたちおび》の
契りかけたりや、かまへて守《まも》り給《たま》へや
ただ頼め、かけまくも
ただ頼め、かけまくも

た。◇うつつなや 「うつ」(打つ) は柴垣の縁語か。近世流行した柴垣節も、演奏することを「打つ」といった。「柴垣を打つ事は賤《いや》しき芸」(『舞正語磨《ぶしょうごま》』下)。

245 さても薄い契りでした。縹色の帯をただ片結びに結んだだけのような——。

はかない契りのまま男から遠去《とおざ》かった女の歌か。前歌との間に「うつつ」と「うす」との響き合いによるつながりを考えてよかろう。◇縹の帯 「縹」は薄い藍《あい》色。変色し易いところから、心が移り易く契りの薄いこと、仲の絶えることを表す。催馬楽《さいばら》「石川」をはじめ、「妹《いも》とわれ花田《はなだ》の帯の仲なれや色変るかと見れば絶えぬる」(『続拾遺集』恋五) 等、例は多い。◇片結び 帯の結び方の一種。恋の遂げにくいことを掛けるとともに、片思いであったことをも暗示するか。

246 神様には偽りということはありますまい。人の場合はあるいは虚言《そらごと》ということがあるかもしれないが、私のこの空色《そらいろ》の常陸帯は神への契りが込めてあります。どうか御加護を賜わりますように。——そうだ、ただ祈るのだ。この鹿島の神の恵みを恃《たの》み、露のように短くはかない人生ではあるが、恋するその身を大切にせよ。命があってこそ、夫婦としてともに生きてゆくことを願うかいもあるというものだ。

謡曲『常陸帯』(廃曲) の一節。常陸の国 (茨城県) 鹿島神宮における恋占《こいうら》である常陸帯の神事を扱う。恋の成就を願って、和歌を記した常陸帯を神前に供えた男の祈誓の文句。「かけまくもかたじけなしや」の前後から、一時、男に神が乗り移って託宣を述べている感じとなる。
◇空色の　空色に染めた常陸帯に虚言《そらごと》（偽り）の意を掛ける。

247　まことの私の姿は陽炎《かげろう》のようにかき消えてしまい、わずかに名残りをとどめるこの墓石にさえ、墓とも知れぬほど蔦葛が這《は》いまつわりついている。その蔦葛のように妄執《もうしゅう》にとり憑《つ》かれているこの苦しみから救って下さい——と、言ったかと思うと、姿はかき消えてしまった。
金春禅竹《こんぱるぜんちく》作かとされる謡曲『定家』の一節。時雨《しぐれ》を避けようと、定家ゆかりの時雨の亭《ちん》へ立ち寄った旅僧の前に女性が現れ、式子内親王と定家との恋を物語って内親王の墓へ案内し、まことは自分こそ内親王の亡霊であると明かして退場するところ。「蔦葛」から二四六の「帯」に連なる。
◇かげろふの　はかなさを表すが、石にかかる枕詞《まくらことば》としても用いられている。参考「月かげろふの石清水《いはしみづ》」（謡曲『弓八幡』等）。

かたじけなしやこの神の
恵みも鹿島野《かしまの》の
草葉に置ける露《つゆ》の間《ま》も
惜《を》しめ、ただ、恋の身の
命のありてこそ
同じ世を頼むしるしなれ

消える

247
・大
まことの姿はかげろふの
石に残す形《かたち》だに
それとも見えぬ蔦葛《つたかづら》
苦しみを助け給《たま》へと

言ふかと見えて失《う》せにけり
言ふかと見えて失せにけり

248 ・小

水に降る雪
白うは言はじ、消え消ゆるとも

雪

249 ・小

降れ降れ雪よ
宵《よひ》に通《かよ》ひし道の見ゆるに

250 ・大

夢通ふ、道さへ絶えぬ呉竹《くれたけ》の
伏見《ふしみ》の里の雪の下折れと

言ふ
雪
言ふ
道・見ゆる
道

248 水の上に降る雪さながらのわが思いだが、あからさまにはそれを打ち明けることはすまい、たとえこの身が雪のようにはかなく消えようとも。
忍ぶ恋のはかない思いを独り胸に包んで日を送る人の歌。女の歌であろう。前歌の「かげろふ」「失せ」から「消え消ゆる」へ、また謡曲『定家』の背景にある時雨から「雪」へと接続する。『宗安』七〇参照。
◇白うは言はじ　明白に口に出しては言うまい。「白う」は「しらじら」（三五参照）と同意であろう。

249 降れ降れ雪よ。足跡を隠すほど降れ。宵に通った道が見えるとまずいから。
童謡的な世界と恋の世界を重ね合せた歌。「降れ降れ粉雪…」という童謡は『讃岐典侍《さぬきのすけ》日記』や『徒然草《つれづれぐさ》』（百八十一段）に見える。帰り道を歌った民謡に「主《ぬし》を帰したその足跡を、どうぞ隠して今朝の雪」（『庄内俚謡集』端唄集）がある。古く『萬葉集』巻十の「わが背子が言《こと》うつくしみ出でて行かば裳《も》引き著《しる》けむ雪な降りそね」も、雪よ降るなと言ってはいるが、発想には共通したところがあろう。
◇宵に通ひし道　恋人を訪ねた道の足跡であろう。

250 昔の歌詠みが、「夢通ふ道さへ絶えぬ呉竹《くれたけ》の伏《ふし》見《み》の里の雪の下折れ」と詠じたのも風雅の心からで、まことに趣深いことだ。だが竹の雪折れでさえ夢が覚めるのだから、割り竹の編木の音ではなおさら夢の通い路どころではなくなるだろう。考えてみれば、何時何時《いついつ》までもと願う現世の栄華も、竹が割れる時ほどのほんの一瞬の楽しみでしかない。詰《つま》らないうき世だ、夢さえ最後まで見通すことが出来ないのだから。

出典不明の大和《やまと》猿楽の一節。一休和尚作とも伝える乱曲「編木《ささら》」(廃曲)として伝わり、新謡曲百番『留春《りゅうしゅん》』(廃曲)にも利用されている。

◇夢通ふ… 『新古今集』冬、藤原有家作の和歌。◇げに面白や 『留春』等では「げに世の中は」とあり、そのほうがわかり易い。◇編木《ささら》 割り竹と細い棒とを摺《す》り合せて音を発する楽器。◇破竹 一瞬の間をいうのであろう。あるいは「白駒《はっく》」(歳月の過ぎゆくことの速さをいう)を掛けるか。

251 見るかいあって嬉しいのは、契り交わした翌朝にその女から届く文《ふみ》と、除目の朝に届く上書。

『宴曲集』五「朝」の一節。一連の雪の歌の中にこの二五一と次の二五二だけ別のものが混じっているようだが、これらの背景には『枕草子』の「正月一日は…除目の頃など内裏《うち》わたりいとをかし。雪降りいみじう氷《こほ》りたるに申文《まうしぶみ》持てありく…」などからの連想が働いているか。同能因本には「とくゆかしきもの…除目のまだつとめて…思ふ人のおこせたる文」という段もある。また宴曲ではこの前に「又寝《またね》の夢の名残《なごり》なれば、起き憂き朝の床の上に」とあって、そこをふまえれば前歌の「夢さへ見果てざりけり」に一層よく接続する。

◇除目 任官の儀式。春は正月十一日から十三日に行われた。◇上書 任官通知書の表書きか。

詠《よ》みしも風雅《ふうが》の道ぞかし
げに面白《おもしろ》や割竹《わりだけ》の
割竹の編木《ささら》ならば
夢の通《かよ》ひ路《ぢ》絶えなまし
千秋万歳《せんしうばんぜい》の栄華《えいぐわ》も
破竹《はちく》の中《うち》の楽しみぞ
味気《あぢき》なのうき世や
夢さへ見果《は》てざりけり

251
・早
見る甲斐《かひ》ありて嬉《うれ》しきは
契《ちぎ》りし今朝《けさ》の玉章《たまづさ》
除目《ぢもく》の朝《あした》の上書《うはがき》

見る

見

252 ・小　しやつとしたこそ、人は好《よ》けれ

253 ・大　げに逢《あ》ひ難《がた》き法《のり》に逢《あ》ひ
受け難き身の人界《にんがい》を
受くる身ぞとや思《おぼ》すらん
恥《は》づかしや帰るさの
道さやかにも照る月の
影はさながら庭の面《おも》の
雪のうちの芭《ば》蕉《せう》の、偽《いつは》れる姿の
まことを見えばいかならんと
思へば鐘《かね》の声

252 男は、やっぱりしゃきっとして、毅然《きぜん》とした態度でいるのが一番好もしい。
前歌の「見る甲斐ありて嬉しき」ものの例として、ここに続けたものか。八七に類似。

253 まことに出逢い難い仏法に逢うことが出来たお陰《かげ》で、容易に生を受けられぬこの人間界に住む者と、私のことをお思いでしょうか。私は実は芭蕉の精なんですよ。恥ずかしいこと。帰り道を冴《さ》えざえと月が照らし、庭はあたかも雪が降り敷いているように真白。「雪中の芭蕉」という絵空事《えそらごと》さながらの偽りのわが姿が、もし月の光のなかで本性を現したらどうしましょう——。そう言ったかと思うと、夕暮れの鐘が辺りに響きわたり、諸行無常を告げるその響きとともに、女の姿はかき消えてしまった。
九九・一〇〇と同じく、謡曲『芭蕉』の一節。女の姿で出現した芭蕉の精が、旅僧の前から姿を消す件り。◇雪のうちの芭蕉　王摩詰《おうまきつ》（王維の字《あざな》）が、あるはずもない雪中の芭蕉を描いた故事から、絵空事の例とされる。◇諸行無常となりにけり　『雑阿含経《ぞうあごんきょう》』（十、二六五）に「想如㆓春時燄《ほのほ》㆒、諸行如㆓芭蕉㆒」とあるように、芭蕉は無常の象徴とされるが、ここは女が姿を消したことも意味する。

254 大舎人部《おおとねりべ》の孫三郎が、その技倆《わざ》を注ぎ込んだ織衣。その模様は、牡丹唐草、獅子に象、雪降り竹の籬の桔梗、あるいは白菊と、種々さまざま。その

見え

移ろい易い白菊にも似て、移り変るは人の心。竹の下葉を吹き返す風の音までが、久々《ひさびさ》にあの人の訪《おとの》う音かと思えて懐かしい。閉ざそうと思いながらも思いとどまるこの折木戸、その心を察して来てくれてもよさそうなものなのに、なぜあの人は来てくれないのか。

一九・二六と同じく放下師《ほうかし》の歌。前半が織物づくし、後半が恋歌という体裁をなす。初期歌舞伎踊歌、小舞十六番の「織殿へ」に継承されている。◇大舎人「大舎人部《おほとねりべ》」の略。古代の織部司の後身で、後の西陣織の源流。「大舎人綾《ヲウトノヘノアヤ》」(伝経覚筆本『庭訓《ていきん》往来《おうらい》』四月返状《かえしじょう》)。◇孫三郎　織士の名手であったらしい。『高野山文書』によれば、文安六年(一四四九)高野山天野社の舞童装束の注文を受けた人物として「織物士之在所。大舎人之内大内坊西頬《にしつら》右馬孫三郎経信」という名が見える。◇牡丹唐草　牡丹の花を唐草でつないだ模様。以下織物の模様を列挙する。◇移れば変る白菊の　模様がいろいろあるのと、白菊の移ろい易いのと、人の心が変る意とを重ね合せた。◇大舎人の「訪《おとな》ふ」意を掛けるか。とすれば以下は、恋人の訪れを思わせる風音を指すことになる。◇裏吹く「裏」は織衣の縁語。◇鎖すやうで…　ここから独立した恋愛歌謡としても歌われたらしい。『天狗《てんぐ》草紙《そうし》』に「鎖《さ》さぬものをや槇《まき》の戸を、など待つ人の来ざるらん」、古箏唄集《そうたしゆう》『秦箏語調《しんそうごちよう》』に「鎖《さ》すやうで鎖さぬは、人待つ宵《よひ》の唐木戸、差さぬやうで差すは又、思ふ仲の盃」等の例がある。

諸行無常《しよぎやうむじやう》となりにけり
諸行無常となりにけり

254
• 放

大舎人《おほとのへ》の孫三郎が
織り手を留《と》めたる織衣《おりごろも》
牡丹唐草《ぼたんからくさ》、獅子《しし》や象《ざう》の
雪降り竹の籬《まがき》の桔梗《ききやう》と
移れば変る白菊の
大舎人《おほとのへ》の竹の下《した》
裏吹く風もなつかし
鎖《さ》すやうで鎖《さ》さぬ折木戸《をりきど》
など待つ人の来《こ》ざるらん

255　人の心などというものはわからないもの、本当にわからないものです。

溜息《ためいき》とともに発せられたような小歌。前歌の「など待つ人の来ざるらん」を受けたものであるが、こちらの「人」にはより普遍的な意味が加味されているようだ。

256　思う人の心と堅田の網はやはり夜が引き易い。昼間は人目が多いから。

堅田の浦の網に寄せて、人の心を引く手だてを歌う。◇堅田　琵琶《びわ》湖西岸の港。大津市。御厨《みくりや》（皇室に供える食物を調進するための所領）であった。◇夜こそ引きよけれ　堅田は、中世においては堅田衆が漁業権を握っていたので、自然と周辺漁民による密漁が行われていたのであろう。ここではその密漁に、同じく人目を避ける夜の逢引きのことを重ね合せた。参考「夜こそは引きよけれ、昼は人目の繁ければ、おぼつかなくも思《おぼ》ゆるに」（御伽草子《おとぎぞうし》『御用《およう》の尼』）。

257　陸奥《みちのく》のそめいろの宿の千代鶴の妹は、みめうるわしく姿もよい。あれで言い寄る男たちを振らなきゃ、なおよいんだがなあ。

五八・一五三・二五八等と同様、狂言『鳴子』の歌。これらは、肩書は「近」「狂」「小」といろいろだが、陸奥を歌うという点でも共通する。中でもこれは、遠い陸奥のロマンに思いを馳《は》せて作られた感がある。◇そめいろ　「染色」あるいは「蘇迷盧《そめいろ》」か。いずれにせよ架空の宿の名であろう。◇千代鶴ご　「こ」は「と」とも読める。狂言では「千代鶴とう」と歌う。

人の心

255
・小　人の心は知られずや
真実《しんじつ》、心は知られずや

256
・小　人の心と堅田《かたた》の網《あみ》とは
夜《よる》こそ引きよけれ、夜こそ好《よ》けれ
昼は人目の繁ければ

陸奥

257
・小　陸奥国《みちのくに》のそめいろの宿《しゅく》の
千《ち》代《よ》鶴《づる》ごが妹《おとと》

安倍貞任《あべのさだとう》の子が千世鶴子、謡曲『善知鳥《うとう》』の子方が千代童であるなど、奥州にゆかりのある名といえそうだ。ここはそれを遊女の名として用いている。

258　陸奥の信夫《しのぶ》の文字摺《もじずり》の乱れ模様さながらに、思いに乱れたこの心の奥を打ち明けてしまったので、あの方は今ごろ私のことを、軽薄な者よと思っておられるだろう。

恋心の告白と人の思惑とのかねあい。狂言『鳴子』にも「しのぶの乱れに、思ふ心の奥知らせては、あたにや人の思ふらん」とある。

◇憂き陸奥の忍ぶ　陸奥の名産「信夫文字摺」を利かせて、忍ぶ心の乱れを引き出す。◇心の奥　本心。「陸奥の信夫（忍ぶ）」から「心の奥」を導く例は多い。「心の奥の信夫山」（謡曲『定家』）等。◇知らすれば　この時代の語法としては、知らせたので（確定条件）、もし知らせたなら（仮定条件）のどちらとも解し得る。

259　人目を忍んで恋する身とて、心に隙《すき》はないつもりだけれど、やはり涙はその心をかぎつけてしまうものなのだな。不覚にも涙が頰を伝うよ。

出典不明の田楽能の一節。「忍ぶるに心の隙《ひま》はなけれどもなほ漏るものは涙なりけり」（『新古今集』恋一）による。

◇なほ知るものは　知って自然と流れ出て人に知らせてしまうという意も含まれる。

260　陸奥の信夫の里に置く露を見るにつけ、悲しい旅を続ける私としては、いずれその露同様に、

見めも好《よ》いが、形《かたち》も好いが
人だに振《ふ》らざ、なほ好かるらう

258
•小
憂《う》き陸奥《みちのく》の忍《しの》ぶの乱れに
思ふ心の奥知らすれば
浅くや人の思ふらん
忍ぶ
心

忍ぶ

259
•田
忍ぶ身の、心に隙《ひま》はなけれども
なほ知るものは涙かな、〳〵
心

260
•大
信夫《しのぶ》の里に置く露《つゆ》も

涙で袖を濡らすことになると思うのだが、その悲しみを外には出すまいと決心して、ただもうそなたのことばかりを思い続けて越路の海山を越えてきた。たとえ千里を隔てていようと、そなたの心さえ変らずにいてくれれば、再び帰っても来よう。それと同じ名の越路の帰山《かえるやま》を今越えているのだがその秋の夕べの悲しい旅も、我が子と一緒であるならば、こんなに辛《つら》くはあるまいに。

出典不明の謡曲。鳥飼宗晰《とりかいそうせつ》（道晰）筆『古歌謡集』に小謡《こうたい》として見える。

◇行方　行く末は。いずれは。◇越路　北陸地方。また「越」へ通ずる道のこと。◇帰る山　福井県南条郡鹿蒜《かえる》村（現今庄町）付近の山という。歌枕。

261　忍ぶ恋路のおつもりなら、人前では目で合図をする程度にとどめておいてね。言葉をかけなさんな、浮名が立つから。

とかく愛情を外に示したがる相手を、自重せよと制する歌。四五よりは一段と忍ぶ思いが濃いようである。

◇目でしめよ　目で相手の心を引け。「飛び立つばかりに思へども、人の妻なりや目でしむる」（女歌舞伎踊歌「乱拍子」）という例もある。

262　どうしてまあ、忍ぶ草に混じって生える忘れ草のように、あの人は私のことを忘れて遠のいて

我らが袖《そで》の行方《ゆくへ》ぞと
思へども、色には出《い》でじとばかりを
色には出でじとばかりを
心一つに君をのみ
思ひ越路《こしぢ》の海山《うみやま》の
隔《へだ》ては千里の外《ほか》なりとも
人の心の変らずは
また帰り来《こ》ん帰る山の
秋の夕《ゆふ》べの憂《う》き旅も
子に添《そ》はば、かくは辛《つら》からじ

261
・小
忍ばば、目でしめよ

言葉な掛けそ、徒名《あだな》の立つに　名

262　・小
何よ、この、忍《しの》ぶに混《ま》じる草の名の
我には人の軒端《のきば》ならん　名

263　・小
忍ばじ、今は
名は漏《も》るるとも　名

264　・小
忍ぶこと、もし顕《あらは》れて人知らば
こなたは数《かず》ならぬ身
そなたの名こそ惜《を》しけれ　名

行くのでしょう。忍ぶ草が軒端を借りただけというのと同様、ごく軽い気持でしかなかったのかしら。

遠去《とおざ》かる恋を嘆く歌。結句を「軒端なるらん」とでもすればそのまま和歌形式となる。
◇忍ぶに混じる草の名　忘れ草を指す。

263　人目を忍ぶことなどよそう。もはや浮名が流れてもかまわぬ。
忍ぶ恋に堪え切れなくなった思いを歌う。「よしさらば今は忍ばで恋ひ死なむ思ふにまけじ名にだにも立て」（『拾遺愚草《しゅういぐそう》』上）と同想。
◇名は漏るるとも　あの人との恋が明るみに出てもよい、というもの。

264　人目を忍ぶ私たちの恋がもし明るみに出て、世間の噂《うわさ》となったならば、私は数ならぬ身ゆえかまわぬが、そなたの浮名が立ってしまうのが口惜《くちお》しい。
前歌とは逆に、忍ぶ恋が露顕した時の相手の立場を思いやった歌。隆達節小歌の「露と消ゆとも人に知らせじ、数ならぬ我ゆゑ君の名や立たん」は女の歌であろうが、これは相手を「そなた」と呼んでいるところからみれば男の歌か。
◇忍ぶこと　男の歌とすれば、自分の忍ぶ姿の意。◇こなた　私。一人称代名詞。◇数ならぬ身　男が自分のことを言っているとすれば謙辞であろう。◇そなた　同等または目下に対する二人称代名詞。

265　「忍ぶれど色に出でにけり我が恋は……」という歌のとおり、恥ずかしくも恋する涙で袖が濡れてしまった。まったく、「恋すてふ我が名はまだき立ちにけり……」という歌の意味までも実体験として思い知られて本当に恥ずかしいことだ。

出典不明の謡曲。ただし、金春禅竹『五音之次第』の「恋慕」の条や、乱曲「煙見千寿」(廃曲)にほぼ同じ詞章が見える。平重衡《しげひら》の死後、千手《せんじゅ》がその跡を弔うといった謡曲の一節ででもあったろうか。

◇忍ぶれど…　『百人一首』の平兼盛の歌。◇恥づかしの漏りける袖　「羽束師の森」(京都市伏見区)と掛けて用いられることが多い。◇恋すてふ…　これも『百人一首』の「恋すてふわが名はまだき立ちにけり人知れずこそ思ひそめしか」(壬生忠見《みぶのただみ》)による。『天徳歌合』に「忍ぶ恋」の題で「忍ぶれど」の歌と合わせられたことで名高い。

266　今となっては、浮名の流れたのを悔しいとも思わない。恋心を包み隠したり、人目を忍んだり恥を考えて控えてみたりするにも限度というものがあるよ。

二六五に似た状態だが、これはもはや浮名の漏れるのをものともせぬ、居直りめいた感がある。

◇程らひ　程ほど。程度問題という意であろう。

265
大
忍《しの》ぶれど、色に出でにけり我が恋は
色に出でにけり我が恋は
物や思ふと人の問《と》ふまで
恥《は》づかしの漏《も》りける袖《そで》の涙かな
げにや、恋すてふ
我が名はまだき立ちけりと
人知れざりし心まで
思ひ知られて恥づかしや
　思ひ知られて恥づかしや
名

266
・小
惜《を》しからずの浮名《うきな》や
包むも忍《しの》ぶも、人目も恥《はぢ》も
名

267　来てくれ来てくれ来ておくれ。一旦来はじめたのに来なくなったとあっては、捨てられた女という恥ずかしい評判が立つ。遠慮なくどんどん通《かよ》って来ておくれよ。

恋人の訪れが途絶えるのは、女にとっては、最初から相手にされない以上の恥である。そこで相手に訪れを要請しているのだが、どこかユーモラスな味がある。◇俺　男女ともに用いられた一人称代名詞。ここは女。

268　かまやしないさ、浮名が立つなら立て。短い一生、何時《いつ》までも生きられるわけじゃなし。

二六六と同様、浮名も厭《いと》わず恋に生きようという決意を示す。「身は限りあり」といったあたりに、現実を直視して恋に生きようとする心がみられる。

269　私とあなたが一緒に一夜を過したとみんなが噂《うわさ》してますよ。けれども、そんな浮名が立ったとて、私にとっては意味ないことさ。

どういう事態かはっきりしないが、まだ事実関係はないにもかかわらず浮名の立ってしまったその相手に「いっそのこと事実を作りましょうよ」と決断を迫っているということであろうか。『宗安』一五五参照。◇讃談　噂。評判。◇詮なやなう　あなたが応じてくれないのだから、私にとってはそんな噂など無意味ですよ、というもの。あるいは「噂どおりのことがあっ

よい程らひのことかなう

名

267
・小
おりやれ、おりやれおりやれ
おりやり初《そ》めておりやらねば
俺《おれ》が名が立つ
ただおりやれ

268
・小
よし名の立たば立て
身は限りあり、いつまでぞ

269
・小
お側《そば》に寝たとて、皆人の讃談《さんだん》ぢや

たんだから、やむを得ないわね」とする解も可能である。

270　あなた以外の人とは契っていませんよ。それなのに浮名が立つんだもの。

とかく浮名の立ち易いことを嘆いているが、実はこれも相手に決心を促しているともとれる。近世以降、「よそ契らぬ、契らぬさへに名の立つに」(隆達節草歌、恋)、「よそ契りし、契らぬ人も名の立つに」(同)、「契らぬとても名の立つに、独りお寝《よ》るか〳〵」(隆達節小歌)、「契らぬとても名の立つに、独りお寝《よ》るか独りお寝るか、二人寝《ね》るもの影ともに」(女歌舞伎踊歌「雪のおどり」)と、少しずつ変化を見せて継承された。

271　流転することの迷界を離れて成仏せよ。との有難いお弔いを、喜んで受け入れようというのだから、たとえその名を明かさないでも、私こそがあの墓の主と推察して下さい。仏の教えによって草木国土の類に至るまで漏れることなく成仏が出来るのです。ましてその主を誰と御推察あってのことならば、それこそ何よりの回向となるでしょう。墓の主も成仏しないはずはありますまい。

謡曲『熊坂《くまさか》』の一節。熊坂長範の亡霊が出現して、旅の僧に回向を頼む場面。

◇それのみ主と思し召せ　この時、まだ熊坂の亡霊は正体を明かさぬまま供養を頼んでいたのでこういう言い方をしたのである。

名は立つて、詮《せん》なやなう

270
・小
よそ契《ちぎ》らぬ
契らぬさへに名の立つ

271
・大
流《る》転生死《てんしやうじ》を離れよとの
御弔《おんとぶら》ひを身に受けば
たとひその名は名乗らずとも
請《う》け喜ばば、それのみ主《ぬし》と思《おぼ》し召せ
回《ゑ》向《かう》は草木《さうもく》国土まで
漏《も》らさじなれば、別《わ》きてその
主《ぬし》にと心当てあらば

それこそ回向《ゑかう》なれ
浮かまでは、いかであるべき

髪

272
• 小
只捋一縷懸肩髪
引起塗帰宜刀盤

只一縷《いちる》の肩に懸る髪を捋《な》でて
引き起すに塗帰宜刀盤《とは》

273
• 小
むらあやてこもひよこたま
また今宵《こよひ》も来でやあらむ

272　肩にかかった黒髪をひたすら愛撫《あいぶ》して、さて引き起してみると、何と「塗帰宜」だったとは。

読みも意味もわかりにくい歌。一見吟詩風であるが、下句は草仮名的戯れ書きの小歌か。「塗帰宜」は不明。美女・美童と思って愛撫していたのに、正体がわかってみると何か予想外のものであったということであろうか。これまでの諸注は、衆道あるいは男女の後朝《きぬぎぬ》の別れを歌ったものと解する。読みについては「捋」を「将」とみて「ただ将《まさ》に一縷《すぢ》肩にかかる髪、引き起《た》つる塗帰《とき》(時)宜《よろ》しとは」、あるいは「ただ一縷の肩にかかれる髪を将《もち》て、引き起す時宜しとは」としたり、下句を「塗《みち》に帰るも宜しとは」と読んだり、最後の三文字を「思万般」の誤写とみるなどさまざまで、定説がない。「淡粧只以ニ掛レ肩髪一、引得雨中哀老翁」(『滑稽詩文』)と関係があるか。

◇一縷　「縷」はつづれの意。乱れ髪の形容か。◇刀盤　草仮名「とは」を故意に漢字で書いて、吟詩風に見せかけたか。

273　今夜もまた、恋しいあの人は来ないままなんでしょうか。

一八九と同様、下から読む歌。連夜待ちぼうけを食わされた立場を歌う。謎《なぞ》歌、あるいは恋の呪歌であろうか。

274　今結い上げた髪がはらりと解けた。さては誰かさんが来てくれるらしい。むしゃくしゃしていた私の心もお陰《かげ》で髪と同じくほぐれたことよ。
これも意味がとりにくい歌であるが、二七三と二七五の間に置かれていることからみれば「待つ」ことと関係があるらしい。「めづらしき人を見むとやしかもせぬ我が下紐《したひも》の解けわたるらむ」（『古今集』恋四）のように、下紐が解けると思う人に逢えるという俗信があった。髪が解けるのも待ち人が来るという予兆であったか。
◇はらりと　『日葡《にっぽ》辞書』に「パラリト、または、ハラリト　副詞。穀物など、何か物が落ちる際に立てる音の形容」とある。

275　私に待つ気がないから、あの人の訪れがないのでしょうか。
自分の恋を冷静に捉《とら》えた女の歌。互いの心に隔てが生じていることがわかる。『宗安』四一参照。

276　人恋しい心で吹いても、恨みながら吹いても、何《なん》の役にも立たぬのはこの尺八だ。
愛用の尺八で心を慰めようとしたがどうにもならないのが、こうした「待人来らず」の宵《よい》である。尺八を吹くということからみれば、待っているのは常とは逆に男であろう。前の一七七は、ここに歌われた次の場面を扱ったものと考えられよう。

277　待っても待っても来ない夕べが続く。さては心変りのきざしか。心もとないことだ。
待つ、来ぬ、そこで不安がつのってくる。打ち消したい

274
・小
今結《ゆ》た髪《かみ》が、はらりと解《と》けた
いかさま心も誰《た》そに解けた

待つ

275
・小
我が待たぬほどにや
人の来《こ》ざるらう

276
・小
待つと吹けども
恨《うら》みつつ吹けども
篇《へん》ないものは、尺八ぢや

277
・小
待てど、夕《ゆふ》べの重なるは

変る初めか
おぼつかな

278 ・小
待てとて来《こ》ぬ夜は
再び肝《きも》も消え候《そろ》
更《ふ》け行く鐘《かね》の声
添《そ》はぬ別れを思ふ烏《からす》の音《ね》

279 ・大
また、待つ宵《よひ》の
更《ふ》け行く鐘の声聞けば
飽《あ》かぬ別れの鳥はものかは、と詠ぜしも
恋路の便《たよ》りの

気持はありながら、それが出来ないのが人の心である。
◇待てど　諸本は「までも」。「も」は「と」の誤写とみて改める。

278　「行くから待っておいで」と言っておいて、やって来ない夜は、二度がっくりさせられますよ。一度はいらいらしながら待ち続ける夜更けの鐘の音を聞いた時、もう一度は「飽かぬ別れ」ならぬ「添はぬ別れ」を思わせる夜明けの烏《からす》の鳴声を聞いた時。

六九や次の二七九に引用された待宵小侍従《まつよいのこじじゅう》の歌を巧みにもじった。先に「再び」と言っておいて、後《あと》で種明かしをするという趣向。
◇肝も消え　驚きや不安に襲われる。または呆然《ぼうぜん》となる。◇添はぬ別れ…　逢わずにこのまま別れてしまうことを告げるかのような。◇烏の音　『連珠合璧集《れんじゅがっぺきしゅう》』にも「別心ナラバ　在明…鐘をうらみ、鳥をかこつ」とあるように、後朝《きぬぎぬ》の場で鐘と取り合せられるのは通常鶏《とり》である。それを烏に替えたところに面白味がある。

279　また古歌に、「来ぬ人を待つ宵に聞く夜更けの鐘に比べると、名残りを惜しむ二人に別れを促す鶏の声などものの数ではない」などと歌われているが、それも、鐘の音こそ恋の消息を伝える最高のものと考えてのことなのだ。

謡曲『三井寺』の一節。行方不明のわが子を訪ねて三井寺へ来た母親が、狂乱のあまり鐘を撞《つ》き、鐘づくしの歌に興ずる件り。
◇待つ宵の…　この小侍従の和歌は「待つ宵に」が正

音信《おとづれ》の声と聞くものを

花に寄せて

280
・小
この歌の如くに
人がましくも言ひ立つる
人はなかなか我が為《ため》は
愛宕《あたご》の山伏《やまぶし》よ
知らぬことな宣《のたま》ひそ
何ごとも、言はじや聞かじ白雪《しらゆき》の
言はじや聞かじ白雪の
道行《みちゆき》ぶりの薄衣《うすごろも》
白妙《しろたへ》の袖《そで》なれや

しいが、『源平盛衰記』(十七)などのように「待つ宵の」という形でも伝わっている。

280　この歌のように、私を身分ある者と考えて言葉をかけるような人は、私にとっては仇な、迷惑な存在です。愛宕詣《もう》での山伏殿、わけを知らない人はお黙りなさい。私も、何も言うまい、聞くまい、知らぬ顔でいよう。白雪の散りかかる私の道行ぶりの薄衣の袖は文字どおり白妙の袖となった。樒が原に降るこの雪の中で、さあ、樒の花を摘もうよ。折から花に夕日が射し真紅に映えて、末摘花というのはこんな花だろうかと思わせる。春がめぐって来たならば、都では野辺の若菜を摘むだろうが、今ここでは冬の樒を摘むことだ。

肩書には「小」とあるが、「大」の誤りであろう。謡曲『樒天狗《しきみてんぐ》』(廃曲)の一節。愛宕権現《ごんげん》へ参る山伏が、山腹の樒が原で花を摘む女、実は六条御息所《みやすどころ》の亡霊に逢い、言葉をかけるが、御息所がそれにかまわず花を摘み続けようとする場面。謡曲ではこの前に「なき名のみ高雄の山と言ひたつる人は愛宕の嶺《みね》に住むらん」(『拾遺集』雑下による)の和歌があり、それを受けて「この歌のごとくに…」となる。「暁起《あかつきお》き」と「樒」は付合《つけあい》。その「暁起き」を後朝《きぬぎぬ》と見做《みな》して前歌と続けたか。また、小侍従の「樒摘む山路の露に濡《ぬ》れにけり暁起きの墨染の袖」(『新古今集』雑中、等)も背景にあるか。◇愛宕　京都市の北西にある山。山頂に愛宕権現を祀《まつ》る。◇道行ぶり　婦人の外出着の一。この時御息所が

樒《しきみ》が原に降る雪の
花をいざや摘《つ》まうよ
末摘花《すゑつむはな》はこれかや
春もまた来《き》なば都には
野辺《のべ》の若菜《わかな》摘むべしや
　野辺の若菜摘むべしや

281
小
・つぼいなう、青裳《せいしやう》
つぼいなう、つぼや
寝もせいで、睡《ねむ》かるらう

いとほし

それを着用していたという心であろう。◇薄衣　諸本「薄氷」。謡本により改める。◇樒が原　京都市右京区嵯峨《さが》水尾《みずお》、同樒原の辺りをいう。愛宕山の西北の山腹にある。愛宕への旧表参道。一帯に樒が群生しており、愛宕詣での際にはこれをとって家苞《いえづと》にする習慣があった。「愛宕山樒の原に雪積り花摘む人の跡だにもなき」(『曾丹集《そたんしゆう》』)。◇末摘花　紅《べに》花のこと。『源氏物語』のゆかりで出したのであろう。後《あと》の「若菜」も同様である。なお謡本ではこの前に「夕日かげろふ紅《くれなゐ》の」という一句が入っており、夕日に映える樒から末摘花を連想したことがわかる。◇都には　「深山《みやま》には松の雪だに消えなくに都は野辺の若菜摘みけり」(『古今集』春上)による。

281　可愛《かわい》いなあ、合歓《ねむ》の木のようなお前。それにしてもかわいそうに、昨夜はろくろく寝もしないで。さぞ眠かろう、目もすぼんでるよ。

一夜を共に明かしたところで、合歓の木に寄せて女に呼びかけた歌。けだるさと愛らしさに溢《あふ》れている。寝られなくしたのは男なのだが、それについては知らん顔である。「末摘花」の紅と青裳の対照、また「馴《な》れてつぼいは、山伏《やまぶし》」(一九〇参照)といった成句をもふまえつつ前歌に続けたか。
◇青裳　合歓の木のこと。夜になると双葉が互いに包まれ、朝になると再び開く。合歓の字を当てることでもわかるように、男女の情愛にたとえられる。◇つぼや　可愛い意のほかに、すぼんで細い、の意もある。

282　ただもう逢いたい見たいで、そっと人目を忍んで走って来たの。まあちょっと放してよ。放してものを言わせてよ。あああたまらない。どうしろっていうのよ。

口調からすれば女の歌か。一散に走って来たその息づかいまでが聞えてきそうな迫力を感じさせる。『宗安』一六四参照。

◇まづ放さいなう　まあここを放してよ。抱き締めてくれた男に対して言ったもの。男の力の入れ方が知れるというもの。尤《もっと》も女の方とて結構力一杯しがみついているのであろうが。◇そぞろいとほしうて　無性に慕わしくって。好きで好きで。

283　愛する彼氏、逢えばなお愛《いと》しい。うきうきとした心で解きに行きましょう、竹垣の戸の締め緒を。

相思相愛の男が忍んで来るのを、いそいそと待つ女の気持。

◇竹垣の緒　自分の家の垣の扉《とびら》を結んだ紐《ひも》。下裳《したも》の紐をも暗示するか。底本「行垣の緒」。「竹垣」の誤りとみて改める。

284　あの方《かた》は愛想のないそぶりをなさるけれども、そこがまたいいのよ。

憎しみと愛とはしばしば同居する。人の心の微妙な一面を思わず口にした、といった体《てい》の歌。

285　実は愛情もなかったのに、ちょっとしたゆきがかりで可愛《かわい》いと言ってしまったのだが、やれ一

282
（小）
・あまり見たさに
そと隠《かく》れて走《はし》て来た
まづ放《はな》さいなう
放して物を言はさいなう
そぞろいとほしうて、何とせうぞなう

283
・小
いとほしうて
見れば、なほまたいとほし
いそいそ解《と》かい、竹垣《たけがき》の緒《を》

284
・小
憎《にく》げに召さるれども
いとほしいよなう

見たさ
見れば
憎げ

大事、本当に彼女が欲しくなった、困ったことだ。ではそなたよ、ちょとばかり可愛く思うと言っとくぞ。

意味のとりにくい歌。男女の問答歌とみる説もあるが、ここでは、うっかり好きと言ってしまったのがすっかり本物になってしまった男の歌と解しておく。
◇勝事　大変なこと。◇さらば　次行の「ちと」とともに、男のばつの悪そうな思いが感じ取れる。男ももともとこの女に対し、潜在的には満更でもない気持を抱いていたとみてよいようである。

286　昼間可愛がられて夜は足もとで寝ろと言われるよりも、昼間は憎まれても、夜一緒に寝たほうがいいわ。
上下句をそれぞれ対照的に配している。これだけずばりと本音《ほんね》を出されると、相手も言葉がなかろう。
◇後に寝よ　交渉のないことを示す。底本「ねより」。彰考館本に「ねョより」とあるにより改める。◇お側　底本「おこと」。彰考館本により改める。

287　あの人が情《つれ》ない仕打ちをするのなら、私も心変りが出来たらよいのに。相手に憎まれつつこちらは依然愛《いと》しくてならないとは、何《なん》とも腹立たしい。
相手に冷たくされながら自分は思い切れない、そのどうしようもない感情を歌う。御伽草子《おとぎぞうし》『横笛物語』（慶応義塾大学本）にも「辛《つら》からば我も心の変れかしなど憂き人の恋しかるらん」とある。『宗安』一八四参照。
◇憎むに　こちらが憎むべきところを、の意とも解せる。◇あんはらや　「あん腹立ちや」の意か。「あんだ

285
・小
愛《いと》しうもないもの
いとほしいと言へどなう
ああ勝事《しょうし》、欲しや憂《う》や
さらば和御料《わごれう》
ちといとほしいよなう

286
・小
いとほしがられて後《あと》に寝よより
憎まれ申してお側《そば》に寝う

287
・小
人の辛《つら》くは
我も心の変れかし

憎まれ

らや」(愚かしい、あほらしい)、「あん恥《はぢ》や」(恥ずかしい)とみる説もある。

288 憎らしいそぶりだこと。だけど、あんなそぶりの人に限って、もろくて急に折れたりするものさ。

憎らしげでいかにも尊大な人ほど、逆にくどき易いものだ、というもの。「つれなの振りや、すげなの顔や、あのやうな人がはたと落つる」(隆達節小歌)も同想。
◇むず折れ　たやすく折れること。

289 好きと言うだけで、思いが叶《かな》うとでもいうのでしょうか。まさかそんなことにもなりますまいに。ああ、明日は讃岐へ帰ってしまうあの人よ。

讃岐から上洛《じようらく》した男と馴染《なじ》んだ都の女の、別れを惜しむ歌。相手は讃岐(香川県)細川家の侍でもあろうか。「恋しや寺の鐘の声、恋しと言《ゆ》うたら逢はれうかなう、あの山影《やまかげ》にをりやる人に、恋と言《い》うたら叶はうずものか」(『俚謡集《りようしゆう》』香川県盆踊歌)と似たところがある。都と讃岐との交流を示す歌。

290 私は讃岐の鶴羽の者よ。阿波の若衆と肌を触れあって、足も快いし腹も快い。鶴羽に残した妻のことも忘れてしまうほど。

讃岐や阿波に関する歌が続くが、何《なん》ともこれは官能的である。
◇鶴羽　香川県大川郡津田町。阿波(徳島県)寄りの海村。『俳諧《はいかい》類船集』によれば、「鶴」と「粟《あわ》」は付《つけ》合《あい》。ここもそれと関係があるか。◇阿波の若衆　阿波

憎《にく》むにいとほしいは、あんはらや

288 ・小
憎い振《ふ》りかな
あの振りをする人は、むず折れがする

讃岐

289 ・小
いとほしいと言うたら
叶《かな》はうずことか
明日《あす》はまた讃岐《さぬき》へ、下《くだ》る人を

290 ・小
我は讃岐の鶴羽《つるは》の者
阿波《あは》の若衆に肌《はだ》触れて

は衆道で名高かったのであろうか。一三参照。

291 我が心ながら私からみれば羨ましく思われる。なぜなら夜となく昼となく君にべったりだから。

自分で自分の心に対して羨ましさを覚えるとは不合理ではあるが恋する者の気持となれば尤《もっと》もでもある。八四と比較すると面白い。

◇君に　動作や感情を向ける対象を「君に」と表現する例は上代に多いが、中世でもしばしば用いられた。「君を」に比べて対象に密着し没入する感が深くなる。

292 あの人に恋文は送りたいが、その手だてがない。私の心は何時《いつ》もあちらへ通っているのだから、それが手紙を届けてくれないものか。

前歌に続いて、心をわが身から切り離して考えるという発想である。近世以降「文はやりたしわが身は書かず、物を言《ゆ》へかし白紙《しらかみ》が」（『吉原はやり小歌総まくり』雲井の弄斎《ろうさい》）といった形で流布した。『宗安』三参照。

◇詮方な　方法がない、の意。

293 大事な手紙を久我のどことやらで落したんだって。ああ何とも呆《あき》れかえった文使いだ。

恋文の使者が途中でその手紙を落してしまったことを題材にした。狂言『文荷《ふみにない》』や御伽草子『鼠《ねずみ》の草子』に類歌が見える。落す場所を賀茂の川原、志賀の浦、瀬田の長橋などいろいろ替えて歌われた。

◇久我　京都市伏見区。

足好《よ》や腹好や
鶴羽のことも思はぬ

心──文

291
・小　羨《うらや》ましや我が心
夜昼《よるひる》君に離れぬ

292
・小　文《ふみ》は遣《や》りたし、詮方《せんかた》な
通《かよ》ふ心の、物を言へかし

293
・小　久《こ》我《が》のどことやらで落《お》いたとなう
あら何《なに》ともなの、文の使ひや

恋は曲者

294 •小
お堰《せ》き候《そろ》とも
堰かれ候まじや
淀川《よどがは》の浅き瀬にこそ柵《しがらみ》もあれ

295 •小
来《こ》し方《かた》より今の世までも
絶えせぬものは
恋といへる曲者《くせもの》
げに恋は曲者、曲者かな
身はさらさらさら
さら、さらさら

294　二人の仲を妨げようとなさっても、私たちの恋路はたやすく堰き止められはしませんよ。淀川の浅瀬になら柵で止めるという方法もありましょうが、我々にはそんなもの無駄ですよ。
恋路の邪魔をしようとする者に対し、自分の決意と自信を述べる。『宗安』一七参照。
◇柵　水流を堰き止めるための装置。

295　はるか昔から今の世までも絶えないものは、あの恋という曲者だ。どんな関所もくぐり抜けてしまう。まったく恋は曲者。その曲者にとり憑《つ》かれた私は、さらさらまったく寝ることすら叶《かな》わぬ。
謡曲『花月』の一節であるが、そこでは「小歌」として、通常の謡《うたい》とは異なるメロディで歌われる。もとは流行小歌でそれを謡曲にとり入れたものらしい。
◇曲者　説明のつかぬ不可思議なもの。参考「恋といへるはくせ物ぞかし」（『毛吹草《けふきぐさ》』七、恋）。◇身はさらさらさら…　「さらさら」を繰り返して後の「更に」を引き出す。軽快な調子が喜ばれたのか、この句を用いた謡物《うたいもの》は、中世近世を通じてすこぶる多く、『多聞《たもん》院《いん》日記』（永禄十年十月二日）には肌がざらざらした若衆を「花月」と仇名《あだな》したという記事まで見える。
◇更に恋こそ寝られね　恋に陥るとまったく寝ることも出来ない。「竹の葉に霰《あられ》降る夜はさらさらに独りは寝《ぬ》べき心地こそせね」（『詞花集』恋下、等）によるか。『宗安』二七七・一八三にも類似の表現が見られる。

296　実るあてもない恋をしてしまい、志賀の浦波が寄るように、無駄と知りつつ夜々人に寄り添っていることです。

毎夜男に寄り添いながら、詮ない恋と諦観《ていかん》している。遊女の歌でもあろうか。『宗安』一三・一四参照。◇志賀の浦　琵琶湖《びわこ》西岸。大津市。歌枕。◇人に寄り候　あるいは、今はしがない男を相手としているが、時と場合により、人によっては…という意も掛けるか。「詮ない恋を志賀の浦波、よる、人による」(隆達節草歌、恋)になるとその意が強調されている。『宗安』一三九にも「よるよの、人によるものを」という句がある。

297　あの山中越《やまなかごえ》の峠道をはるばると志賀の里へ、あの人は毎夜のように通《かよ》っているのだろう。かえすがえすも妬《ねた》ましいことだ。

意味内容が不明で、これまでの諸注もいろいろであるが、「風吹けば沖つ白波たつた山夜半《よは》にや君が独り越ゆらむ」(『伊勢物語』二十三段)をふまえ、龍田山を志賀の山に、思いやりの心を嫉妬《しっと》に置きかえたものとみる説に従いたい。男に捨てられた女が、その男と、志賀の里にいる新しい女に対する恨みを歌ったものと解する。
◇志賀の山越え　京都市北白川から大津市へ出る山中《やまなか》越《ごえ》をいう。◇かへすがへす　後に「妬ましや」が省略されている。

更《さら》に恋こそ寝られね

296
・小
詮《せん》ない恋を
志賀《しが》の浦波
寄る寄る、人に寄り候《そろ》

志賀

山道

297
・小
あの志賀の山越えを
はるばると
妬《ねた》う馴《な》れつらう
かへすがへす

志賀

298　情《なさけ》ないことに迷い込んでしまったよ、よろめきながらの恋の細道に。

一六の花の都の道、一三の磯の細道と同様、ここも恋に迷った山の細道を歌う。
◇しどろもどろの　足もとのよろめくさまに、恋に迷う心のさまを重ねて表現した。

299　ここはどこなの。石原峠の坂の下ですって。お足が痛む。駄賃馬に乗りたいわ、ねえあなた。

夫婦連れの旅で、足を痛めた妻が馬に乗せてくれとだだをこねている。再三の「なう」が利いている。その場に坐りこんで訴えてでもいるのだろうか。『萬葉集』巻十三（三三一四）に、山道を旅する夫に馬を買わせようと、妻が自分の大切な鏡や領巾《ひれ》を差し出すという有名な歌があるが、この歌とは好一対といえよう。純情な女である点は同じだが、その現れ方は余りにも対照的である。
◇石原峠　各地にあるがどこを指すか不明。駄賃馬があったとすると本街道の峠で、それほど山中ではあるまい。◇駄賃馬　運賃を取って人や荷物を運ぶ馬。◇殿なう　夫に呼びかけ、頼み込んでいる語。

300　ままよ、もうあてにはすまい。流れ行く水さながらに、みるみるうちに変るものなのだ、人の心なんて。

人の心の変り易さを流れる水にたとえたもの。「よしや」と言っていることからすれば、これまでにかなり

298
・小
味気《あぢき》なと迷《まよ》ふものかな
しどろもどろの細道

299
・小
ここはどこ
石原峠《たうげ》の坂の下
足痛《あしいた》やなう
駄賃馬《だちんうま》に乗りたやなう
殿《との》なう

水

300
・小
よしや頼まじ、行く水の
早くも変る人の心

の迂余曲折《うよきょくせつ》のあった仲なのであろう。

301　世間の人は何《なん》とでも言わば言え、岩間の湧《わ》き水のように、お前の心さえ濁らずに澄んでいればそれで済むんだよ。

他人の噂《うわさ》に関わりなく、相手の心を頼もうとする男の歌であろう。石清水《いわしみず》八幡宮の神詠と伝える「世の中の人は何《なに》とも石清水澄み濁るをば神ぞ知るらん」による。

◇済む　住む、つまり結婚・同居の意をも掛けていよう。

302　恋の中川を、つい調子に乗って渡ろうとしたら、袖を濡らしてしまった。ほんにどうしようもない、いたずら者のわが心よ、さてもさても。

ふと気がついてみるとうかうかと恋に落ち込んでしまっていた身を嘆いているが、結構それを楽しんでいるような感もある。

◇恋の中川　恋仲を川にたとえた。『藻塩草《もしおぐさ》』五「中川」に、「逢ふ瀬も知らぬ」「契りの末」「一夜の契り」等に寄せるとある。◇袖を濡らいた　通常は涙のせいとするが、ここは情事に溺《おぼ》れたことを指すか。◇さても心や　二九一等と同様、自分の心を客体化している。

303　「宮城野の木の下露は雨にまされり」という古歌があるが、私の袖の涙も、それに勝るとも劣らない。

出典不明の田楽能の一節。「みさぶらひ御傘《みかさ》と申《まを》せ宮城野の木《こ》の下露は雨にまされり」（『古今集』二十、東

301
・小
人は何《なに》とも岩間《いはま》の水候《ぞろ》よ
和御料《わごりよ》の心だに
濁《にご》らずは済《す》むまでよ

何とも
心

濡れる袖

302
・小
恋の中川
うつかと渡るとて袖《そで》を濡《ぬ》らいた
あら何《なに》ともなの
さても心や

何とも
心

303
・田
宮城野《みやぎの》の、木《こ》の下露《したつゆ》に濡るる袖

歌）による。袖を濡らす恋の涙を宮城野の露にたとえた。

◇宮城野　宮城県仙台市東郊の広野。歌枕。

304　私の紅羅の袖を濡らしたのは、一体どこの誰なのでしょうか。

女の歌であろう。冒頭に「紅羅の袖」をもってきたところに、小歌ながらも吟詩への傾斜がみられるが、一方「君恋ふる涙しなくは唐衣《からころも》胸のあたりは色燃えなまし」（『古今集』恋二）にも通じるところがある。

◇紅羅の袖　紅《あか》い薄衣《うすぎぬ》の袖。◇誰が濡らしけるかや　当然本人の涙で濡れたのだが、その原因はあなたにありますよ、と疑問の形で婉曲《えんきょく》に表現した。

305　花を見ても月を仰いでも、袖は涙で濡れてしまう。わが心ながら、一体どうしたことでしょう。

涙が流れるのは、風雅の心のためではなく、恋慕の心ゆえ。恋は花鳥風月以上の重みをもつのである。

◇何の心ぞ　ここも自分の心を客体化している。

306　難波堀江に葦をかき分け進む葦分け小舟のように、本当にまあ、わけもなく袖が濡れることよ。

恋する身を葦分け舟にたとえた。『連珠合璧集《れんじゅがっぺきしゅう》』によれば、「葦分け小舟」は「障《さは》る」「難波」と付合《つけあい》。となればこの恋も障害の多い恋であったのであろうか。

◇難波堀江　現在の大阪市天満川にあたるという。歌枕。◇そよや　ソレソレ、というほどの意。後《あと》の「そ

雨にもまさる涙かな、〱

304　・小

紅羅《こうら》の袖《そで》をば
誰《た》が濡《ぬ》らしけるかや、〱

305　・小

花見れば、袖濡れぬ
月見れば、袖濡れぬ
何《なに》の心ぞ

306　・小

難波《なには》堀江の葦《あし》分《わ》けは
そよや
そぞろに袖の濡れ候《そろ》

ぞろ」とともに頭韻をふんで、葦の葉の風にそよぐさまをも示す。囃子詞《はやしことば》としても利いている。『文明本節用集』には「驚破《ソヨヤ》」とある。

307　泣くのは私だが、涙を流させた張本人はお前だよ。

三四と同想であるが、表現はより端的である。男の歌だからであろうか。『宗安』一七参照。

◇そなた　底本「かなた」。彰考館本により改める。

308　折にふれて、私があなたを思っている気持ぐらいわかりそうなものですのに、何《なん》とも冷たや、あなたは何時《いつ》も知らん顔。

和歌形式の小歌。しかも「折々は思ふ心も見ゆらむをつれなや人の知らず顔なる」（『玉葉集』恋一）とまったくといってよいほど同じである。

309　昨夜の夜這い男は、誰だ、誰だ。御器籠に蹴《け》つまずいて、大黒様《だいこく》を踏みつぶした奴は。

夜這いの男をからかった歌。「夜這《よばひ》さんへ〳〵、夕べの夜這も仰山な、おはぐろ壺《つぼ》に蹴つまづいて、糠味噌《ぬかみそ》桶《をけ》へ飛び込んだ」（『小歌志彙集《おかしいしゅう》』）など類歌も多い。◇たそれたもれ　意味不明。「誰そ」という言葉から出て、誰だ誰だと囃《はや》しながらからかっているものか。「大《だい》それたもの」の誤写とみる説もある。◇御器籠　食器を入れる籠。水切りをよくするために笊《ざる》状になっている。◇大黒　意味不明。大黒天像の意か。諸本「太黒《くろ》」。この歌の類歌には『小歌志彙集』の例のようにおはぐろ壺の出るものが多いが、ここも「おほぐ

つれない恋

307
（小）・泣くは我
涙の主《ぬし》はそなたぞ

308
小・折々《をりをり》は思ふ心の見ゆらんに
つれなや人の知らず顔なる

籠

309
小・昨夜《よべ》の夜這《よば》ひ男
たそれたもれ
御器籠《ごきかご》に蹴《け》つまづいて

ろ」と訓み、「おはぐろ」の誤写と考えるべきかもしれない。

310　花籠に月ならぬ男を入れて、決してこれを漏らすまい、そして曇らすまいと、しっかり持つのが大切なことなんですよ。

愛人を花籠に封じ込めるという発想が、美しくまた愛らしい。参考「ハムヤわが殿よ〱、花の小籠に摘み添へて、花もろともに持つが大事よ」（伊豆新島盆踊歌）。ほかに「花籠に××入れて、漏らさじ」という類の民謡は多い。◇花籠　花摘みの際に摘んだ花を入れる籠。◇月　男性をたとえる。月の異名の「桂男《かつらおとこ》」「月よみ男」から出たか。◇漏らさじ、これを、曇らさじ　「漏る」「曇る」は、「籠」「月」の縁語。後生大事と愛人を思う気持の表現。

311　籠が欲しい、籠が欲しい。その中に浮名を閉じ込めて、外へは漏らさぬような、籠が欲しい。

「何と仰《おし》やるも籠で候、心言葉が花になる、散る漏るよの」（隆達節小歌）の逆手をとって、そうならないための籠がほしいというのである。『宗安』一七九参照。◇漏らさぬ　序歌の「解けて」「乱れ」に対応させるべく「漏らさぬ」で締めくくろうとする意図があるか。

一　遠慮すべき事情。差支え。
二　ぜひに、とおっしゃいますので。
三　字の拙いこと。
四　原本のとおりに筆写しました。

大黒踏《ふ》み退《の》く、大黒踏み退く

310 ・小 花籠《はなかご》に月を入れて
漏《も》らさじ、これを
曇《くも》らさじと
持つが大事な

漏らさじ

311 ・小 籠《かご》がな籠がな
浮名《うきな》漏らさぬ籠がななう

漏らさぬ

雖ニ其[一]斟酌多候一、[二]難レ去被レ仰候間、[三]悪筆を指置、[四]如レ本書写了。御一見之已後者、[五]可レ有ニ入火㆒候也。[六]比興云々。

[七]大永八年戊子[八]卯月仲旬書之

五　焼き捨てて下さい。このあたりは書写した人の謙《けん》遜《そん》の言葉。

六　お粗末なことで恐縮です。

七　西暦では一五二八年。序文の永正十五年から十年後に当る。

八　四月。

宗安小歌集

[一]ちはやふる神代は、〔和歌の〕文字の数定まらず。人の世となりて三十一《みそぢひと》文字の歌に定めしよりこの方《かた》、我《わ》が国の風俗として、[二]花に鳴く鶯《うぐひす》、水に住む蛙《かはづ》までも歌をなん囀《さへづ》りあへり。しかはあれど、この道に堪へざる人《歌道に堪能でない者は》は、[三]六義《りくぎ》十躰《じつたい》の姿《作法が理解出来ず》をわきまへず、耳遠《みみどほ》に聞き知ることも難《かた》くぞありける。〔ところが〕近きころ小歌《こうた》とて、[四]乱舞《らんぶ》遊宴《いうえん》に戯《たはぶ》るる折々、[五]伊勢《いせ》・小《こ》町《まち》が歌の言葉を借り《作の歌詞をアレンジし》、[六]白楽《はくらく》・[七]阮籍《げんせき》が句を抜きて《作の詩句を利用して》、[八]墨譜《はかせ》を付け《作曲して》謡物《うたひもの》になし、[九]猛《たけ》き武士《もののふ》の心をもやはらげ、恩愛恋慕《おんあいれんぼ》の道のたよりともし侍《はべ》りける。

ここに[一〇]桑門《さうもん》の[一一]樞《とぼそ》を閉ぢて、独り酒を楽しみ小歌を歌ひつつ、貴《たか》きにも交はり賤《いや》しきにも睦《むつ》び、老いたるをも伴ひ若きにも懐かしうせ《親しみをもって》られたる《迎えられた》、[一二]沙弥《しやみ》宗安《そうあん》といふ〔者〕あり。古き新しき小歌に節々《ふしぶし》を付けて、

一 神にかかる枕詞《まくらことば》。以下『古今集』仮名序の「ちはやふる神代には、歌の文字も定まらず…人の世となりて素戔嗚尊《すさのをのみこと》よりぞ、三十文字《みそもじ》あまり一文字《ひともじ》は詠みける」による。

二 『古今集』仮名序による。

三 和歌には『古今集』序や『定家十体』にみられるように、六または十の基本的風体があるとされていた。ここは、難解な和歌の作法というほどの意。

四 酒席で歌ったり舞ったりする時に。

五 伊勢《いせ》の御《ご》と小野小町《おののこまち》。『古今集』の代表的歌人。年代的には小町のほうが古い。世阿弥《ぜあみ》の『三道《さんどう》』にも舞歌に名高い女性として「伊勢・小町」を挙げている。

六 白楽天。唐代の詩人。

七 魏《ぎ》・晋《しん》代の人。竹林七賢の一。酒を好みよく竹林に嘯《うそぶ》いたというのでここへ挙げたか。

八 節博士《ふしはかせ》のこと。曲節を表す「点」を歌詞の傍に墨書したことからいう。

九 『古今集』仮名序による。

一〇 本来は僧侶《そうりよ》・世捨人の意であるが、ここではその隠棲《いんせい》する草庵《そうあん》の門の意に用いているようだ。

一一 とびら。

一二 伝不詳。「沙弥」は在家の剃髪《ていはつ》者のことであるが、ここは正式の僧でない、閑居する隠者という意であろう。

一川竹《かはたけ》の世々《よよ》のもてあそびとぞなし侍《はべ》る（愛唱歌に仕立てあげた）。二賢《かしこ》き古《いにしへ》より愚かなる今に至るまで、かかる例《ためし》はあらじと（あるまいと）覚え侍りし。三聞く人みな時鳥《ほととぎす》の一声《ひとこゑ》の聞かまほしさにと慕ひ、四鶯《うぐひす》の、谷の古巣を出《い》づる初音《はつね》の心地《ここち》して望みあへり。［その小歌は］五花鳥の色音《いろね》をあらはし、六風月の影に寄せて、なほ末の世までも七天長《てんなが》く地久《ちひさ》しく、酒のむしろの破れざらんほどは（酒宴乱舞のことのある限りは）、綿々《めんめん》としてこの謡物《うたひもの》は絶ゆる期《ご》なからんとぞ。

一 竹の節《よ》と同音の「世《よ》」にかかる枕詞。
二 単に昔から今まで、の意であるが、何ごとも昔をよしとする尚古思想をふまえている。「何ごとも古き世のみぞ慕はしき。今様《いまやう》はむげにいやしくこそなりゆくめれ」（『徒然草《つれづれぐさ》』二十二段）に通じる思想。
三 その歌声を楽しむ人は、皆時鳥の一声を聞きたがると同じような気持で待ち慕い。
四 春、谷の古巣を出て鳴く鶯の初音を待つような気持で宗安の小歌を楽しんだのである。
五 花の美しさや鳥の声を一段とひきたてるように響き。
六 風や月のような風雅な品々にも取り合わされて。
七 「天長地久」は『老子』にみえる句であるが、ここは白楽天作「長恨歌《ちょうごんか》」の「天長地久有レ時尽、此恨綿綿無ニ絶期一」によっている。

1 神ぞ知るらん我が仲《なか》は
千代《ちよ》万代《よろづよ》と契《ちぎ》り候《そろ》

2 神むつかしく思《おぼ》すらん
叶《かな》はぬ恋を祈《いの》れば

3 梅と寝うとて鶯《うぐひす》が鳴《な》く
北野《きたの》の神に叱《しか》られうとて

1　神様だけは知っていて下さるはず、私たちの永遠の愛の契りを。

巻頭歌にふさわしく祝言の意を表そうと、恋歌ながら「神」の歌をここに据えて全巻の序歌とする。隆達節《りゅうたつぶし》草歌《そうか》（恋）には「神ぞ知りける我が仲を、千代万代と祈り候」として出る。

2　神様もむずかしい顔をしてござるだろうなあ。とても叶いそうもないむずかしい恋の成就をお願いしているのだから。

◇むつかしく　煩わしく。厄介に。

3　鶯の奴《やつ》が梅と添い寝したいと囀《さえず》っているよ。梅の主《あるじ》である天神様に叱られるのも覚悟の上で。

同じように「神に配する恋」であるが、二首目、三首目と進むにつれて内容も砕け、次第に「俗」なる小歌の世界に導入されて来る。北野門前は、中世末期から次第に遊所としての賑《にぎ》わいを見せたと伝えるが、この歌もそれと関係あるか。

◇北野の神　京都市上京区にある北野天満宮。祭神菅原道真《みちざね》が生前梅を愛したことから、梅を神木とする。

◇叱られうとて　叱られたところで。下に「それは承知の上、と言って」が省略されている。

4　せめて夢の中では訪ねて来て一緒に寝ておくれよ。それならまさか浮名も立つまいから。
前歌で鶯に同情したのも道理で、同病相憐《あわれ》むの心境であったという心での配列である。「…うたた寝の、夢になりとも逢ひたや見たや、夢になりとも、夢に浮名はサンサよも立たじ」（『大幣《おおぬさ》』四、かすがの）等、近世歌謡や民謡に継承された。

5　夢よ、頼むからあの人の面影を見せないでくれ。逢っているような幻覚をもたせておいて、目が覚めてみるとやはり独り寝の床。一層辛《つら》いから。
前歌のような望みが叶《かな》ったところで、結局はこのような事態に陥るのが関の山。恋する立場の弱さである。「思ひ寝の夢はしばしの契りにて覚めての後の慰めぞなき」（『新千載集』恋二）、そのほか和歌、歌謡を通じて類想歌は多い。

6　一度相手の裏を見て恨みがましい気になり始めると、平穏であった仲に恨み心が入り込むようになる。裏を見つけたのが恨みのもとだ。
「うら」の繰り返しが自然と頭韻になって一つの効果をあげている。隆達節草歌（恋）に「うらみない中も恨みつくれば恨みらるる、うらみつけじと思ふよの」とある。

7　実際に恋人と逢ったという事実があって立てられる噂《うわさ》は浮名とはいえぬ。火のないところに立つ噂こそ真の浮名というものだ。
隆達節草歌（恋）にも同歌がある。『浅野藩御船歌集』

4
夢には来てお寝《よ》れ
それに浮名《うきな》はよも立たじ

5
夢よ夢よ、恋しき人な見せそ
夢うつつに逢《あ》ふと見て
覚《さ》むればもとの独《ひと》り寝《ね》

6
うらみつくれば
恨《うら》みない仲《なか》も恨みらるる
うらみつけしの
うらうらみよの

(三三、逢うて立つ名)に「逢うて立つ名が立つ名のうちか、逢はで立つこそ立つ名なれ」。ほかに『当世投《なげ》節《ぶし》』『異本洞房語園《どうぼうごえん》』(下、朗細〈弄斎《ろうさい》〉の章歌)等にも継承され、近世普及した。

8　人が道に迷うのは、霧か霞か夕闇のせいか。それとも不案内な山路に踏み込んだ時か。いやいやもっとほかに迷いの因はあるさね。

恋の道に踏み迷う人の心を歌う。謡曲『恋重荷《こいのおもに》』に「誰踏み初《そ》めて恋の道、巷《ちまた》に人の迷ふらん」とある。『古今集』(恋二)の「我が恋は知らぬ山路にあらなくに惑ふ心ぞわびしかりける」以来、恋を迷路に見立てるのは、一つの伝統的発想であった。一〇三、『閑吟集』一六参照。

9　初めての夜だろうが、千夜万夜通《かよ》い馴れての上だろうが、恋人と別れて帰る夜明けの道の辛《つら》さに変りはない。

千回通った上での言葉とすれば、これは贅沢《ぜいたく》な悩みといえる。隆達節草歌(恋)に同歌。

10　『閑吟集』一八五参照。

「咫尺千里」という句の小歌化。蘇軾《そしょく》作「穎州初別二子由一二首」の中の「咫尺不二相見一実与二千里一同」等から出たもの。近世に入ると「妻は持ちたか、小津まで千万(千里か)よの、数千里よの、逢はねば一里も千里よの」(女歌舞伎踊歌「砧《きぬた》」)、「こなた思へば千里も一里、逢はず戻れば一里が千里」(『山家鳥虫歌』山城)というふうに漢語が消えて砕けた語調にな

7
逢うて立つ名は立つ名かなう
無き名立つこそ立つ名なれ

8
霧《きり》か霞《かすみ》か夕暮《ゆふぐ》れか
知らぬ山路《やまぢ》か
人の迷《まよ》ふは

9
千夜《ちよ》も一夜《ひとよ》も
帰る朝《あした》は憂《う》いものを

10
訪《と》へば千里も遠《とほ》からじ

訪《と》はねば咫《し》尺《せき》も千里よの

11
二人《ふたり》聞くとも憂《う》かるべし
月斜窓《しやさう》に入る暁寺《げうじ》の鐘《かね》

12
世の中は霰《あられ》よの
笹《ささ》の葉の上《へ》の
さらさらさつと降るよの

13
詮《せん》ない思ひを
志賀《しが》の浦波
寄る人に憂かるもの

っている。
◇遠からじ　遠いとは感じないだろう。◇咫尺も千里　ごく近い距離でも千里も遠くに感じる。「咫」は八寸、「尺」は一尺、どちらも短い距離。

11　『閑吟集』一〇一参照。
漢詩句による歌が続く。元稹《げんしん》作「鄂州寓㆓厳潤宅㆒」（『三體詩』等）の「何時最是思㆑君処、月入㆓斜窓㆒暁寺鐘」によるが、原詩の旧友を思う意を恋愛歌に置き替えている。隆達節草歌（秋）に同歌。ほかにも、下句を「竹の編戸に笹葺《ささぶ》きの雨」（恋）、同「独り板屋の暁の雨」（雑）としても出る。下句をいろいろと替えて歌ったものか。
◇二人聞くとも憂かるべし　「だから独り寝の床《とこ》ではなおさら辛《つら》い」というのか、あるいは、「だから独り寝でよかった」という負け惜しみか、どちらにも解せる。◇月斜窓に入る…　傾いた残月が窓に射す状態。本人の側から見れば床から斜めに見上げる窓ということになる。この詩は『三五記《さんごき》』（上）にも引用されており、当時かなり知られていた成句であったようだ。一八〇の「閨漏《ねやも》る月がちよぼと射《さ》いたよなう」はこれを俗語化した表現。

12　『閑吟集』三三一参照。
隆達節小歌に同歌。「松の葉」（一、琉球組《りゆうきゆうぐみ》）の「深山《みやま》おろしの小笹の霰の、さらりさら〳〵としたる心こそよけれ」等に継承されているが、それら近世に入ってのものは皆世の中に対する所感が消え、「さらさら」という快い音感を楽しむ気持が中心となっている。

13　実るあてもない恋をして、志賀の浦波が寄るように、夜々人に寄り添って――。辛《つら》いことですよ。

『閑吟集』二六や隆達節小歌に類歌が見える。
◇志賀の浦　琵琶《びわ》湖西岸。大津市。歌枕。◇憂かる　「浮かる」か。あるいは掛詞《かけことば》で、憂かぬ心で浮かれたふりをしているよ、の意か。

14　志賀の浦波が打ち寄せる唐崎の浜の松のように、寄り来る人を夜々待つ私よ。

唐崎の松に我が身をたとえる。逆に相手を松にたとえてその情《つれ》なさを嘆いたのが一六三である。
◇唐崎の松　大津市唐崎の浜にある名松。

15　あの女をしげしげ訪ねたところ、うるさいと言って振られてしまった。だからといって、訪ねなければこれはまた恨んで振るくせに。

身勝手な女心、それに操られる男心である。隆達節小歌に上句「訪《と》はねばつらるる」、『寛永十二年跳記《おどりき》』（三わけ踊）に「…問へばとはぬとふり□心、とはねば恨みてつりごころ」とある。

16　愛する人に嫌《きら》われたこの私。それならせめて嫌われるだけの過失でもあったらなあ。そうしたらこちらも諦《あきら》めがつくのだが。

納得出来ない振られ方をした女の思いであろう。尤《もっと》も納得ずくで振られるということは滅多にあるまいが。
隆達節小歌に同歌。

14
志賀の浦波
寄る唐崎《からさき》の松よの

15
訪《と》へば訪ふとて振《ふ》らるる
訪はねば恨《うら》みて、振らるる振らるる

16
厭《いと》はるる身となり果《は》てば
せめて我が身の咎《とが》も
身の咎も
身の咎もがな

17 涙の川の早きとて
堰《せ》き止《と》むる
逢《あ》ふより外《ほか》の柵《しがらみ》はあらじな

18 信太《しのだ》の森の、恨《うら》み葛《くず》の葉《は》

19 独《ひと》り寝《ね》に鳴《な》き候《そろ》よ、千《ち》鳥《どり》も

20 君ゆゑに
嵯峨野《さがの》の奥なる、いや、恋が淵《ふち》に
沈《しづ》まば、いや、それまでよの

17 まるで川のように流れ出る我が涙。それを堰き止める柵となるものといえば、やはりあの人との逢う瀬以外にないようだ。

「涙の川」（恋の涙を誇張した表現）という歌語を使っているのでもわかるように、和歌的発想による歌謡。「堰きかぬる涙の川の早き瀬は逢ふよりほかのしがらみぞなき」（『千載集』恋二）による。

18 信太の森で風に吹かれて恨みがましく葉裏を見せてひらひらしている葛の葉よ。

『簠簋抄《ほきしよう》』（上）や古浄瑠璃《こじようるり》『しのだづま』（三）に見える和歌「恋しくは尋ね来てみよ和泉《いづみ》なる信太の森のうらみ葛の葉」と関係があるか。
◇信太の森　大阪府和泉市葛の葉町。狐妻《きつねづま》の伝説で名高い。

19 淋しげな声で鳴く千鳥よ。お前も私同様独り寝か。

一八・一九と、葛の葉を見、あるいは千鳥の声を聞き、我が身に思い寄せてポツンと漏らした一言という感じの歌が並ぶ。隆達節草歌（恋）に同歌。

20 あなたを恋い慕った揚句に、嵯峨野の奥の恋が淵に沈むなら、それも本望。

嵯峨野は『平家物語』の「小督《こごう》」や「横笛」の説話からも知られるように、尋ね行く恋人の隠れ家のある場所というイメージがもたれた。後の歌舞伎十八番『鳴神《なるかみ》』にも「嵯峨野の奥の片ほとり」を尋ねる話が出る。
◇恋が淵　不明。『源平盛衰記』等で横笛が入水《じゆすい》した場所とされる大堰《おおい》川の千鳥が淵のことか。

21　今から思えば、来るとか来ないとか言って恨んでいた頃が恋しく思われる。なぜなら、恨んでいた時分は、よく考えてみると来てくれてもいた時分なんだから。

短詩型の中に複雑な経過、複雑な思いが込められている。隆達節草歌（恋）に同歌。

22　霜枯れの葛の末葉にすがりつくようにして鳴いているきりぎりすの声は、私同様恨み恨んでの忍び泣きのようだ。

「露深き夜寒《よさむ》の秋のきりぎりす草の枕に恨みてぞ鳴く」（『続千載集』秋下）など和歌にも類想は多い。隆達節草歌（秋）に同歌。『吉原はやり小歌総まくり』（葛の葉）、『はやり歌古今集』（葛の葉裏ぶし）にも継承されている。

◇葛の末葉　「恨み」を導く。一八、『閑吟集』一四三にも出る。

23　あの人のところを訪ねたいが、行くに行けぬ事情がある。心は何時《いつ》もあちらに通っているのだから、それが思いを伝えてくれないものか。

隆達節草歌（恋）には結句「言へがな」とある。『閑吟集』二九二には初句「文《ふみ》はやりたし」とあり、その形で後世継承された。同歌参照。

24　『閑吟集』一二七参照。

隆達節小歌に「月は濁りの水にも宿る、数ならぬ身に情《なさけ》あれ君」とある。

21

恨み恋しや
恨みしほどは来《き》しものを

22

霜枯《しもが》れの葛《くず》の末葉《うらば》のきりぎりす
恨みては鳴《な》き恨みてぞ鳴く

23

身はやりたし、詮《せん》かたな
通《かよ》ふ心の、物を言へかし

24

情ならで頼まぬ
身は数《かず》ならず

25 抱き締めるならやんわりと抱いて。あまり強いと手跡がついて、ついには人に知られるもとになるから。

隆達節小歌には下句「手跡《てあと》の付《つ》いて名の立つに」。『閑吟集』九一はこの小歌を利用したものか。あるいは逆にそこから本書のような形で独立したとも考えられる。◇終《つひ》に　結局は。あるいは「ついて」の誤りか。

26 なまじあの人のことを口にしたばかりに、折につけ恋しさがつのることになったみたいだ。

「菊の籬垣《ませがき》結ひ初《そ》めて、なか〱今は、〱、昔恋しや身の憂さを」(『当世小歌揃《こうたぞろえ》』平九本《ひらく》ぶし)等の例でもわかるように、「籬垣」は「結《ゆ》ふ」(言ふ)の序として用いられるが、この場合は「中」を隔てられた間柄であったことも暗示しているようだ。

27 夢よ夢よ、あの人に逢う夢など見せないでくれ。夢というものはいずれは覚めて、むなしさが残るだけだから。

五五と同想。「思ひつつ寝《ぬ》ればや人の見えつらむ夢と知りせば覚めざらましを」(『古今集』恋二)にも通じる。

28 あたかも月に訴えるような、夜更けに野に佇《た》つ鹿の一声。

『閑吟集』一六九に似るが、これは月を配したことによって鹿のシルエットを浮び上がらせたような効果を感じる。参考「枯野に鹿がたんだ一声」(狂言『花子』)。

29 夜が明けて私のところから帰って行く殿御《とのご》の後ろ姿を、少しでも長く見ようと思っていたの

25 そと締《し》めて給《たま》ふれなう
手跡《てあと》の終《つひ》に顕《あらは》るる

26 なかなかの竹の籬垣《ませがき》結《ゆ》ひ初《そ》めて
折々《をりをり》人の恋しかるらん

27 夢よ夢よ、逢《あ》ふとな見せそ
夢は覚《さ》むるに

28 月に鳴《な》き候《そろ》
あの野に鹿《しか》がただ一声《ひとこゑ》

に、霧が立ちこめて、エエ霧が——。
『閑吟集』一六七参照。隆達節小歌、狂言『座禅』等、継承歌は多いが、近世に入ると「情ないぞや今朝立つ霧は、帰る姿を見せもせで」(『山家鳥虫歌』大和《やまと》)という風《ふう》に、歌詞が整った反面、説明に堕してしまった感がある。

30　帰ろうとする殿御の袖を捉《とら》えて「また来てね」と言ったら、あの方もうなずきながら涙を押えて「ともかくも」とだけおっしゃった。
よほど純情な二人なのか、それとも逢いにくい事情のある二人なのか、いろいろに想像出来る。
◇兎も角も　異存はない。承知した。あるいは、そなた次第だという解釈も出来る。二人のおかれた情況をどうみるかで解釈も変って来る。

31　香《こう》を合わせて伏籠に燻ゆらすよい香り。それにひきかえ独り寝の床に悔ゆる思いで伏す私。今となっては逢わせた人が恨めしい。
『閑吟集』一〇八と同様、香に取材するが、これは恋に寄せている。「たき物のくゆる心はありしかどひとりはたえて寝られざりけり」(『大和《やまと》物語』百三十五段)といった発想の伝統を引くか。隆達節草歌（恋）には結句「思ひは」。

32　『閑吟集』一〇七参照。
隆達節草歌（秋）、阿国《おくに》歌舞伎踊歌、三味線組歌「揺上《ゆりかん》」など広く流布し歌いつがれた。

29
帰る後影《うしろかげ》を、見んとしたれば
霧《きり》がの
朝霧が

30
袖《そで》を控《ひか》へてまたよと言へば
涙にかきくれて、兎《と》も角《かく》も

31
合《あ》はせけん人こそ憂《う》けれ薫物《たきもの》の
独《ひと》り伏籠《ふせご》に燻《く》ゆる思ひを

32
木幡山路《こはたやまぢ》に行き暮れて
月を伏見《ふしみ》の草枕《くさまくら》

33 『閑吟集』一九六参照。「独り寝しもの、憂やな」とも読める。隆達節草歌（恋）に同歌。

34 『閑吟集』一九九参照。二人の仲は永久不変と信じた男の悲哀を歌ったものとして独立して味わうことも出来るが、『閑吟集』も隆達節草歌（恋）も本書と同じく前歌（三二）と並べて配列している。

35 もうこうなった以上、人はどうとでも言わば言え。一旦立った我々の浮名はもはや打ち消しようもないのだから。

『閑吟集』二六六や隆達節小歌の「立たば立て我が名、君ゆゑならば惜しからぬ命」にも通じる。

36 思い切ったはずなのに、また目の前にちらついて——。面影がちらつくというのはかえって辛《つら》さがつのるものだな。

六五に後半を変えて出る。同歌参照。

◇なかなか　かえって。逆に。

37 あの人は恋しいし浮名は流したくないし、気が重いことだ。「恋の重荷」というのはこれかしらん。

七七七七調であるが、細分すると3 4・2 5・4 3・3 4とポキポキした感じ。それがこの歌の鬱屈《うっくつ》した気分に合致している。隆達節草歌（恋）に同歌。

38 明るい月光を踏んでのお訪ねは、いわば当り前のこと。風雨の夜に御入来《ごじゅらい》あってこそ尽期の

33

独《ひと》り寝《ね》じ、物憂《う》やな
二人《ふたり》寝寝初《ねそ》めて、憂やな独り寝

34

人の情《なさけ》のありし時
など独り寝を習《なら》はざるらう

35

人は兎《と》も言へ角《かく》も言へ
立ちしその名が帰らばや

36

思ひ切りしにまた見てよの
なかなか辛《つら》きは人の面影《おもかげ》

君、真の恋人と申せましょう。

雨夜の訪問を恩着せがましく言った男に対して言い返した歌か。八〇や『閑吟集』一〇六、隆達節小歌の「月の夜にさへ来ぬ人を、なかなか待たじ雨の夜に」のように嘆いている人もあるのだが。女の立場も天候同様さまざまである。隆達節草歌（秋）には結句「尽期なれ」。『日本風土記』（山歌）にも類歌がある。
◇世の常　当然。通りいっぺん。◇尽期　「尽期の君」の略。二世を契った人。永遠の恋人。

39　捨てられはしましたが、こちらから恨むことはいたしません。恨《うら》み言《ごと》など言える立場ではない、とるに足らぬ身分の私ですから。
二四の女が捨てられて後《のち》の歌と考えることも出来る。「なかなかに人をば恨むまじや恨みじ、とにかくに数ならぬうき身の程ぞ悲しき」（箏唄《そううた》「須磨《すま》」）と同想。下句を「知らず知られぬ折を思へば」として隆達節草歌（恋）にも出る。

40　椋の枕の上にその落葉のようにはらはらほろほろと、別れを悲しむ涙が落ちることだ。
『閑吟集』一八三や隆達節小歌「後朝《きぬぎぬ》のはらほろ〳〵と、かわれ（別《わか》れ、か）を慕ふは涙よの〳〵」と似る。「はらはら」と涙の取り合せは、ほかにも「はら〳〵おろと、いづれ誰《た》が涙ぞ村雨」（女歌舞伎踊歌「ややこ」）など数多い。
◇椋　底本「む〳〵」と読める。実践女子大学本に「衣〳〵」（きぬぎぬ）とあるのが正しい形であろう。

37
人は恋しし名は漏《も》れじとす
これかや恋の重荷《おもに》なるらん

38
月を踏《ふ》んでは世の常候《つねぞろ》よ
風雨の来《き》こそ尽期《じんご》よの

39
恨《うら》み候《そろ》まじ、なかなかに
身は数《かず》ならぬ

40
椋《むく》の枕《まくら》に、はらはらほろほろと
別れを慕《した》ふ、涙よの、涙よの

41　『閑吟集』二七五参照。隆達節草歌（恋）に「我が待たぬ故《ゆゑ》にや、人の来ざるらん」とある。

42　天空の果てまででも深海の底まででも、あなたと一緒に参りましょう。どうせ二人の浮名は立つのですから。
「とても立つ名」と言っているところに、腹を据え開き直った感じが窺《うかが》える。「立つ」は「雲」「波」の縁語。

43　忍んで行く夜の雨は文字どおり天の助け、お陰《かげ》で砂が湿って足音をかき消してくれる。
上句で雨のほうが都合がよいと言っておいて、下句で漢詩調でその謎《なぞ》解きをする。知識人好みの歌。隆達節小歌に類歌。
◇便り　便宜。好都合。◇砂潤うて…　白楽天作「野行」の「草潤　衫《ころもノ》襟重、沙乾屐《くつノ》歯軽」が出典であるが、室町時代においては「沙湿履《くつニ》無レ声」（『蔭涼軒日録《いんりようけんにちろく》』寛正三年九月十七日、和漢聯句発句）のように、砂が湿って沓《くつ》音が聞えないという意に改めた例が多くなる。参考「しのぶ夜の〳〵、雨はなかなか便りにて、砂うるほふ淀《よど》川の」（土佐浄瑠璃《じようるり》『なには物語』四）、「沙湿《いさご》履無レ声　此心を発句に、忍ぶ夜の雨はなかなか便りにて」（『譬喩尽《たとえづくし》』）。

44　口もおききにならない。何が恨めしくってのことですか、こちらには心当りもないが。
拗《す》ねた相手に困惑している状態。さりとてこちらがふてくされるわけにもいかない。恋した側の弱みであ

41
我が待たぬほどにや
人の来《こ》ざるらう

42
雲の果《は》てまで波の底まで
とても立つ名に

43
雨はさながら便《たよ》りあり
砂潤《いさごうるほ》うて、沓《くつ》に声なし、沓に声なし

44
ものも仰《おし》やらぬ
知らずや、何《なに》の恨《うら》みに

る。隆達節草歌（恋）には結句「何の恨みぞ」とある。

45　草もいろいろあろうというのに、選《え》りに選って何《なん》と忘れ草を下さるとは。

恋人から忘れ草をつきつけられた時の歌でもあろうか。隆達節草歌（恋）に同歌。

46　梅は匂い、桜は色が大切だが、人はそれにも増して心が第一。

隆達節草歌（春）には下句「柳は緑、人は心」、隆達節小歌にも「梅は匂ひよ木立はいらぬ、人は心よ姿はいらぬ」とある。「人は心」という教訓的色彩が喜ばれたのか、近世に入っても「梅は匂ひよ桜は色よ、人は育ちで振りやいらぬ」（奈良県民謡「篠原踊」梅の古木踊）など類歌は多い。

47　私の思いはまるで草の根、刈り取っても刈り取ってもまた生える。

「恨是草根剪《きしバ》又生」（『続狂雲詩集』恋詩、等）という例もあるように、五山詩文に流行した詩句だったようだ。『日本風土記』（山歌）に同歌。一六七参照。

48　古松の傍《そば》の垣根に八重葎が這《は》いまつわっている侘住居《わびずまい》、こんなところにも心の持ちよう次第で住めるのだなあ。

隆達節草歌（雑）には初句「松の」とある。

◇かかる「掛かる」「斯《か》かる」の掛詞《かけことば》。

45

色々の草の名は多けれど
何《なん》ぞ忘れ草はなう

46

梅《むめ》は匂《にほ》ひよ、花は紅《くれなゐ》
人は心

47

思ひは是《これ》草根
切ればまた生《しやう》じ、また生ず

48

松に垣穂《かきほ》の八重葎《やへむぐら》
かかる所にも住まるるか

49
住まば都《みやこ》よ捨てば都
味気《あぢき》なの世《よ》や

50
鳴《な》る瀬《せ》も候《そろ》
音無川《おとなしがは》とて鳴らぬ瀬も候《そろ》

51
いと名の立つ不破《ふは》の関《せき》
何《なん》ぞ嵐《あらし》のそよそよと

52
暁通《あかつきかよ》へば、月の戻り足に
袴《はかま》の裾《すそ》は露《つゆ》にしほと濡《ぬ》れて

49　住むなら都に、というが、一切の執着心を捨て去って住んでこそ、いわば心の都住居《ずまい》といえよう。うき世なんて捨ててもよいほどの詰《つま》らぬものなのだ。

隆達節草歌（雑）には下句「味気なの身や」とある。

50　川の瀬にも音を立てて鳴る瀬もあれば、音無川というように鳴らぬ瀬もある。世の中のことも思い通りになることもあれば、ならぬこともあるよ。

世の中、特に恋のなるならぬを言ったのであろう。隆達節草歌（恋）に同歌。◇音無川　この名の川は各地にあるが、和歌山県熊野川上流のものが有名。歌枕。

51　音に名高い不破の関の跡というのに、来てみると何《なん》たること、何ごともないように秋風がそよそよと吹いているばかり。

「人住まぬ不破の関屋の板庇《いたびさし》荒れにしのちはただ秋の風」（『新古今集』雑中）をふまえる。◇いとど名の立つ　名が広く知れ渡っている。◇嵐　秋風というほどの意か。「何ごともあらじ」の意を掛ける。

52　夜明けの月の光を浴びつつそなたのもとより帰る道。袴の裾は露に濡れ、袖もそなたの涙で濡れる。

「高安《たかす》通ひの朝戻り、褄《つま》が濡れ候《そろ》袖ともに」という形で女歌舞伎踊歌「砧《きぬた》」や業平躍《なりひらおどり》十六番等、初期歌舞伎踊歌に継承された。参考「金田《こんだ》通ひに朝戻りして、小

袖《そで》はそなた涙よの

53 待つ人は来《き》もせで
月は出《い》でたよの

54 やもめ烏《がらす》の羨《うらや》むも哀《あは》れ
鴛鴦《ゑんあう》独《ひと》り宿《しゆく》せず

55 会《ゑ》者定離《しやぢやうり》ぞと聞く時は
逢《あ》うて何《なに》しよぞ別れうには

56 せめてしぐれよかし

褄《づま》も濡れて、しよぼ〳〵と」(『芸備《げいび》風流踊り歌集』福山市民謡「ひんよう踊」金田小池)。

53 待っている人は一向姿を見せないのに、待ってもいない月は空に顔を見せたよ。

「人」と「月」、「来ぬ」と「出る」の対照が利いている。「来ぬ人を何にかこたむ山の端《は》の月は待ち出て小《さ》夜《よ》更けにけり」(『新勅撰集』恋五)などの「月前待恋」という伝統的発想をふまえる。隆達節草歌(秋)に同歌。

54 かわいそうに、やもめ烏が見て羨ましがってるよ。鴛鴦《おしどり》は雌雄が何時《いつ》も連れだっているから。

これも「やもめ烏」と「鴛鴦」を巧みに対比して歌う。隆達節草歌(恋)に同歌。

◇鴛鴦独り宿せず　鴛鴦は雌雄仲のよい鳥として有名。この句は杜甫《とほ》作「佳人」の「鴛鴦不㆓独宿㆒」から出たもの。五山詩文にも多く用いられている。

55 「この世で出会った者は必ず別れる時が来るのが定めだ」という諺《ことわざ》もある。恋人に逢ったって無意味だよ、いずれは別れなきゃならないんだから。

とは言っているが、実は、失恋した男が逢いたい気持を抑えて強いて諦《あきら》めた上での負け惜しみであろう。「会者定離ぞと聞く時は、逢ふを別れとは誰《た》がおしやり初《そ》めつらう、あら正体なしと迷ひ惚《ほ》れたや」(狂言『花子』)と歌うほうが本音と思われる。

56 『閑吟集』一九六参照。

隆達節草歌(雑)に、上句「雨が降れがなはらはらと」として出る。

57　笹の葉に霰が降り注いでさらさらさらと淋しく音を立てている。まして独り寝の身、さらさら落ち着いて寝ることも出来ないよ。

前歌で望んだ時雨《しぐれ》の代りに霰が降ったが、ますます独り寝のわびしさをかきたてるばかりという皮肉なことになった。宴曲『拾菓集《しゅうかしゅう》』上「忍恋」に「竹の葉に霰は降らぬ夜な夜なも、更に寝られぬ宿にしも」とある。◇さらさらさら　霰の擬音から後《あと》の「更に」を導く。「さらさら」という音を利かせた歌は、一三、『閑吟集』三一・二九五などほかにも多い。参考「寝覚めに降る雨か霰の音か、松風のさらりさら〳〵〳〵、寝入られぬ」(『御船歌留』上、虫の声々)。◇更に　まったく。

58　独り寝も悪くはないよ。ソレ、いくら親しくしていても夜が明ければ別れねばならぬ。それを思えばね。

前歌に対する慰めとみることも出来るが、この前後の配列からすれば本人が思い直したとみたほうが面白かろう。隆達節小歌に「好《よ》やの」「思へばの」として出るが、それと並べて「独り寝は嫌《いや》よ、暁の別れありとも」という歌も伝えている。「好《よ》や」といい「嫌《いや》」という、どちらも偽らぬ人の心である。

59　そのつもりになれば独り寝も出来るもの。人間というのは万事慣れ次第だね。

五三〜五九は失意から失恋、負け惜しみ、せめてという願望、苛立《いらだ》ち、思い直し、諦《あきら》めという、一連の人の心を

57

独《ひと》り板屋の淋《さび》しきに
笹《ささ》の葉に霰《あられ》降《ふ》るなり
さらさらさら
更《さら》に独りは寝《ね》られぬ

58

独り寝も好《よ》や
暁《あかつき》の別れ思へば

59

独りも寝けるもの
寝られけるものを
慣《なら》はしよの

追っての配列がみられる。隆達節小歌に同歌。『閑吟集』二〇〇参照。
◇身は慣はし　「手枕のすき間の風も寒かりき身は慣はしのものにぞありける」(『拾遺集』恋四) より出た諺《ことわざ》。「身はならはし」(『藻塩草《もしおぐさ》』十六、身)。

60　やりきれない、忍ぶ恋はもうまっぴら。晴れて添いたいものだ。
「忍ばいで添はばや」とは、思い切って行動しようという決意を表明しているとも、出来ないことを知ってせめてもの願望として言っているとも考えられる。隆達節小歌に下句「忍ばずに添はいで」。

61　『閑吟集』七参照。
隆達節草歌(春)には「いつも春立つ門の松、茂れ松山、千代も幾千代若緑」、また『犬子集《えのこしゅう》』(三)には「酒盛りの座にて祝儀の心を」として「さあ歌へ茂れ松山千世の宿」とあるように、近世においてはこの歌は専ら祝儀歌として用いられた。

62　濡れる以前はわずかな露に触れることさえ嫌だったが、このように一度濡れてしまった以上は、ハイ、お心任せに。
隆達節草歌(秋)に同歌、『延享五年小歌しやうが集』(四四〇)にも下句「濡れてから又兎《と》に角《かく》に」として継承されている。
◇濡れぬ前こそ…　情を通じることのたとえ。後世「不濡前《ぬれぬさき》こそ露をも厭へ」(『譬喩尽《たとえづくし》』)と、諺として用いられた。

身は慣はしのものかの

60
味気《あぢき》ないものぢや
忍《しの》ばいで添《そ》はばや

61
茂れ松山
茂らうにや
木陰《こかげ》で茂れ松山

62
濡《ぬ》れぬ前《さき》こそ露《つゆ》をも厭《いと》へ
濡れて後《のち》には兎《と》も角《かく》も

63　人の噂《うわさ》は北山の時雨のようなもの。こちらにやましいところさえなければ、いずれ晴れるのだ。

これも諺的な意味を込めて、近世に入って広く伝承された。隆達節草歌（冬）に同歌。◇濡衣　事実無根の浮名。◇北時雨　北山の方から降って来る時雨。継承歌では「人の濡衣北山時雨」として七七七五調とすることが多い。「北」に「着た」を掛け、「濡衣」につなぐ。

64　私は宇治の柴舟のようなもの。柴舟が伐《き》った木を積むように、私もいろいろ思い詰めていることよ。

京の北山の時雨から宇治の柴舟という、都周辺の風物詩による連想である。隆達節草歌（恋）に同歌。◇思ひこりつめ　「伐り積め」「凝《こ》り詰め」の掛詞。

65　『閑吟集』八三参照。

隆達節草歌（恋）に同歌。三六には下句「なかなか辛《つら》きは人の面影《おもかげ》」として出る。伝承の過程で変化したか。あるいは付合《つけあい》式に上句に自由に下句を付して歌ったことから、このように似た歌が出来たものか。◇肝を煎らする　気をもませる。

66　私は浮舟のようなもの。浮いて浮かれて人の意のままに、岸辺ならぬその人のもとへ喜んで身を寄せることよ。

『源氏物語』の「浮舟」を念頭において読むと、淫《みだ》らさと優雅さが交錯する妖艶《ようえん》な歌となる。

63

人の濡衣北時雨《ぬれぎぬきたしぐれ》
曇《くも》りなければ晴るるよの

64

身は宇治《うぢ》の柴舟《しばぶね》
柴舟ならば、思ひこりつめ、柴舟

65

思ひ切りしにまた見えて
肝《きも》を煎《い》らする、肝を煎らする

66

身は浮舟、浮かれ候《そろ》
引《ひ》くに任《まか》せて寄《よ》るぞ嬉《うれ》しき

67
花を嵐《あらし》の誘《さそ》はぬ前《さき》
いざおりやれ花を三吉野《みよしの》へ

68
花が見たくは三吉野へおりやれなう
吉野の花は今がさかりぢや

69
我が恋は
水に燃えたつ螢《ほたる》、螢
物言はで、笑止《せうし》の螢

70
我が恋は水に降る雪
白うは言はじ、消ゆるとも

67　花を誘う嵐が来て桜を散らす前にあなたをお誘いいたしましょう。さあ三吉野へ花を見にいらっしゃい。
「花」に女性を寓《ぐう》して、手折られぬ先にという意を含めて考えることも出来る。隆達節小歌に同歌。
◇三吉野　吉野山の美称。

68　まことの花が見たいと思うなら吉野へお出でよ。吉野山の花は今がまっさかりだ。
はなやかな吉野の桜の歌が続く。これも隆達節小歌に出る。「花が見たくば吉野へござれ」の形は、女歌舞伎踊歌「塩汲」以下、近世歌謡や民謡に受けつがれた。

69　『閑吟集』五九参照。
「声に顕《あらは》れ鳴く虫よりも、言はで螢の身を焦がす」（『松の葉』五、女）のような形で、近世に広く行われた。「声々に鳴く虫よりはなかなかに鳴かぬ螢の思ひこそ増せ」（『遠近草《おちこちぐさ》』下）という和歌もある。

70　『閑吟集』二四八参照。
女歌舞伎踊歌「杜若《かきつばた》」の「蜘蛛手《くもで》に物は思はせそ、何はのことも水に降る雪、うき世は夢よただ遊べ」になると、同じく雪にたとえながら、それを『閑吟集』五五の思想と重ね合せて、刹那《せつな》的・享楽的に受けとめようとしている違いがある。
◇水に降る雪　はかない恋のたとえ。次の「白」を引き出す。参考「水の上に降る白雪の跡もなく消えやしなまし人の辛《つら》さに」（『金葉集』恋下）。

71
尽期《じんご》の君は来《こ》ぬもよい
会《ゑ》者《しや》は定離《ぢやうり》の世の習ひ

72
左右《さう》ないこそ命《いのち》よ
情《なさけ》のおりやらうには、生きられうかの

73
さればこそ、人通りけり浅茅原《あさぢはら》
妬《ね》たしや今夜《こよひ》露《つゆ》もこぼれり

74
何ともなればならるるものを
兎《と》やせう角《かく》やせう、ああただただ

71　二世を契るほどの恋人に捨てられたって、まあいいじゃないか。「会者定離」という諺《ことわざ》もあるから。

五五や『閑吟集』一三九と同想だが、これは余程けろりとした感じである。
◇尽期の君　未来までもと言い交わした恋人。

72　それこそ生きがいというものよ。愛情というものがなくって生きられますか。

意味のとりにくい歌だが、一応右のように解してみた。隆達節草歌（恋）には初句「さないこそ命よ」として出る。
◇左右ない　いうまでもない。あるいは「双無い」で比類がないの意か。いずれにしても「命」を強調する。◇おりやらうには　おりゃるやら、おりゃらぬやら、つまり情がおありなのやらそうでないのやらわからないというのでは、の意か。

73　さればこそ案じていたとおり、この浅茅原を今《こ》宵《よい》すでに通った男があるとみえて、露のこぼれた形跡がある。先を越されたか、妬《ねた》ましや。

猜疑《さいぎ》心と嫉妬《しっと》心を、もったいぶった五七五七七の和歌形式で表現しているところに、自然とユーモアがにじみ出る。
◇浅茅原　茅萱《ちがや》の生えている原。その向こうに女の家があるということであろう。

74　思い切ってやれば何《なん》とでもなったものを、ああしようかこうしようかと迷ってポカンとしているうちに、機会を逸してしまったよ。
躊躇《ちゅうちょ》したため実らなかった恋の嘆きか。結句の「ああただただ」に呆然《ぼうぜん》と口を開いて成り行きを見詰める男の顔が浮ぶ。

75　波の立つのは風のせいだが、浮名の立つのはあなたのせいですよ。
「波」「浮」「立つ」といった語を巧みに使った恋愛歌謡。隆達節草歌（恋）・同小歌にも「浦の煙は藻塩《もしお》焼くに立つ、我が名は君ゆゑに」という歌がある。

76　移り気な人よりももっと頼りないもの、それは私の心だよ。何度も思い切ったのに、その度《たび》に思い返すんだから。これからもそうなんだろうし。
自分の心を客体化して悩みを歌う。同様の例に八八・一六〇、『閑吟集』八四・二九一などがある。

77　可愛《かわい》い彼女への思慕の情が積み重なって胸を押えつけるようだ。お陰《かげ》でまったく眠れない。
これほど純情な男に思い詰められたのなら、相手もさぞかし純情な女であろうと思われる。隆達節小歌に同歌。
◇積り　堆積《たいせき》した「恋の重荷」ということである。

78　あなたのおっしゃることは花籠同然。花が散るように籠が漏るように、何《なん》とも頼りないことです。
隆達節小歌には、下句「心言葉が花になる、散る漏るよの」として出る。同じ花籠を出しても、『閑吟集』三〇・三一とは対照的である。

75
波《なみ》の立つは風《かぜ》ゆゑの
浮名《うきな》の立つは君ゆゑよの

76
変《かは》る人よりも頼《たの》むまじきは、我が心よの
幾度《いくたび》か思ひ捨てて、また変るらう

77
愛《いと》しさがの、積《つも》り来て
更《さら》に寝られぬ

78
何を仰《おし》やるも籠《かご》で候《そろ》
散るほどになう、漏《も》るほどに

79　思い詰めています。北野天満宮の境内に茂る松の葉の数ほどもしげしげと。

◇松の葉の数　数量の多いことをいうが、同時に松の葉の色が変らぬことに寄せて心の変らぬ気持も込められているとみてよいであろう。

80　今夜は月夜だからあの方はお出でになりますまい。なぜって、忍ぶに都合のよい闇の夜にさえお越しにならなかったんですから。まして月夜ではねえ。

『閑吟集』一〇六の事態から、更に一歩悪化した段階。もはや諦《あきら》めの心境か。あるいは直接相手に言いやった歌とすれば、少し拗《す》ねたふりをしながら相手に誘いをかけたというように解することも出来ようか。隆達節小歌に「闇にさへならぬ、月にはとても、あら鈍《どん》なお人や」とある。三八参照。

81　情《つれ》ないあの女《ひと》を尺八に刻《きざ》み込んで、時々吹いてみたいものだ、恋心を癒《いや》す薬として。

いじらしいは男心、である。

82　この身は水に浮いている撥釣瓶のようなもの、あの人の姿も見ずに、心浮かれているのだか

79

思ひ候《そろ》もの
北野《きたの》の松の葉《は》の数《かず》

80

月夜には、なり候まじ
闇《やみ》にさへ、しの、しの、忍《しの》ばれぬものを
まして月の夜《よ》には
忍ばれ候まじ

81

憂《う》き人を尺八に彫《ゑ》り込めて
時々吹かばや恋の薬に

ら。

撥釣瓶を歌い込んだ恋歌には、新潟県柏崎市「綾子舞」(田舎下り踊)の「我とそなたは撥釣瓶、撥ねつッンツトウト、ハイヤ撥ねられつもろともに」がある。
◇撥釣瓶『日葡《にっぽ》辞書』に「ポンプのようにして井戸、川、海から水を汲み上げるのに用いる桶《おけ》」と説明している。

83　浮名ばかり立って、肝心の相手には逢わずじまい。泡のようにすべては消えた。
文字どおり「うたかたの恋」である。「立つ」「消え」ともに「泡」の縁語。

84　鶯はよい声を出すために痩《や》せる思いをしているが、私は声をひそめて忍び夫を待っては痩せる思いをすることだ。
「我らも独《ひと》り寝《ね》に、身が細り候《す》よなう」という『閑吟集』二九に比べると、通《かよ》って来てくれる相手があるだけ、こちらの方がはるかに幸せと言えよう。

85　いろいろ浮名の立っているさ中に、意味あり気《げ》なあなたのその目つきは何《なん》ですか。少しは時と場所を考えなさい。
『閑吟集』四五の「な見さいそ、な見さいそ、人の推《すい》する、な見さいそ」よりも、これは大分口調がきびしくなっている。

82
身は撥釣瓶《はねつるべ》よ
水に浮かるる

83
立つ名ばかりよ、立つ名ばかりよ
逢《あ》はで消え候《そろ》

84
鶯《うぐひす》は音《ね》を出《い》だすに、細《ほそ》る細る
我らは忍《しの》び夫《づま》を待つに細る

85
いとど名の立つ折節《をりふし》に
何《なん》ぞそなたのお目もとは

86　末の松山を波が越すような大変な事態が起っても、あなたを忘れるようなことは絶対にないつもりです。

「君をおきてあだし心を我が持たば末の松山波も越えなむ」(『古今集』二十、東歌《あずまうた》)による。隆達節小歌に「末の松山さざ波は越すとも、御身と我とは千代経《ふ》るまで」。そのほか『日本風土記』(山歌)等にも類歌がある。

◇末の松山　陸奥《みちのく》の歌枕。宮城県多賀城市。右の『古今集』の歌以来、この地を波が越えることはあり得ないこととして、契る心の固さにたとえられた。

87　ただでさえ物思いに沈んで涙で袖を濡らしている私に、これ以上悲しみをかきたてるように鳴かないでおくれ、山時鳥よ。

和歌形式の歌謡。下句は「昔思ふ草の庵《いほり》の夜の雨に涙な添へそ山時鳥」(『新古今集』夏)による。「いとど淋しき寝覚めの床に、涙な添へそ時鳥」(『松の葉』五、女)の形で、近世にも継承された。

88　私を捨てた人を恨むのはもうやめよう。自分の心さえ自分の思いどおりにならぬ世の中なんだから。

理性と感情の背反を、心を擬人化することによって表現する。隆達節小歌に下句「我が心さへ従はぬ身を」として出る。

89　弁解すればするほど我々のことは世間に広まるばかり。ああ——。

86
末の松山波《なみ》は越すとも
忘れ候《そろ》まじ、忘れ候まじ

87
いとどさへ、物思ふ袖《そで》の露《つゆ》けきに
涙な添《そ》へそ山時鳥《やまほととぎす》

88
さのみ人をも恨《うら》むまじ
我が心さへ従《したが》はぬうき世なるもの

89
言へば世にふる、遣瀬《やるせ》もな

90
ならぬものゆゑに

七五形式の、最も短い歌。隆達節小歌には結句「やるせなや」。『松の葉』（一、鳥組）に「言へば世にふる、言はねば心がもだもだと」として継承されている。

90　私の恋は思いどおりになるとも思えませんから、そう気易く「なる、なる」と言われたくないんですよ。

「ならぬ」に何か掛けてあるかとも思われるが不明。狂言『金岡』でも歌われる。

91　いっそのこと、このままあの人から離れてしまおう。もう一度逢ったら別れの悲しみをもう一度味わわねばならないから。

五五・七一と同想のようだが、この場合は虚勢などは感じられぬ思い詰めての歌である。

92　死なぬ程度にならエエ、踏み殺しておくれ。最愛のお前さんにそうされるのだったら本望だ。

「踏み殺せ」と言いながらそれに「死にだにせずは」という理屈に合わぬ条件をつけているところが、何《なん》とも面白い。本人は真実そう思っているのであろうが。

93　ひたすら今日《きょう》を生きることが第一。明日《あす》のことは知れぬ我が身なんだから。

この刹那《せつな》主義的な生き方が、一三や『閑吟集』五三～五五のような現実主義・享楽主義の原点である。

94　あっちゃらこっちゃら、そっちゃらどっちゃら、あんたやら私やら——、ああ夢うつつの陶酔状態。私の寝所へ押し寄せて、打つやら叩《たた》くやら、まあ何て殿御《とのご》。

なるなるなると言はれともなやの

91
よしさらば、このままにても遠去《とほざ》かれ
逢《あ》はば別れのまたや憂《う》からむ

92
死にだにせずは
ただ踏《ふ》みお殺《ころ》しやれの

93
ただ今日《けふ》よなう
明日《あす》をも知らぬ身なれば

94
あなたのこなたの、そなたのこちの

意味不明の部分が多いが、大意を推し量ってみた。『閑吟集』二四四と通じるところがあるようだ。◇うつつ　柴垣と「打つ」「うつつ」は縁語だったらしい。「ある人 奴《やつこ》柴垣をうつところを絵に描きて歌詠めとあれば、『奴衆の名もさな名もさ柴垣と結《ゆ》いたてられてうつつなの身や』」(『卜養《ぼくよう》狂歌集』上)などからもそれが察せられる。◇柴垣　その中にいる女性を暗示しているか。『閑吟集』二四三・二四四参照。

95　何かというと女に振られてばかりいる俺は、さしずめ棒か茶筅のようなものだ。

自嘲《じちよう》かユーモアか、いずれにしてもそれは紙一重である。

◇棒　中世さかんであった棒術の棒であろうが、ここでは「棒振り」といった語から連想される軽蔑《けいべつ》の意を込めているようだ。◇茶筅　抹《まつ》茶を点《た》てる時、茶碗の中をかき廻して泡立てる道具。かき廻すことをここでは振ると言ったのである。

96　雅趣溢《あふ》れる夜桜のもとで、君としっぽり濡れ合って手枕を交わし月を眺めるのこそ、桜以上の雅趣あるしわざ。

月と花と恋、これ以上何をか言わんや、である。

◇あちき　未詳。「あぢきなし」の反対、味な、おつなの意か。参考「美《いつく》しの若い殿やの、夫《つま》さへなくはあちきな所願、相見て後には何としよの」(女歌舞伎踊歌「所願」)、「あぢき名護屋《なごや》が花ならば、折りて一枝国の土産《みやげ》にせう」(「伊豆新島若郷大踊歌」名護屋踊)。

あらうつつなや
柴垣《しばがき》に押し寄せて
うつつなの衆《しゆう》

95
ともすれば振《ふ》られ候身《そろみ》は
さて棒か茶筅《ちやせん》か

96
あちき花の下《もと》に
君としつとと手枕《たまくら》入れて
月を眺《なが》みような、思ひはあらじ

97
君を待つ夜は海人《あま》の篝火《かがりび》

明《あか》し難《がた》やなう
明し兼ねたよ、今宵《こよひ》を

98
色が黒くは晒《さら》しませ
もとよりも、塩焼《しほやき》の子ぢやもの

99
そと見てさへ恋となるに
さての、ものしてはの

100
武蔵野《むさしの》にこそ限りあれ
身には思ひも果《は》てもなや

◇手枕　互いの頭の下に手をさしのべ合うこと。

97　君を待つ夜は、明石潟の海人の焚《た》く篝火ではないが、待ち焦がれて一夜明かし難い思いだ。

「君を待つ」歌であるが、同じ情況下の一七四と比較すると、まったく「雅」の世界、そして技巧を凝らした歌であることがわかろう。

◇明し難や　水に濡れているので篝火の火を点《とも》しにくい、の意も掛ける。

98　色黒がお気に召さぬなら遠慮なく去らせて下さいよ。私は塩焼きの子、晒す晒されるには馴れていますから。

『閑吟集』一五二には「遣《や》らしませ」として出るが、ここは「去《さ》らしませ」とし、塩焼きにふさわしい「晒し」との掛詞《かけことば》としている。「お江戸戻りかお色が黒い、麻の布なら晒そもの」(『延享五年小歌しやうが集』三六五)の形で近世普及した。

◇もとよりも、塩焼　「もとより藻《も》塩焼」とも読める。

99　ちらと見ただけでも恋心がつのる。まして一旦手をかけた以上は――。

「ものして」後もいよいよ恋い慕うところは、いちずな男のようだ。

100　あの広い武蔵野にだって進んで行けば何時《いつ》かは果てがあるはず。だが私のあなたを思う心は進むばかりで果てるということがありません。

隆達節草歌(恋)には「武蔵野は名に限りあり、君を思ひの果てもなし」として出る。

101　「さやかなる月を隠せる花の枝」は切りたくても切れないものとされているが、その上忍ぶ恋路の月光を隠してくれる花の枝ともなればなおさらだ。

『犬つくば集』（雑）の「切りたくもあり切りたくもなし／さやかなる月を隠せる花の枝」による。隆達節小歌に同歌。

◇いや　打消しの意とともに囃子詞《はやしことば》を兼ねている。

102　恋路という道はどんな人が作ったのか。誰でも一歩足を踏み入れると必ず迷う不思議な道だ。

八や『閑吟集』一八と同想。隆達節小歌に同歌。「誰踏み初《そ》めて恋の道、巷《ちまた》に人の迷ふらん」（謡曲『恋重荷《こいのおもに》』）、「誰か始めし恋の道、いかなる人も踏み迷ふ」（『松の葉』二、四季）など、恋路の迷いを歌った例は中近世を通じても数多い。

103　お互いの仲は人に言うまいとおっしゃったが、それは無理なことでした。深く愛し合えば愛し合うほど、ついつい口走ってしまうものですね。

「いつはり」とは言っているが、別段相手を詰《なじ》っているのではなく、二人のことが世間に漏れてむしろほっとしたような口ぶりに感じられる。

104　あの女《こ》の目もとにすっかり魅せられた。他に比べようもない抜群の魅力。すっかり参った。

「弓矢八幡」とは神かけて誓う時の言葉。それを使っているのがこの歌に迫力と同時にユーモアを感じさせる。

101

切りたけれども、いや、切られぬは
月隠《かく》す花の枝《えだ》、恋の道

102

誰《たれ》か作りし恋の道
いかなる人も踏《ふ》み迷《まよ》ふ

103

包《つつ》むと仰《おし》やるも皆いつはり
真実思へば包まれもせず

104

目もとに迷ふに、弓矢《ゆみや》八幡《はちまん》
ずんど勝《すぐ》れた、ほろり迷うた

◇ほろり　落ちる形容。その娘の目もとの可愛《かわい》らしさのとりこになったことを示す。

105　『閑吟集』三七参照。

夜明けの鳥を聞き流して愛人を引き止めようとする歌は「八声《やこゑ》の鳥《とり》は偽りを歌うた。まだ夜は夜中、しめてお寝《よ》れよの」（仮名草子『恨《うらみ》の介《すけ》』上）等、すこぶる多い。

106　あなたに言ってやりたい恨《うら》み言《ごと》は数々あったが、逢った途端嬉しさで胸がいっぱいになって、皆忘れた。

恋する者の心の甘さが滲《にじ》み出た歌。隆達節小歌の「逢はぬ恨みは積れども、見れば言の葉もなし」も同想。

107　嫌《いや》な奴《やつ》、もう別れようと思うのだが、逢うとその決心がぐらついてもとへ戻ってしまう。

三六・六五にも「また見て」の思いが歌われているが、これは嫌《きら》っていながらも思い切れないだけに、何か魅入られたような関係が想像される。

108　『閑吟集』一七八参照。

「悋気《りんき》心か枕な投げそ、投げそ枕に咎はよもあらじ」（隆達節小歌）、「人はあだなや枕を恨む、投げ

105
お寝《よ》れ、音《おと》もせでお寝《よ》れ
烏《からす》は月に鳴《な》き候《そろ》よ

106
恨《うら》みは数々《かずかず》多けれど
逢《あ》うた嬉《うれ》しさに、はたと忘れた

107
嫌《いや》と思へどまた見れば
思ひ切りしが、いつはりとなる

108
一夜《ひとよ》来《こ》ねばとて
咎《とが》もなき枕《まくら》を
縦な投げに

そ枕に科《とが》もなや」（『大幣《おおぬさ》』四、手枕）など類想歌は多い。
◇なよな枕　思い余って枕に呼びかけているのである。なあ枕よ、辛《つら》いなあ枕よ、察してくれよ枕よ、の意。

109　恋する人というのは海藻に巣くうわれからのようなものだ。我から、つまり自分自身の心ゆえに涙で袖を濡らすのだ。

和歌の技法を小歌の世界に応用した歌。
◇われから　海に棲《す》む甲殻類。「割殻《われから》」の意という。鉤《かぎ》状の肢《あし》で海藻などに付着する。和歌では「海人《あま》の刈る藻にすむ虫のわれからと音《ね》をこそ泣かめ世をば恨みじ」（『古今集』恋五）など、専ら「我から」と掛けて用いられる。

110　私の思いは遂げられるかどうか、占ってみよう。石神を持ち上げるのだ。それ上がれ上がれ、上がって給われや石神様。

「石神」とは石を神体として祭ったもの。道祖神と兼ねる場合も多い。神意を伺う時にはそれを持ち上げ、上がると願いが叶《かな》うとされた。狂言『石神』で歌われる。
◇遂げうずやらう　「遂げんとするやらん」の転。遂げられるということでしょうか、というほどの意。

111　俺とお前はもともとはよい仲なんだが、変な化物みたいな奴が中傷しおって、そのため妙な仲になってしまった。富士の白雪が解けぬように、その

横な投げに
なよな枕《まくら》
憂《う》なよ枕

109
恋する人は藻《も》に住む虫よ
われから濡《ぬ》るる憂《う》き袂《たもと》

110
我が恋は、遂《と》げうずやらう、遂げうずやらう
上《あ》がれ上がれ上《あ》んがれ
上《あ》がらしめんなう、石神《いしがみ》

111
俺《おれ》と和御料《わごりょ》はよい仲《なか》ながら

誤解もまだ解けぬ。
◇中言　自分と他人の間に入る第三者の言。中傷を指す場合が多い。◇解けぬ　あるいは「遂《と》げぬ」の意も利かすか。

112　可愛い聟殿に着せようとて、目づくしの小袖と京上下《がみしも》を用意したよ。
◇目づくし　不明。『日葡《にっぽ》辞書』に「メユイ（目結）。着物の染め方の一種で、小さな斑点を白く染め残す方法」とあるが、その「目」とすれば、その白い文様を数多くちりばめた手のこんだ染めの衣服ということか。◇京上下　京の西陣で織られた上等の肩衣《かたぎぬ》と袴《はかま》でもあろうか。

113　『閑吟集』六〇参照。
隆達節小歌に同歌。
◇見る目に　「海松布《みるめ》」を掛ける。『閑吟集』は下句「見る見る恋となるものを」とある。

114　さあ殿御《とのご》よ、一つこの大盃でたっぷりと。もしぶっ倒れなさったところで、後《あと》のお相手にはまた私が参りますから、安心してどうぞ――。
狂言『花子』でも歌われる。「一つ聞《こ》し召せたぶたぶと、殊にお酌は忍び妻、〱」（『松の葉』一、飛騨《ひんだ》組《ぐみ》）の形で、近世歌謡・民謡に継承された。
◇聞し召せ　「きこしめせ」の略。召し上がれ。◇お伽　退屈を慰めるために相手をつとめること。また、寝所に侍《はべ》ること。

いかな化物《ばけもの》か中言《なかごと》入れて
富士《ふじ》の白雪《しらゆき》まだ解《と》けぬ

112
聟《むこ》に着せうとて
目づくしの小袖《こそで》に
京上下《がみしも》を、京上下を

113
磯《いそ》には住まじ、さなきだに
見る目に恋のまさるに

114
一つ聞《こ》し召《め》せ、たぶたぶと
夜《よる》のお伽《とぎ》にお伽にや

115　たとえていうなら私は小鼓、あなた様は打ち手。皮を間において音が出るという次第。ソレ、あなた様も川の向こうから寝にお出ででしょう。
『言継卿記《ときつぐきようき》』紙背文書（大永七年正月十四日条）にも「身は小鼓君は調べよ、川を隔ててねにおりやる」とある。比喩《ひゆ》の巧みさが喜ばれたのか、『松の葉』（一、浮世組）に伝えられ、民謡としても流布している。「君は小鼓調べの糸よ、いくよ締めても締め飽かぬ」（『延宝三年書写踊歌』下、やよやぶし）といった形でも継承された。
◇調め　楽器の調子を整えたり、演奏したりすること。

116　京で求めた御所折烏帽子を恰好《かっこう》よくみせようと、いろいろ折り方を変えてみて挙句の果ては腰で反らしている。そんなかぶり方をするのは讃岐侍だよ。
具体的なポーズはつかみにくいが、おしゃれに苦心する男のいろいろな姿態を想像すればよかろう。
◇御所折の烏帽子　都室町《むろまち》御所風のしゃれた烏帽子であろう。「烏丸ノ烏帽子」は『庭訓往来《ていきんおうらい》』（四月　返状《かえしじょう》）等に出て古来有名であるが、それと関係があるか。◇仰けつ撓めつ　烏帽子を折る角度を大きくしたり小さくしたり。参考「櫛形《くしがた》（烏帽子の部分）を厳々《いがいが》と、一《ひと》撓め撓めて左へ折つてたび給へ」（幸若『烏帽子折』）。
◇腰で反いた　烏帽子の折り方をいうのか、かぶった人物のポーズをいうのか、どちらかであろう。◇讃岐

115

身が参らう、身が参らう
俺《おれ》は小鼓《こつづみ》、殿《との》は調《しら》めよ
皮《かは》を隔《へだ》てて、音《ね》におりやある、音におりやある
寝《ね》ねにおりやる

116

御所折《ごしよをり》の烏帽子《えぼし》を
仰《の》けつ撓《た》めつ、腰で反《そら》いた
それを召《め》す人は、讃岐侍《さぬきさぶらひ》、讃岐侍

117

いかな山にも霧《きり》は立つ
御身愛《いと》しには、霧がない、霧がない

侍　香川県から上洛《じようらく》した侍。『閑吟集』二八九ではよい男として描かれているが、ここでは田舎《いなか》侍として軽蔑《けいべつ》されているようだ。

117　山には霧がつきものだ。しかしお前を思う私の心は、山ほどでありながらきりなんかないんだよ。

一〇〇と同想。山口県岩国市民謡「南条踊」（由利踊）に「いかな山にも霧が降る霧が降る、御身思ひに〳〵霧がない〳〵」と継承されている。

118　『閑吟集』六四参照。

近世に入る前後から、これが専ら「淀《よど》の川瀬の水車、誰を待つやらくるくると」（阿国《おくに》歌舞伎踊歌等）という形に変化して流布する。宇治から淀へという地名の変化以外に、中世の無常感的詠嘆調から、近世のいかにも解放感に溢《あふ》れた軽快な響きをもつ歌調となったことが注目される。

119　『閑吟集』四六参照。

『閑吟集』では四五の答歌と見做《みな》して配列しているが、本書では独立した歌として味わうことになる。

120　宵には甘い顔をして調子のよいことを言っていたくせに、一夜を共にした暁方になると一変して脅迫的な態度、そりゃ聞えませんよ。

◇こりや何事　詰問風だが、実は「脅迫」された方も結構楽しんでいる口吻《こうふん》が感じられる。

なう、限《き》りがない

118
宇《う》治《ぢ》の川瀬《かはせ》の水車《みづぐるま》
何《なに》とうき世をめぐるらん

119
思ふ方《かた》へこそ
目も行け、顔も振《ふ》らるれ

120
宵《よひ》のお約束《やくそく》
暁《あかつき》の脅《おど》しだて
こりや何事

121　庭に散り敷く紅葉を掻《か》き寄せそれで燗《かん》をして酒を飲み、その紅葉のようなよい顔色になろうよ。
白楽天作「林間暖ㇾ酒焼《タク》ニ紅葉ㇶ」（『和漢朗詠集』上、秋興、等）をふまえてそれを小歌化したもの。

122　馬のようにこの世を跳《は》ね廻る気分で生きていこうよ。まじめくさって振る舞っても「瓢箪《ひょうたん》から駒《こま》を出す」ような身でもあるまいから。
中世末から近世初頭に流布した現実謳歌《おうか》主義思想の現れ。『閑吟集』五三～五五よりも一段と躍動的である。梅玉本『歌舞伎草紙』に「腰の提《さ》げ物何々ぞ…金の瓢箪とりまぜて、くすみて提げし有様は、駒出づる程にぞ見えたりける」とあり、また和歌山県御坊市戯瓢《けほん》箪踊歌にも「思へば浮世は夢の世や、夢の間の浮世に何とくすんだりと、瓢箪から駒が出まいものか」（『南紀徳川史』十五、『和歌山の研究』五、等）とある。
◇ひよめけよの　心浮かれて過すさまを駒の跳ねるさまに掛けていう。『閑吟集』六八参照。◇瓢箪から馬を、出す　意外なことをし出《で》かすこと。

123　十七、八の娘というのは、引き寄せても手繰り寄せても可愛《かわい》いもの。まして縒《より》糸よりも細い腰に寄り添い、その腰を抱き締めた感じといったら――。
狂言『節分』等では「十七八は竿《さを》に干《ほ》いた細布、取り寄りや…」という形で歌われる。女歌舞伎踊歌「塩汲」、同「あこぎ」その他近世歌謡・民謡にも継承された。

124　野中の糸薄よ、そんなに風に乱れてくれるな。見ていると私の心まで乱れてくるから。

121
庭の塵《ちり》にて酒を煖《あたた》めてよの
紅葉《もみぢ》の色にいざならん

122
ひよめけよの、ひよめけよの
くすんでも
瓢箪《ひよたん》から馬を、出す身かの、出す身かの

123
取り寄《よ》りや愛《いと》し
手繰《たぐ》り寄りや愛し
糸より細い腰《こし》締むれば、いとどなほ愛し

124
な乱れそよの、糸薄《いとすすき》よの

いとど心の乱るるに

125
京の壺笠《つぼがさ》、形《なり》よや着よや
緒《を》よや締《し》めよや

126
ぢたい都は笠《かさ》だに着よや
緒よや締めよや

127
何《なに》閉ざいたる戸やらん、えい
押せども開《あ》かぬは切窓《きりまど》の戸

128
鶏《にはとり》は、君戻れとは鳴《な》かねども

隆達節小歌には上句「な乱れそよの糸薄」で七五七五調となっている。

◇な乱れそ　乱れるな。「な…そ」で禁止を表す。

125　京土産《みやげ》の壺笠は、さすがに形もよくかぶり易いし、締緒も長くて結び易い。

近世に入ると「近江《あふみ》の笠は、形《なり》がようて着よて、締緒が長うて…」（『大幣《おおぬさ》』一、吉野之山）のように、専ら「近江の笠」として歌われた。

◇壺笠　『日葡辞書』に「山の部分が非常に深い日本の帽子」とある。

126　都のこととて、笠一つをとっても田舎《いなか》と違い、緒も締め易くかぶり易く出来ているよ。

一二五に対して相槌《あいづち》を打つ歌と見做《みな》してここに配列したのであろう。

◇ぢたい　地体、あるいは自体。もともと。本来。

127　なぜ戸を閉ざしているのだろう。私が来るのはわかっているはずなのに。この切窓の戸は押しても叩《たた》いても開《あ》かないよ。

恋に切窓を配した歌は多いが、ここはそれが隔てとなっているところが面白い。参考「東切窓月うち入りて、添寝《そひね》の枕恥づかしや」（隆達節小歌）、「東枕に窓開《あ》けて、窓は切窓戸はあり戸」（『淋敷座之慰《さびしきざのなぐさめ》』鞠《まり》つき歌）。

◇何閉ざいたる　「何と鎖《さ》いたる」とも読める。◇切窓　羽目板や壁をくり抜いて作った窓。

128　夜明けの鶏はあなたに帰れといって鳴いているのではありません。戻ろうとおっしゃってるのはあなた、鶏を咎《とが》めるのは筋違いですよ。

「鶏」「君」「戻る」が繰り返され、ト音が重ねられるなど、和歌形式ではあるがきわめて歌謡的な色彩もみせている。参考「鐘は初夜鶏《とり》は空音《そらね》を鳴くものを、も往《い》なう〳〵とは何の恨みぞ」（隆達節小歌）。

129　実際とは逆に、夏の夜を長いと感じ、また秋の夜を短いと感じることもある。それはただその夜を共に過す人が誰であるかによるのである。
隆達節小歌は下句「人によるよの人によるよの」。

130　人目を忍んで逢う夜は、何《なん》とも短く感じる。出来るものなら十夜《じゅうや》分の時間をその一夜につなぎ合せたいよ。
「秋の夜を、長いといふはそりや常のこと、主《ぬし》と寝た夜の短さよ」（『潮来考《いたここう》』）は、一二九・一三〇の双方に通じる。

131　お前とは稀《まれ》に逢う身でしかないが、いずれは浮名も立つことだろうから、近江で有名な鏡山にふさわしく曇っておくれよ。
相手を鏡にたとえているところからすれば男の歌であろう。
◇鏡山　滋賀県野洲《やす》郡と蒲生《がもう》郡の境にある。歌枕。
◇曇れ　鏡の縁語で用いているが、意味不明。類歌「とても立つ名に、うち着せてお寝《よ》れぢやの」（女歌舞伎踊歌「豊島《てしま》」）などと重ね合せてみれば「寝る」意の陰語でもあったか。

132　矢は撓《た》めたり調めたりしながら試みるものだが、他処《よそ》の娘もそれと同様、遠くから矯めつ眇《すが》

君こそ戻れ鶏《とり》に咎《とが》なや

129
夏の夜《よ》の長さと秋の夜《よ》の短かさ
よるよの、人によるものを

130
忍《しの》ぶその夜《よ》の短かさよ
継《つ》ぐものならば十夜を一夜《ひとよ》に

131
稀《まれ》に近江《あふみ》の鏡山《かがみやま》
とても立つ名に曇《くも》れ君《きみ》

132
人の小娘《こむすめ》と矢の竹は

めつ眺めるばかりだ。
矢の竹の強さを量るために少しずつ曲げて吟味する意の「撓めつ調めつ」を、いろいろの角度から見る意の「矯めつ眇めつ」に掛けている。

133 「今日のところは待って、この次には――」なんてお前は言うが、それは口先だけのことだろう。もう待つまいよ、ああ待てないよ。
二〇一に下句を少し変えて重出。隆達節小歌は「ああ」なし。
◇空情心　一見愛情があるように見せかけること。

134 十七、八の娘というのは、早い流れを泳ぐ若鮎のようなもの。流れを堰き止めてこちらへ引き寄せ、ぐっと手を伸ばして摑《つか》まえようよ。
ぴちぴちした十七、八の娘を若鮎にたとえる。屈託のない青春の歌である。「十七八」という歌い出しは中世歌謡には多く、本書でも一三五・一五二、そして一三の類歌の狂言歌謡も加えると四例を数える。

135 「十七、八の娘が独り寝すると仏になる」なんていうが、とんでもない。その娘《こ》と二人で共寝してこそまこと成仏《じょうぶつ》した心地、法悦境というものだ。
「仏」とは寝ることの隠語。仏様もこんな形で利用されては苦笑せざるを得まい。奈良県民謡「篠原踊」（十七八踊）に「十七八の一人ねは、何が仏になるとは申せども、何が仏に土仏、抱いて寝てこそよい仏」

133
矯《た》めつ調《しら》めつ見たばかり
待てとはそなたの空情心《そらなさけごころ》よ
いや待つまじや、ああ待つまじ

134
十七八は早川《はやかは》の鮎候《あゆぞろ》
寄《よ》せて寄せて堰《せ》き寄せて、探《さぐ》らいなう
お手で探らいなう

135
十七八の独《ひと》り寝《ね》は
仏《ほとけ》になるとは申せども
なに仏なう

と継承されている。

136　あの人の心はしゃきっとして、しかも淀川のように思慮が深いのだ。

『閑吟集』八七にも「しやつとしておりやるこそ底は深けれ」という歌があるが、これは淀川にたとえているだけに悠揚迫らぬ趣も併せ備えているようだ。

137　自分を思ってくれている人をこちらからも思うのが「思い」といえるでしょうか。いやいや、思ってくれもしない人を思い慕うのこそを本当の「思い」というのですよ。

『閑吟集』八〇と似た情況のようである。片思いしている人を励ましているとも、自分自身への激励ともとれる。

138　どんな比類ないすばらしいお人でも、こちらのことを思ってくれないなら、こちらから思い切ってしまえ！　ムム、やっぱり切れないよ。

これは自問自答とみるのが面白かろう。一旦強気になろうとしたものの、そう簡単にはことが運ばない。その辺の呼吸《いき》がよく表現されている。

◇いや　打消しの「いや」であるが、「弥《いや》」、つまりいよいよ思いがつのって、の意も含ませているか。

二人《ふたり》寝《ぬ》るこそ仏《ほとけ》よ

136　我が思ふ人の心は淀川《よどがは》や
しやんとして淀川や、底の深さよ

137　思うたを思うたが、思うたかの
思はぬを思うたが、思うたよの

138　いかな類《たぐひ》なき君様《きみさま》なりと
我思はずは、思ひ切れ、思ひ切れ
いや、切られぬ

139　今朝の朝寝は普通の朝寝とは違うようですよ。昨夜の楽しい夢の名残りの一時《ひととき》のようですよ。

一度目が覚めたが、またとろとろとしている状態であろう。『閑吟集』二六に類似。女歌舞伎踊歌「万事」にも「今朝の嵐は嵐ではなきぞよの、大井川の汀の瀬の、切戸《きりと》の石の波の打つ」とあり、「今朝の嵐」の形で普及していたらしい。これはその替歌でもあろうか。

140　当年とって十四歳になったこの私を、まだ子供だとおっしゃる。しかし毎晩裏木戸を開けて誰かさんを待っているこの私。それでもおぼこじゃとおっしゃるか。

結句は「待つか、ぼこがの」とも読める。こまちゃくれたようなあどけないような言葉遣いがそのまま小歌になっている。不思議な歌である。

◇ぼこ　子供。うぶな者をいう。

141　そっと人目につかぬように闇の夜にお出で。月夜だと人に見つかって二人の浮名も立つから。

『閑吟集』五七「卯《う》の花襲《はながさね》な召さいそよ、月に輝《かかや》き顕《あらは》るる」と下句は同じような表現だが、全体的にはこのほうが俗に砕けている。

◇しと　しっとりと、か。しめやかに。ひっそりと。

142　口では旅立つ旅立つと言っているが、今日も明日も出発し兼ねている。森に棲《す》む鳥のように古巣に名残りを惜しんでいるこの俺よ。

「古巣」とは当然古い馴染《なじ》みの女であろう。三味線組歌「松虫」に「今日立つ明日立つ明後日《あさって》立つ、阿部野《あべの》

139
今朝《けさ》の朝寝は朝寝ではなげに候《す》よの
過ぎし夜《よ》の名《な》残《ご》りげに候《す》よの

140
十四になる
ぼこぢやと仰《おし》やる
裏木戸《うらきど》を、裏木戸を
開《あ》けてまた待つが、ぼこかの

141
しと闇《やみ》におりやれ
月に顕《あらは》れ名の立つに

142
今日《けふ》立つ明日《あす》立つ明後日《あさて》立つ

森の巣烏《すがらす》なう
古巣《ふるす》を惜《を》しむ俺《おれ》かな

143

行脚《あんぎや》の僧の通《かよ》ふげな
名さい渋張《しぶは》りの籠笠《かごがさ》が
これの門の脇《わき》の垣《かき》の
鉤《かぎ》にかかりと掛かつた
あら不思議《ふしぎ》や

144

思はれ気色《きしよく》して、暇乞《いとまこ》うたれば
くれたよ
乞《こ》ふまいものを、暇《いとま》を

の原で日を暮らす」とある。

143　行脚の僧がこの家の娘に通《かよ》ってでもいるらしい。渋で張った籠笠が、この家の門の脇の垣の鉤にカカリと掛っている。てもまあ不思議なことよ。

「高野聖《こうやひじり》に宿貸すな、娘取られて恥かくな」と嫌われた高野聖を歌ったものか。通う、籠、笠、垣、鉤、かかり、掛かる、とカ音を連ねる。「門」もあるいはカドか。参考「誰か掛けたるこの笠を、誰が掛け候《そる》この部《ひ》屋《や》に、イヤ稲葉の殿がの掛けたす候《すろ》」（新潟県柏崎市「綾子舞」稲葉踊）。◇名さい　名さえ、であろうが、「渋」「籠」などに「名さえ」というにふさわしい特別な意味があったのであろうか。◇籠笠　未詳。網代《あじろ》笠のことか。参考「網代笠。古来よりあり、竹を編みたるなり、但し渋にて刷《は》き漆《うるし》にて留めたるものあり、大分白なり、僧のかむるものなり」（『我衣《わがころも》』）。

144　思われてるものと思い込んで、わざとあの女《こ》に「別れようか」と言ってみたら、何《なん》と「どうぞ」と言いおったよ。別れようなんて言い出すんじゃなかった。

何《なん》ともお気の毒としか言いようがない。純にして愚かな男の物語である。◇思はれ気色　人から思われているという気でいること。思われ顔。

145
旦那が若狭土産《みやげ》に求めて来た皮草履。私が履こうと思っていたのに、妾《めかけ》の奴がせしめおって、いい気になってしゃらりしゃらりと履いて歩いている。エエ、見るだに憎らしい。
◇若狭　福井県の西部。遠敷《おにゅう》、大飯《おおい》、三方《みかた》の三郡があった。◇皮草履　真竹《まだけ》の皮で拵《こしら》えた草履。若狭の産物。「竹皮草履、遠敷《をにふ》の下村より出る」（『稚狭考《わかさこう》』六）。◇俺　一人称代名詞。男女ともに用いた。◇後妻　ここは妾の意。『日葡辞書』にも「ウワナリ　他人の情婦となっている女」とある。◇しやらりしやしや　意気がって得意然としたさま。同時に草履の足音も利かしている。

146
うわべだけとも思える中途半端のお情《なさけ》、そんな情しかかけて貰えないなら、捨てられたってかまやしない。
こう言って相手に迫ったとみることも出来るが、一人ぽつんと呟《つぶや》いたとみたほうが感じが出るようだ。一六六に重出。
◇なかなかの　なまじっかの。不徹底で不満な状態。◇空情　見せかけのお情同然の、という意であろう。

147
人はどうとでも言うがよい。あの女《こ》を可愛《かわい》く思う気持はもうどうしようもないのだ。
◇いとほしかろもな　愛《いと》しかろうものはの意か。「かろも、な何《な》と」とも読める。

145

若狭《わかさ》土産《みやげ》の皮草履《かはじやうり》
俺《おれ》が履《は》かうずと思うたものを
後妻《うはなり》がなう、しやらりしやしやと履《は》く
面《つら》の憎《にく》さよ

146

なかなかの空情《そらなさけ》
捨てられてよいもの

147

人は兎《と》も言へ角《かく》も言へ
いとほしかろもな、何《な》としよぞの

148　じっと抱きしめての愛《いと》しい思いといったら、賀茂や春日野にいる鹿の毛の数ほど、きりがないとでも言おうか。
一九では「北野の松の葉の数」、『閑吟集』三六では「吹上《ふきあげ》の真砂《まさご》の数」と、数量を表す比喩《ひゆ》もいろいろである。

149　北野社頭の梅も吉野山の桜もいずれは散るもの。美しい人の容姿もそのとおりと思えば、何《なん》とも詰《つま》らぬわびしい次第だ。
隆達節小歌には「北野の梅も吉野の花も散る、君、心あれ」と、直接相手に言う形で出る。
◇味気なや　無意味である。苦々しい。

150　誰それさんと親しくなりました、などといちいち私に言わないでくれ、聞くだに腹が立つ。龍田山の紅葉のように顔がほてってきたぞ。
「顔」と「龍田の紅葉」を取り合せた例は「龍田川辺を分け行けば、顔に、顔に紅葉の散りかかる」(『御船歌留』上、龍田川辺)など数多いが、これは、腹が立っての怒り顔に利用しているところが珍しい。隆達節小歌には結句「紅葉の散るに」。

151　彼女に逢って戻る夜は花も紅葉も目に入る。ところが逢えなかった夜は、心も闇となって花も紅葉も見分けもつかぬ。
私の心は石川の流れ同様濁ってはいないんだが、人が

148
じつと締《し》めてのいとほしさは
賀茂《かも》や春日野《かすがの》の、野に伏《ふ》す鹿《しか》の毛の数《かず》

149
北野《きたの》の梅も吉野《よしの》の花も
散りこそしよずろ、散りこそしよずろ
味気《あぢき》なや

150
誰《たれ》に馴《な》るると我に知らすな
聞けば腹《はら》たつた山
顔《かほ》に紅葉《もみぢ》の見ゆるに

151
逢《あ》うて戻る夜《よ》はなう、花が候《そろ》もの

かき廻して濁らせたら——、それは仕方がないという
ものさ。
後半は別歌で、組歌となっている。『業平躍《なりひらおどり》十六番』では前半を、『落葉集《おちばしゅう》』（三、曾我五郎）や『巷謡篇《こうようへん》』（上「安芸郡土佐をどり」石川）では後半を、それぞれ独立させて伝えているが、『落葉集』（一、逢《あふ》て戻る夜）等には本書と同じ形で載る。

152　十七、八の娘が川の浅瀬を渡ろうとしているな。どうだい、俺の女房にならないか。そんならおぶって渡してやるよ。
◇あさ川　朝川とも解せる。◇我が妻ならう…　お前が私の女房だったらおぶって渡すのだが。「妻になれ」と謎《なぞ》をかけているのである。

153　嫁さんであろうがあるまいが、まずおぶって渡しておくれよ。この先に山陰《やまかげ》もあるから、そこであらためて話をつけようじゃないの。
◇ないことか　ないわけではなし。

154　そのつもりで行って、もしあの山陰に人が居たらどうしよう。そうだな、その場合はお前に縁がなかったと考えることにするか。
以上三首は連作。後《あと》にもたれないさっぱりした若い男女の交歓が喜ばれたのか、兵庫県の「ザンザカ踊」、山口県岩国市の「南条踊」など、近畿中国筋一帯に民謡として広く流布している。

逢はで戻る夜《よ》はなう、花も紅葉《もみぢ》も見分けばこそ
俺《おれ》は石川の濁《にご》らねどもなう
人が濁りをなう、掛けうは何《な》としまらせう

152
十七八は、あさ川渡る
我が妻ならうにや、負《お》ひ越《こ》やそ

153
我が妻なくとまづ負ひ越やせ
あの山陰《やまかげ》がないことか

154
あの山陰にもし人あらば
和御料《わごれう》に縁《えん》が

155　いずれは浮名の立つ互いの間だから、まあ一つここで添《そ》い臥《ぶ》しといこうじゃないか。どっちみち明日になったらよい仲だと皆が噂《うわさ》するだろうから。
『松の葉』（一、浮世組）等に「とても立つ名に寝てござれ、寝ずとも明日は寝たと讃談しよ」と、ほとんど同じ形で継承されている。
◇讃談　噂。話題にすること。

156　積雪の上にまた雨が降るようなものね。一旦結婚してしまうと愛情も何時《いつ》か消え消えになるのよ。
隆達節小歌には下句「君は消え〳〵消えと消え〳〵と」、また「情は積れ初雪は降りそよの、いとど心の消え〳〵と」。雪に雨や水を配して愛情を歌った例は、ほかに一七〇や『閑吟集』二四八がある。

157　そっと殿御《とのご》の袖を取るのは簡単だが、浅葱色の小袴の襞をきっちりと取るのはなかなかにむずかしいものだよ。
兵庫県民謡「ザンザカ踊」（倉間山）にも「人の殿御を寝取るよりも、浅葱袴の襞を取れ、浅葱袴の襞よりも、人の殿御は取り易い」とあるが、また、江戸長唄「鷺娘《さぎむすめ》」には「繻子《しゆす》の袴の襞取るよりも、主《ぬし》の心が取りにくい」という例もあって、人と襞との関係もさまざまのようだ。
◇浅葱　薄藍《うすあい》色。上品な色とされた。◇小袴　『日葡辞書』に「日本人が常用する平常用の短い袴」とある。

和御料《わごれう》に縁《えん》が
ないまでよ

155
とても立つ名に寝ておりやれ
寝ずとも、明日《あす》は寝たと讃談《さんだん》しよ

156
雪の上《うへ》降る雨候《ぞろ》よ
添《そ》へば心の消《き》え消《ぎ》え消《ぎ》えと

157
そろりそろりと殿《との》は引くとも
浅葱《あさぎ》小袴《こばかま》の襞《ひだ》はお大事

158 ちょっとまどろんだだけなのに、夢にまたあの人を見てしまったよ。

うたた寝の目覚めのあとのポツリ一言、という感じの歌である。起きても寝ても、どうにも仕様のない心情なのであろう。隆達節草歌（恋）に同歌。

159 人目を忍ぶ恋はもう沢山《たくさん》。何《なん》とも辛《つら》い。何《なん》の因果であの人を思うようになったのだろう。

さりとて思い切って我が恋を明るみに出そうというほどの口吻《こうふん》にも感じられない。それだけにまた切《せつ》ない気持のようである。

160 我が心が我が理性に従うものなら、こんな苦しい恋はもうやめろと意見してやるのに――。

自分の心を客体化した歌の例はほかにも兵・穴にみられるが、共通しているのは、いずれも自分で自分をもて余しているということである。

161 今のままの状態は嫌《いや》。だが愛してもいない人と結婚するのも嫌。といってこちらが思う人とは結ばれそうもない。ままならぬのが浮世だな。

隆達節小歌にも「あるは嫌なり、なるも嫌なり、思ふはならず、さてもよしなやな、何《な》とせうぞの」と多少違った形で、また『潮来考《いたこかう》』には「なるは嫌なり思ふはならず、とかく浮世はままならぬ」と更に変化して伝わっている。

158 また見て候《そろ》、憂《う》き人を
うたた寝の夢に

159 忍《しの》ぶまじ、憂《う》や辛《つら》や
何《なに》しに思ひ初《そ》めつらう

160 我が心、我に従《したが》ふものならば
かほど苦しき恋は無用《むよう》と、意見せうずもの

161 あるは嫌《いや》なり、なるもまた嫌《いや》
思ふはならず、さてもよしなや

162　しっかと根を下《おろ》した唐崎の松のようなあのお方。そのきびしさが冷たさにも感じられる。待っても待っても来て下さらないんだもの。

一四と同じく唐崎の松を歌っているが、かなり感触は異なる。参考「真実思うてうちふりしやんと、志賀唐崎、松も情《つれ》なやよき人や」（『巷謡篇』上「安芸郡土佐をどり」真実）。◇松のつれなさ　「唐崎の一つ松」から「連れない」、「情《つれ》ない」を導く。

163　繻子の袖細に伊勢編笠をお召しになったあのお方は、一目見て私を好きになられたらしい。

隆達節小歌には「伊勢編笠が」とある。◇袖細　袖を細く詰めて仕付けた衣類。◇伊勢編笠　三重県多気郡産出の編笠。編目が細かいのが特色。◇召す気　編笠の縁語の「目透き」を掛け、また「目好き」（見て気に入ること）を引き出す。

164　『閑吟集』二八三参照。二五・一三と同様、より長い歌謡の一部をとって短詩型としたもの。迫力の点ではやはり『閑吟集』のものに及ばないようだ。

165　海岸の方がどよめく。あの人の舟が戻って来たのかと思って走り出てみたら、あらいやだ、波の打つ音だった。私の心をかき立てる波の立つ音だっ

162
しやむとして唐崎《からさき》や
松のつれなさ、松のつれなさ

163
繻子《しゅす》の袖細《そでぼそ》に伊勢《いせ》編笠《あみがさ》は
召《め》す気ぢやとの、お目《め》好《ず》きぢやとの

164
そと隠《かく》れて走《はし》て来た
まづ放《はな》さいなう
放いて物を言はさいなう

165
浦が鳴《な》るはなう
憂《う》き人の舟かと思うて、走り出て見たれば

た。
港の遊女の歌であろうが、漁民の妻の歌とみることも出来よう。
◇うつつ波　「打つ波」の意に、「うつつ無《な》」つまり正気でない、物狂おしい意を掛ける。

166　「一晩とか二晩とかの添《そ》い臥《ぶ》しを」なんて贅沢《ぜいたく》は申しません。まあせめて朝顔の花に置く露の干ぬ間ほどの短い時間でも御一緒出来たらと思うばかりです。
◇隆達節小歌には「一夜二夜と言はばこそ、せめて朝顔の…」とある。
◇朝顔の花の露の間　はかなく短いもののたとえ。

167　私の思いは草の根にもたとえられようか。何度刈り取ってもまた新たに生えて来るから。
四七と同趣同想だが、漢詩的な表現を払拭《ふっしょく》して、より小歌化されている。

168　これまでは松に時雨が降りかかるのをよそごとと思っていたが、自分が人を待つ身になってみると、時雨の松のように涙でこの身が濡れることだ。
隆達節草歌（冬）に同歌。ほかにも松と時雨を恋に取り合せた例は多い。参考「松の時雨に夢うち覚めて、よその哀れが思はるる」（『松の葉』五、僧）。

いやよなう
波の打つ
うつつ波の打つよの

166
一夜《ひとよ》二夜《ふたよ》とも言はばこそな
よしせめて、朝顔《あさがほ》の花の露《つゆ》の間《ま》なりと

167
思ひは草の根か
さて憂《う》やな、幾《いく》度切れどまた萌《も》え出《い》づる

168
よその梢《こずゑ》のならひして
松に時雨《しぐれ》のまたかかる

169
門に閂《くわんのき》、海老《えび》を下《おろ》いた
押《おさ》へたとなう、押へたとなう
例のまた悋気《りんき》奴《め》が押へたとの

170
篠《しの》を束《たば》ね突くがやうな雨に
夜々《よるよる》濡《ぬ》れて誰《たれ》がおりやれとの

171
身は破《や》れ車《ぐるま》
わが悪《わろ》ければこそ捨てらるれ
思ひ廻《まは》せば心憂《う》しやの

169　折角あの人を訪ねたのに、門に閂を掛け海老錠をおろしてやがる。やりおったなやりおったな、また例の焼餅《やきもち》焼きの本妻めが締め出しおったんだな。

女の歌であろうが、それにしても激しい。男のところまで訪ねようとするほどの女だから当然かも知れないが。

◇閂　かんぬき。門の扉を閉ざすための横木。関《かん》の木《き》。参考「クヮンノキ」（『日葡《にっぽ》辞書』）。◇海老　海老錠。かんぬきに差す海老形に曲った錠。◇悋気　嫉《しっ》妬《と》。男の悋気もあり得るが、ここは本妻の嫉妬とみるのが面白かろう。

170　篠突く豪雨の中を毎晩濡れて通《かよ》って来るこの私。一体誰が「来い」とおっしゃってのことでしょうね。

「篠を束ねて突くよな雨に、濡れて来たのに帰さりょか」（『潮来風《いたこかぜ》』）は、これを相手の側からみての歌。

◇篠を束ね突くがやうな雨　激しく降る雨のこと。

171　私は破れ車同然、輪ならぬ我が身から出た錆《さび》で捨てられた。そこに思いをめぐらすとまことに辛《つら》い次第です。

隆達節小歌に「人はよいものとにかくに、破れ車よわが悪い」とあるほか、近世には教訓の意を加味して用いられた。「人は悪《わる》ない我が身が悪い、破れ車でわが悪い」（『山家鳥虫歌』和泉《いずみ》）等。

◇思ひ廻せば　「廻す」は車の縁語。

172　『閑吟集』一三七参照。
狂言歌謡「唐櫓」の「(詞) また湊へ舟が入るやら唐櫓の音が、(節) からりころり〳〵と、漕《こ》ぎ出いて釣《つり》するところに、釣《つ》つたところがハア面白いよの」は、本歌を利用したものか。

173　米山薬師堂の釣鐘を提《さ》げる緒になりたいものだ、三度提げられて振られて、その上拝んで貰えるなんて有難いじゃないか。
何か寓意《ぐうい》がありそうだが不明。
◇米山薬師堂　新潟県柏崎市の南西、中頸城《くびき》郡との境の山上にある。日本三薬師の一。

174　あなたを待っても待っても来ないので、待ちあぐんで定番鐘の下で、いらいらしながら足をばたばたさせているのよ。
まるで踏む足音が実際に聞えて来るような、一種異様なリズムが感じられる。隆達節小歌に同歌。
◇定番鐘　警備用に設置された鐘。◇ぢだだ…　地団《じだん》太《だ》を踏むこと。参考「ヂダダ。ヂダダヲフム」(『日葡辞書』)。

175　しっぽりと濡れた肌。それを放すまいとあなたは抱き締めているけれど、今日で終りというわけではなし、とにかくまあ放して下さい。
後朝《きぬぎぬ》の別離の際の言葉をそのまま歌謡にしたという感じである。語調からみれば男が女を振り切って戻ろう

172
また湊《みなと》へ舟が入《い》るやらう
唐櫓《からろ》の音《おと》がからりころりと

173
米山薬師堂《よねやまやくしだう》の釣鐘《つりがね》の、緒《を》にならう緒にならう
三度提《さ》げられて振《ふ》られて
拝《をが》まれうよ、拝まれうよ

174
君待ちて待ちかねて
定番鐘《ぢやうばんがね》のその下《した》でなう
ぢだだ、ぢだだ、ぢだぢだを踏《ふ》む

175
しつぽと濡《ぬ》れたる、濡れ肌《はだ》を、濡れ肌を

とする時の歌のようであるが「濡れ肌」を女のものと考え、女の歌と解した。

176　まだあどけなさの残る顔におはぐろを付けて。あの女《こ》も大人になったか。だがそこでにっこり笑った顔が何《なん》とも言えず愛くるしいね。

少女、いや幼女時代から目をつけていた相手であろうか。その容姿をあれこれ想像してみるのも楽しい。

◇鉄漿　歯に塗るおはぐろ。この時代は女性が成人のしるしに付けた。

177　『閑吟集』三〇七参照。

隆達節草歌（恋）には結句「そなたぞ」。近世のものであるが、「鬢《びん》のもつれは枕の咎《とが》よ、顔のやつれは主《ぬし》の咎」（『小歌志《おかし》彙集《いしゅう》』）に通じるものがある。

178　夜明けの別れを報せるのは、鶏と鐘の音。「もののあはれ」を知らぬ鶏は仕方がないとして、人情を解するはずの人間が打ち鳴らす鐘は考えるだに情《なさけ》ない限り。

別れを催す鶏と鐘は、一三八、『閑吟集』六九・二七九などに歌われているが、鶏を憎んだり鐘を恨んだり、受けとめ方もいろいろさまざまである。

179　『閑吟集』三一参照。

「籠」といえば「漏れる」を連想するが、「漏らさぬ籠」を願ったところが面白い。「竹がな十七八本欲しやな、浮名漏らさじのな、籠に組も」（『松の葉』一、みす組）という形で継承されている。

◇籠がな　籠がほしい。「がな」は願望、「もがな」は

176

今に限《かぎ》らうかなう、まづ放《はな》せ
幼《をさ》な顔《がほ》して鉄漿《かね》つけて
笑うたが、なほ愛《いと》し、なほ愛し

177

泣くは我
涙の主《ぬし》はそなた

178

鳥はあはれを知らばこそ
人の仕《し》業《わざ》の鐘《かね》ぞ物《もの》憂《う》き

179

籠《かご》がな籠がな籠もがな

それを強調した言い方。

180　添い臥《そぶ》しの部屋の窓から月の光がちょぼと射したよ。憎らしい。二人の仲にちょぼちょぼと水を差したよ。

二の「月斜窓《しやさう》に入る暁寺《げうじ》の鐘《かね》」と同じ状況だが、それらと比べてみると、漢詩調と小歌的ムードの違いがはっきりわかるであろう。

◇ちよぼ　ちょいと、ちらりと、という感じ。「窓から月が、ぎがと射す」（狂言歌謡「葭《よし》の葉」）という言い方もある。

181　その場だけのことなら、恥ずかしながら涙の漏り出るのも許されるだろう。そら羽束師の森というう森もあるじゃないか。

隆達節草歌（恋）に同歌。

◇等閑の　かりそめの。ほんのちょっとした。◇恥づかしの、漏り　「羽束師の森」に掛けて用いられることが多い。『閑吟集』二六五参照。

182　はるか北の高い岡の上でかき鳴らす琴の音が一晩中聞えて来る。ああどうしても眠れない、あの人が恋しい。恋は夜も眠らせぬ魔力をもっているのだなあ。

謡曲『現在江口』（別名『門江口』、廃曲）にも「これより北の高き窓、琴を調むる松の風、不思議やな恋には寝られざるものを」とある。

◇恋には寝られざりけり　『閑吟集』二九五、女歌舞伎踊歌「錦木」等に見られる当時の常用句。

浮名《うきな》を漏《も》らさぬ籠もがな

180

閨《ねや》漏る月がちよぼと射《さ》いたよなう

あら憎《にく》の月や、ちよぼと割《さ》いたよの

181

等閑《なほざり》のほどこそ恥《は》づかしの

漏りなば漏りよ我が涙

182

これより北の高き岡に

琴《きむ》を調《しら》べて夜《よ》もすがら

不思議《ふしぎ》やなう、恋には寝られざりけり

183 『閑吟集』六五参照。京都府の民謡として広く継承された。「面白や京には車、淀には舟、ソヨノ、淀には舟、桂の川の迎ひ船、ソヨノ」(『俚謡集《りようしゆう》』京都府北桑田郡田植歌等)。
◇げに 「実《げ》に」の意だけでなく、囃子詞《はやしことば》としても用いられている。

184 殿御《とのご》に捨てられ悲しい思いに沈んでいる私。その私に、こちらからも思い切れとおっしゃるんですか。それが出来たらねえ——。
実際に他人からのアドバイスがあったか、それとも自分で自分に言い聞かせようとしたのか、どちらの場合の歌とも解し得るが、いずれにしても思いは内向するばかりである。

185 駿河《するが》の国の田舎者だからといって、何《なん》で私の寝肌が劣ることがありましょうか。どうぞお泊り下さい。富士の高嶺ほどもある閨《ねや》のお伽《とぎ》の寝物語をするが、それを駿河で聞くっていうのも面白いじゃありませんか。
東海道筋の遊女の歌でもあろうか。大阪府和泉《いずみ》地方民謡「小踊」(駿河踊)の「さては駿河の富士の裾野で、思ふ殿御と二人寝て〳〵、寝物語は面白、駿河の踊は一踊《しとおどり》〳〵」(『貝塚市史』二)に通じるところがある。
◇するが 「駿河」(静岡県の東半部)を掛ける。

183

面白《おもしろ》や、えん
京《きやう》には車、やれ
淀《よど》に舟
げに、桂《かつら》の鵜《う》飼舟《かひぶね》よの

184

人の捨つるに辛《つら》の我が身や
思ひ切れとよ
思ひ切られぬ

185

田舎人《ゐなかびと》なりやとて
何《なに》しに寝肌《ねはだ》の劣《おと》るべきか
なう、お休みあれ

186 一四六に重出。一八五から一八七までは、いなか・なかなかという同音による連鎖を考えての配列がなされているようだ。

187 「篠の小笹の仮枕」というが、一夜の仮りの契りでも結んでしまうとかえって一層思いがつのるものだ。

「臥《ふ》しわびぬ篠の小笹の仮枕はかなの露や一夜《ひとよ》ばかりに」(『新古今集』羇旅《きりよ》)を恋の歌に転用したもの。◇篠の小笹　『新古今集』の和歌から、「仮枕」を暗示する。◇一夜　笹の縁語「一節《ひとよ》」を掛ける。

188 身体が二つ欲しいなあ。一つは都に、今一つは田舎に置くのだが。

『閑吟集』二三の後半は浮世に執着する心と隠遁《いんとん》を願う心の交錯。ところが近世に入ってからは同じく「身二つ」を歌っても「有馬《ありま》出る時身をがな二つ、跡に置く身と帰る身と」(『尾張船歌拾遺』有馬節)のように専ら色に迷ってのことと変化しているが、この歌の場合はどちらであろうか。都と田舎の何に惹《ひ》かれているかによって解も変って来る。隆達節草歌(恋)に同歌。

189 いずれは露のように消えねばならぬ命。愛するお方に逢えるなら、その代償として捨てても惜しくは思いませぬ。

五五や七一の歌とは正反対のことを言っているようで、実は一つのものの表裏を言っているのではあるまいか。隆達節草歌(秋)に同歌。

◇玉の緒　生命のこと。

186
富士《ふじ》の高嶺《たかね》の寝物語《ねものがたり》する、するが面白《おもしろ》
なかなかの空情《そらなさけ》
捨てられてよいもの

187
なかなかにまた篠《しの》の小《を》笹《ざさ》よ
一夜《ひとよ》馴《な》れてもなかなかに

188
身がな身がな
一つ都《みやこ》に田舎《ゐなか》にもまた

189
とても消ゆべき露《つゆ》の玉の緒《を》

◇逢はば　「露」の縁語「泡」を掛ける。

190　『閑吟集』一〇五参照。
女歌舞伎踊歌「ややこ」に「身は浮草よ、根を定めなの君を待つ、去《い》のやれ月の傾《かたぶ》くに」と継承されている。
◇浮草の根も定まらぬ　「身」のはかなさと、「夫」の浮気っぽさと双方に掛る。◇正体有明の月の傾く　正体があるやらないやら、うつろな心で男を待つうちに有明の月も傾いてしまった、ということであろう。

191　身を焦がすほどまで思い詰めなさんな。縁さえあれば後《のち》には何《なん》とかなることもあろうよ。
「末はさりとも」という楽観性もまたこの時代の一つの生き方であった。隆達節草歌（恋）に同歌。
◇さりとも　それはそれとして、ともかく。

192　越後や信濃にさらさらと降る雪を押っ取り丸めて雪礫《ゆきつぶて》にしてぶつけてやりたい、おのれあの嫉《しっ》妬《と》深い女めに。
一六九にも通じるところのある女の戦いである。
◇越後信濃　新潟県と長野県。どちらも雪深い地方である。◇しや　罵《のの》る時に発する言葉。◇悋気の人　自分の愛人の本妻を指すのであろう。

逢《あ》はば惜《を》しからじ

190
身は浮草《うきくさ》の
根も定まらぬ夫《つま》を待つ
正体有明《しやうだいありあけ》の月の傾《かたぶ》く

191
身な焦《こ》がれそ
縁《えん》さへあらば末《すゑ》はさりとも

192
越後《ゑちご》信濃《しなの》にさらさらと降《ふ》る雪を
しや押し取りまるめて打たばや、悋気《りんき》の人

193

俺《おれ》は明年十四になる
死にかせうずらう味気《あぢき》なや
姉御《あねご》へ申し候《そろ》
一期《いちご》の思ひ出に
姉御の殿御《とのご》が所望なの、ただ
一夜二夜は易《やす》けれど
奈良《なら》の釣鐘《つりがね》
よその聞えが大事ぢやの、ただ

194

十五にならば、豆《まめ》の垣《かき》を弱《よわ》うせよ
今花ざかり
手折《たを》られいでは無興《ぶきよう》ぢや

193 「私は来年十四歳、もう大人の仲間入り。ところで実は今にも死にそうなほどいらいらの気分でいるんです。姉御に白状しましょうか。一生の思い出にあなたの彼氏を譲り受けたいんです、エエ」「そうね、一夜二夜のことならお易い御用だけれど、譲渡というのはならぬこと、その噂《うわさ》が奈良の大寺の釣鐘のように響き渡ったら大変ですものね、エエ」。一四〇と同様、「恐るべき十四歳」とでもいいたくなる歌であるが、どこまで本気か。恐らく単なる掛合歌であろう。同想歌ともいうべきものに「和御料《わごりよ》と俺は七生の契り、和御料の殿を一夜貸さいなう、なや正体無《しやうだいな》」「十二の手箱、面《おもて》の鏡、それをば貸すとも殿は貸すまい、なや正体無」「柳の葉より狭い事仰《おし》やる、そなたの殿は貸すと借るまい、なや正体無」（『言継卿記《ときつぐきようき》』永禄九年裏表紙紙背）がある。

194 娘が十五歳にもなったら豆畑の垣を少し壊しておけ。花のさかりの年頃に手折られることがなかったら、かえって不粋《ぶすい》というものだ。「花の十五歳」に対する周囲からの忠告だが、実に開放的であるのに驚かされる。女歌舞伎踊歌「因幡踊《いなば》」に「弥生《やよひ》になれば、その身垣よよしよ、今花盛り、手折られてはうきやうや」と継承されているが、やや意味が取りにくくなっている。◇豆　女性の象徴である。◇無興　興味をそぐこと。しらけること。

195　撫子にも似たあの女《こ》よ。折り取られるのかしら。誰かに折り取られて私の前から姿を消すのかしら。
撫子にたとえた可憐《かれん》な少女が高嶺《たかね》の花になりそうな事態になり、男はそれを手を拱《こまね》いて傍観せざるを得ない事情でもあったのであろうか。再三の繰り返しからそうした男の気持が窺《うかが》える。

196　いっそのこと私に対し冷たく当ってほしい。そうしてほしい、どうしても私が好きになれないというなら。
何《なん》とかして自分の心に納得させて彼女を思い切るてだて、それは一六のように「我が身の咎《とが》」を考えるか、相手に情《つれ》なく振る舞ってもらうしかないのである。隆達節草歌（恋）に同歌。
◇つれなかれかし　底本「つれなかし」。隆達節草歌により改める。

197　朱雀の川の千鳥が夜更けに鳴くものだから、添《そ》い臥《ぶ》しの夢を破られてしまったよ。
千鳥が鳴くのは友を呼ぶためというが、「友なし千鳥」ともなれば仲のよい添い寝の二人に嫉妬《しっと》したのかも知れぬ。
◇朱雀が川　『閑吟集』三三参照。

198　いっそ死んでしまおうか。いや、やはり思い直した、生きていよう。そうしたらまたあの人に逢うこともあるだろうし――。
隆達節草歌（恋）に同歌。ただ「又」が「また」と仮

195
大和撫子《やまとなでしこ》、大和撫子
失《う》さらうにや、失さらうにや
失さらうにや

196
つれなかれかし、なかなかに
つれなかれかし

197
朱雀《しゅじゃく》が川の千鳥《ちどり》が
夜深《よぶか》に鳴《な》いて目を覚《さ》ます

198
死なばや

名書きになっている歌本《うたほん》もあり、それだと「まだ死なじ」とも読める。仮名草子『わらひ草のさうし』に「死なんただ生きては人の恋しきにいや又死なじ逢ふこともあり」という和歌が見える。

199 ほんの一時の浮気心だったんですって。エエ、エエ、そうでしょうよ、あなたはそんな人なんですよ。

◇一花心　一時のあだ情《なさけ》。『閑吟集』二〇四参照。捨てられた時に男に浴びせた憎まれ口。ソ音の繰り返しが効果的である。

200 思い沈んでどうにもならない私。人の情《なさけ》がかえって物思いの種を蒔《ま》く結果になった。

「思ひの種《たね》かや、人の情《なさけ》」(『閑吟集』八二)と同想だが、それに比べるとくどさが感じられるのはやむを得まい。

201 一三に下句を少し変えて重出。同歌参照。歌われている間に、おのずと後半に小異を生じたものであろう。

202 一夜を共に過した後《あと》の衣に残されたあの方の移り香《が》。ああ、今もそのまま添い臥している心地がする。

三や『閑吟集』一〇八と同様、香りを題材にした歌。王朝的雰囲気《ふんいき》もほんのりと漂う。

◇移り香　他の物に染《し》み移って残るよい匂い。ここは香《こう》を燻《た》きしめた衣服の香りが自分の衣に移ったのであろう。

いや又死なじ、逢《あ》ふこともあり

199
一花心《ひとはなごころ》、そがな人ぢやに
そりやさうあらうず、そがな人ぢや

200
物思ひよなう、物思ひよなう
なかなか情《なさけ》は物思ひよの

201
待てとはそなたの空情心《そらなさけごころ》よ
いや、待つまじや、待つまじや

202
衣《きぬ》の移《うつ》り香《が》、ただ添《そ》ふ心《こころ》

203　別れは辛《つら》いが、つとめてそれを気にせぬふりで言った。「今度お逢い出来るのは、何時《いつ》？」と。

短い地の文と短いせりふとで見事に合成された歌謡の例。隆達節草歌（恋）は下句「さて何時《いつ》よの」。

204　「天にあらば比翼の鳥、地にあらば連理の枝」という句が白楽天の「長恨歌《ちょうごんか》」にあるが、まことに詰《つま》らぬ話だ。この世で添い遂げられなくっては何《なん》にもならぬ。

現実を第一とする考え。白楽天の権威もようやく揺らいで来たか。参考「比翼連理のかたらひも、心変れば水に降る雪」（隆達節小歌）。

◇天に棲まば…　「長恨歌」の「在《ラバ》レ天願作《なり》二比翼鳥一、在レ地願為《ナラン》二連理枝一」による。「比翼の鳥」は雌雄二羽の翼がつながっており、常に一緒に飛ぶという想像上の鳥。「連理の枝」は二本の木の枝が結合しているもの。どちらも男女の契りの深いことのたとえ。◇味気なや　苦々しい。面白くない。

205　「俺が信用出来ぬというなら金打《きんちょう》して誓言しようか」ですって。そんなことをしても無意味、二心があるかどうかはちゃんとそぶりで知れるんですから。

男への詰問がそのまま歌謡になっている。隆達節小歌には二行目以下「いや金も無益、ただ振りにて知るものを」として伝わる。

◇金打たう　誓言の方法。鉦《かね》を鳴らす、刀や鏡を打ち合わすなどの方法がある。

203

辛《つら》き別れをかへりみず
また何時《いつ》ぞの

204

天に棲《す》まば比《ひ》翼《よく》の鳥とならん
地に在《あ》らば連理《れんり》の枝とならん
味気《あぢき》なや

205

不審ならば金打《かね》たう
金《かね》も無《む》益《やく》や、二心《ふたごころ》
ただ振《ふ》りで知るもの

206　五条の辺を車が通る。誰の車かというまでもない。夕顔の家へと向かう源氏の君の美しく装《よそお》った車だ。

隆達節小歌に同歌。『落葉集《おちばしゅう》』（七、五条車）に「五条あたりを車が通る、のほんへ、誰《た》そと夕顔に、さんさ、花車」と継承される。『閑吟集』六三・六六と同じく、小歌の中の「雅」の世界である。

◇花車　花のように美しい車。「夕顔の花」を掛ける。

207　八重咲きに咲いた花のような君よ、心の中を私に告げておくれ。黙っていたって何時《いつ》かはそれが顔色に現れるんだ。そうなる前に告白し給えよ。

愛人を花にたとえているが、その花に口をきかそうとするのは「誰謂《カイツシ》花不レ語、軽漾激《けいやうげきシテ》兮影動レ脣《くちびるヲ》」（『和漢朗詠集』上、花）をふまえてのことか。

208　笑顔もよいが、とり澄ました顔もまたよい。どちらへ転んでも愛《いと》しいあの女《こ》よ。

一旦好きになると何もかもがよく見える。「あばたもえくぼ、さ」と片付けたのでは、この男がかわいそうである。

◇くすんだ　まじめくさった。

209　あの真直ぐに伸びた竹でさえ、雪が降ればそれに押されて共に伏す。人間だって成り行き次第で共に臥《ふ》すのは当り前でしょう。

隆達節小歌の「竹ほど直ぐなる物はなけれども、雪ゆき積れば末は靡《なび》くに」も同想。

◇しとと　ぴたりと。密着するさまをいう。「しとど」

206

五条わたりを車が通る
誰《た》そと夕顔《ゆふがほ》の花車《はなぐるま》

207

八重《やへ》花よ、物言へ、言へ花よ
言はで色に出《い》でんより
言へ花よ

208

笑うたもよいが
くすんだもよいよ
どう取り廻《まは》せども、憎《にく》いとは思はぬ

209

あの真直《まつす》ぐな竹だにも

雪にもしとと、伏《ふ》すものを、伏すものを

210
憂《う》き人は劉文叔《りうぶんしゆく》
我は漢家《かんか》の一客星《いきやくせい》
多年《たねん》捨てられて
一夜はものの数《かず》かの

211
社頭の橋を
誰《たれ》が架《か》けつらう
中を反《そ》らいて

212
見ぬさへあるに

(濡れるさま) も利かしているか。

210 情《つれ》ないお前よ、お前を劉文叔に、俺を客星厳子《げんし》陵《りよう》にたとえてみろ。その二人の親交を思えば、長年捨てられていたこの俺に一夜の情はあってもよいではないか。

『後漢書』(逸民列伝) の中の、厳子陵が旧友光武帝を訪ね臥床《がしよう》中、足を帝の腹上に乗せて「客星犯二御座一」と騒がれた一件を引いて、男が女に文句をつけた歌。◇劉文叔　後漢の光武帝の本名。◇客星　急に出現し星座に入り込む星。参考「客星《キヤクセイ》」(静嘉堂本『運歩色葉集』)。

211 神社の前の橋を、わざわざ中を反らして架けたのは一体誰だ。あてつけがましい。

「誰が架けつろ反《そり》の橋〳〵、因幡《いなば》のかのがの架けたげに候〳〵」(女歌舞伎踊歌「因幡踊」)、「石の反橋身共の恋は、文を尽くせどナサ落ちもせず」(『小歌志彙集《おかしいしゆう》』附録、石の反橋)など反橋に寄せて恋を歌った例は多い。◇反らいて　背中合せ、恋の成らぬを暗示。

212 彼女の顔を見ない時でさえいらいらするのに、さあ見たとなると――。

「さて見てはの」と言いさしにしたその後が一体どうなのか、純情な男ほどいざとなると大胆に振る舞うことがあるものだが――。

213 『閑吟集』一二五参照。

最後の「の」を省くと七五七五の今様半形式となる。一九六と同想だが、それよりは少しこみ入った情況にあるようだ。隆達節草歌（恋）に同歌。
◇よしや　ままよ、もうこうなった以上は。◇人のよいほど　『閑吟集』には「人の情《なさけ》は」とあるが同意。あなたが好意をもってよくしてくれればくれるほど。

214　何《なん》とも彼《かん》ともあの人には困ったもの。「児手柏《このてがしわ》の二面《ふたおもて》」というが、本当に顔も心も二つあるみたいで信用出来ない人だよ。

「奈良山の児手柏の二面兎にも角にも佞《ねぢ》け人かな」（『奥義抄《おうぎしょう》』等）の古歌をふまえ、二心ある人を誹《そし》っている。隆達節小歌に同歌。
◇児手柏の二面　『閑吟集』一六参照。

215　二人の仲を噂《うわさ》するなら勝手に噂しろ！——と大見得《みえ》を切ったものの、やはり浮名の立つのは困ったなあ。

上句と下句の意味がつながらない。一応「とはいうものの」の意でつないで訳しておいた。
◇あ笑止と立つ名　隆達節草歌（恋）に「思ひの煙《けぶり》が消えつ焦《こが》れつ、あ笑止と立つ名や、立つお名やの」、女歌舞伎踊歌「忍踊《しのびおどり》」や『松の葉』（一、忍組）に「目が繁ければ、まづお待ちあれ…その間《ま》に又笑止と立つ名や、笑止と立つ名や」とあり、困ったなという意での成句となっていたらしい。また「笑止」を滑稽の意と解すると、噂を立てられても「笑止千万」と笑いとばして問題にしない態度ということになる。

216　行く春は藤や山吹を残して過ぎ去った。あの人はぐさりとくる一言を残して立ち去った。

さて見てはの

213
よしや辛《つら》かれ、なかなかに
人のよいほど身の仇《あた》よの

214
兎《と》にも角《かく》にも笑止《せうし》なる人ぢや
児手柏《このてがしは》の二面《ふたおもて》

215
人は兎《と》も言へ角《かく》も言へ
あ笑止《せうし》と立つ名やの

216
春の名残《なご》りは藤款冬《ふぢやまぶき》

隆達節草歌（春）には「春の名残りは藤つつじ、人の情《なさけ》は一言」とある。
◇款冬　正しくは蕗《ふき》のことであるが、山吹と誤用されることが多かった。「藤」とともに晩春の景物。参考「款冬　やまふき」（『藻塩草《もしおぐさ》』八、草部）。「款冬《フキノタウ》（倭俗云ニ山吹ト、誤也）」（『黒本本節用集』）。

217　忍ぶ恋路に茨の木が生えている。ア痛！　いや同じアイタならあの人に逢いたいな。

文字どおり「茨の道」を通っても、彼女のことは片時も忘れぬという男の心が、ユーモアの中から覗《のぞ》く。

218　恋の中川で不覚にも深みに落ちて袖を濡らした。いやかまわぬ、これも彼《か》の君《きみ》ゆえと思えば。

『閑吟集』三〇三には、下句を「あら何《なに》ともなの、さても心や」として出る。
◇ふかと　『閑吟集』に「うつかと」とあるのと同じ意味であろう。

219　若い時には結婚の話があっても嫌《いや》だ嫌だと断り続けているうちに、何時《いつ》か年を過してしまった。ああ大失敗。

結婚の話と解しておいたが「若き時、さのみ賢者もいやで候、人の言ひ寄る便りなし、年がとりての後悔」（内閣文庫「御状引付」天文八年）に通じる内容である。

人の名残りは一言

217

忍《しの》ぶ細道茨《いばら》の木
あ痛《いた》やなう
思ひし君には逢《あ》ひたやの

218

恋の中川
ふかと渡りて袖《そで》を濡《ぬ》らした
あら大事なや、これも君ゆゑ

219

若い時は、いやいやいやと言うて
年を寄《よ》らいた

◇しないたり　しまった！　失敗した時に発する言葉。あるいは上の「う」と合わせて、「失《うしな》ひたり」、つまり機を逸した、の意にとることも出来る。

220　黄金庫と才智すぐれた殿御《とのご》とどちらを選ぼうか。いや、私は貧乏でもよい、才智すぐれたお方を取ろう。

◇天明五年、旗本藤枝外記《げき》と遊女綾衣《あやぎぬ》の心中事件の際巷《こう》間《かん》で歌われたという「君と寝やるか五千石取るか、何《なん》の五千石君と寝よう」（『俗耳鼓吹《ぞくじこすい》』）の先取りともいうべき歌。

◇器用のよい殿　役に立つ才能をおもちの人。

一　後世この書物を見た者からいろいろ批判されること。「哢」は鳥のさえずり。

二　竹馬に乗って遊ぶ年頃。年少者。

三　恥ずかしい限りですが、まあお笑い草までに、というほどの意であろう。

う、しないたりやなう

220

黄金庫《こがねぐら》取らうか
器用《きよう》のよい殿《との》取らうか
いや、俺《おり》や、よからう、器用のよからう、貧な殿を

右一巻宗安老対レ予請ニ此序一、不レ顧ニ[一]後覧之哢一、酔狂之余為レ与ニ[二]騎竹年一、戯任レ筆書レ之耳。[三]千恥一笑々々。

久我有庵三休（花押）

解説

室町小歌の世界——俗と雅の交錯

北川忠彦

狂言『鳴子』

実りの秋である。今年は豊年ということで田は一面に青々と色づいている。中でも太郎冠者《かじゃ》・次郎冠者の仕える主人の田はひときわの実りをみせていた。骨を折った甲斐《かい》があったと家中一同喜んでいる。めでたい秋である。

だが豊年は豊年で一つ仕事が増える。群鳥《むらどり》が来て折角《せっかく》実った稲の穂を食い荒らすのである。となるとまたまた太郎冠者や次郎冠者に働いてもらわねばならない。二人を呼び出した主《しゅう》はまずこの間《あいだ》からの労をねぎらったあとで鳥追いのことを切り出した。

「汝ら両人を呼び出《い》だすこと別のことでもない。田を見れば群鳥が荒らすとみえた。骨折りながら両人の者は鳥を追いに行け。

「畏《かしこ》まってはござれども、さようのことは幼い者の役でござるほどに、幼い者をやらせられい。

次郎冠者も傍《そば》から、

「私どもは肩に棒を置きまするか、俵物を背負うか、私どもでなければならぬことを仰せつけられませ。

という。しかし主は、

「汝らがいうことも聞《きこ》えたれども、あそこは山田じゃによって鳥ばかりでもない。猪猿《ししさる》も多うあろうほどに、童《わらべ》わざにてはならぬ。さように思うて庵《いお》を拵《こしら》えておいた。また鳴子《なるこ》も拵えた。すなわちこれじゃほどに持って行け。

そういわれると両人ともさからえない。主人から鳴子を受け取った。当時の鳴子は引板《ひた》に小さな棒を何本かくっつけたものに縄をつけ、それを振って音をたてて鳥を追うのである。

「早う行け。

「ハアーッ。

二人は鳴子を提げて山田に出かけた。しかし秋の夜寒を思って、女房にあとから酒を届けるようにいいつけることを太郎冠者は忘れなかった。

小さな坂を登って田に近づくにつれて鳥の群《むれ》が目に入る。

「何と何とおびただしい群鳥ではないか。

「まことにおびただしい群鳥じゃ。このように出来た田を群鳥に荒らさるるはもったいないことじゃ。

「とてものことに、この辺りから追いもって参ろう。

「それがよかろう。

二人は鳴子の縄を持って構えた。

〽上の山から鳥が来るやらう、花が散り候《そろ》、いざさらば、鳴子を掛けて花の鳥追はう

〽引く引く引くとて鳴子は引かで、あの人の殿引く、見《み》めがよいとて人は引けど、神の御注連《みしめ》か琴か琵琶《びわ》か、茶臼《ちゃうす》か舟か車か、子《ね》の日《ひ》か鳴子か……

引く物づくしの鳥追歌を歌いながらホーイホーイと鳴子縄を振って音をたてると、さすがの群鳥も驚いたのかどこへやらパラパラパラパラと逃げる。

山田へ着いてみると、なるほど仮小屋がしつらえてある。

「やいやい次郎冠者、たくましい庵《いお》を建てられたではないか。

「まことにおびただしい庵を建てられた。田を刈ってこの庵に入れておいたならば、稲木に掛けておくとは違うてよう干《ひ》るであろう。

「いずれ雨露《うろ》をしのいで、よう干るであろう。

「ありゃありゃ、また鳥が渡るわ。

「追え追え。

今度はそれぞれの鳴子の縄の一方を辺りの木に結びつけ、一方を手に持って引く。二つ鳴らすのだから随分大きな音がする。

〽神の前には御注連縄引く、仏の前には善《ぜん》の綱《つな》引く、橋の下をば上り舟引く、危ふき所をおりて
　駒《こま》引く、我らはここにて鳴子引く

「ホーイホーイ。

「いかさま愚かなものじゃ。両人の声と鳴子の音に怖《お》じて皆よその田へおりた。

「皆森より下へおりたそうな。

休む暇もない鳥追い作業で太郎冠者も少し疲れたとみえて、

「朝から晩まで鳥が渡り続けはせまい。まず庵へ入って休もう。

「それもよかろう。

次郎冠者も異論はない。仮小屋へ入って一休みしているところへ、太郎冠者の女房が朋輩《ほうばい》のおとと一緒に酒と肴《さかな》を提げて来てくれた。そろそろ腹も減りかけていたところとて太郎冠者も次郎冠者も大喜びで、鳥追いのことも忘れて酒盛りとなった。竹筒《ささえ》を取って女房がいう。

「それならば妾《わらわ》がお酌を致しましょう。

「どれどれ頂こう。

「ソレ、ソレソレソレ。

女房が注《つ》いで太郎冠者が受ける。

「オウ、オウオウオウ、なみなみとある。

「さあさあ、次郎冠者殿も上がらせられい。

「これは慮外にござる。

盃《さかずき》を飲みほしたところで太郎冠者が女房にさす。

「今度は身共が酌をしてやろう。

「それは嬉《うれ》しゅうござる。

「一つ歌おう。

「それがようござりましょう。

〽花の都の経緯《たてぬき》、知らぬ道をも心して、訪《と》へば迷《まよ》はず、恋路、など、通ひ馴《な》れても迷ふらん

よい気分で拍子を取る。喉自慢《のどじまん》の女房も歌う。

〽よしやそなたの風ならば、花に吹くともそれまでよ

今一曲続けて、

〽陸奥《みちのく》のそめいろの宿《しゅく》の、千代《ちよ》鶴童《づるどう》が妹《いもと》
　の枕や

と歌い出すと、途中からは太郎冠者も声を合わせ、

〽山田作れば庵寝《いほね》する、寝《ぬ》るれば夢を見る、覚むれば鹿《しか》の音を聞く、寝にくの枕《まくら》や、寝にくの庵《いほ》

次郎冠者はまだ独り者だが負けてはいない。おとの方をちらりと見ながら、

〽見めも好《よ》いが、形《かたち》もよいが、人だに振《ふ》らざなほ好かろ

即興の歌だが、なぜ寝にくいというのか、何か曰《いわ》くがありそうである。おとの方でも、

〽忍《しの》ぶの乱れに、思ふ心の奥知らせては、あだにや人の思ふらん

と返す。小歌の意とは逆に、私の心も察しておくれよという思惑《おもわく》らしい。気をきかした太郎冠者が、

「身共一つ受け持ったほどに、和御料《わごりよ》何ぞ肴をさしめ。

という。盃の方は引き受けたからと、舞を所望したのである。次郎冠者も、

「それならばひとさし舞うてもみょうか。

「それがよかろう。

女たちも楽しそうである。次郎冠者は立ち上がって、

〽十七八は、竿《さを》に干《ほ》いた細布《ほそぬの》、取り寄りや愛《いと》し、手繰《たぐ》り寄りや愛し、糸より細い腰を締むれば、
　イ、たんとなほ愛し

狭い座中ながら、たっぷりとおとに気を見せて舞い終えると一同ヤンヤヤンヤと手を叩《たた》く。

「次第次第ににぎやかになった。

「そのとおりじゃ。

四人の笑い声が辺りに響いた。

やがて女たちは帰って行く。太郎冠者と次郎冠者はなお盃を重ね、肴をほおばりながら鳴子縄を引いてまた鳥を追い続ける。

〽浦には魚《うを》取る網《あみ》を引けば、鳥取る鷹野《たかの》に狗《いぬ》引く、何よりも何よりも、契《ちぎ》りの名残《なご》りは有明《ありあけ》の、
別れ催《もよほ》す東雲《しののめ》の、山白む横雲は、引くぞ恨《うら》みなりける

鳴子を引く歌も、いつか女との別れを恨む歌に変る。と、思わず本音《ほんね》も出るのであろうか、不平をかこつ歌になった。

〽いつまでかこの里につながれん、味気《あぢき》なや、引いて捨てばやこの鳴子

しかし、こうは歌ってみたものの、現実にはどうにもならない。濁り酒に酔いしれるのが精一杯のたのしみ、飲むほどに酔いが廻って来たとみえて二人の足もとも少し怪しくなって来たようだ。眠《ねむ》くもなった。

「ああ、いこう酔うたが手が冷たい。縄を腰につけて舞いながら追おう。

「一段とよかろう。

歌って舞って景気づけながらの鳥追いとは考えたものである。手は懐《ふところ》にしまって、歌の間でホーイホーイという時身体を左右に振ると鳴子がカラカラと鳴る。しかも全身運動、暖かくなることは受け合いである。

〽いざ引く物を歌はんや、いざ引く物を歌はん、春の小田には苗代水《なはしろみづ》引く、秋の田には鳴子引く、
名所は都に聞《きこ》えたる、安達原《あだちがはら》の白真《しらま》弓《ゆみ》も、今この小田に留《とど》めた、浅香《あさか》の沼にはかつみ草、信夫《しのぶ》の里には綟摺《もぢずり》石、思ふ人に引かで見せばや——

二人してにぎやかにつれ舞となった。もはや肝心の鳥追いのことも忘れて、ひたすら舞い続ける。本人たちは大まじめだが、傍《はた》から見ると縄で結びつけられた二匹の猩々《しょうじょう》のようである。やがては〳〵いざさしおきて休まん」と歌い終えるとともに、その場にぶっ倒れて高鼾《たかいびき》となってしまった。鳥も酒も女たちも、「引いて捨てばや」と歌った鳴子縄も、すべて夢のかなたへ、というところであろうか。いつの間《ま》にか山の端から昇ったお月様が、二人の寝姿をにこにこと笑いながら照らしていた——。

天正狂言本や天理本狂言六義《りくぎ》等の古台本によって構成した、狂言『鳴子』の物語である。

狂言『水汲』

今度は狂言集成本によって『水汲』の舞台を追ってみよう。

ここは村はずれ、野原の草むらの中にきれいな清水《しみず》が湧《わ》いていて、誰いうとなく野中の清水と呼んでいる。いつも水汲みや濯《すす》ぎでにぎわって、自然と村の女の社交場ともなっているところであるが、今は夕暮れ時、清水のほとりもひっそりとしている。そこへ一人の村の娘がやって来た。名はいちゃという。村一番の美女と評判も高い。濯ぎ物を入れた桶《おけ》を頭にかずいている。「女の業《わざ》には縫針」といわれているが、夏冬汚《よご》れぬものを人に着せるのも女の大事な仕事であったのである。

今も昔も女の仕事は忙しい。野中の清水に着いたいちゃは早速水を汲み上げて、持って来た衣類の濯ぎにかかった。そこへ人目をしのぶようにやって来た男がいる。この村の寺の新発意《しんぼち》、数カ月前に寺入りした若い僧である。手には水桶を提げている。今夜急に寺に来客があることになったので、急いでお茶の水を汲んで来るよう住持《じゅうじ》にいいつけられたのである。ようやく喫茶の風の広まった時代ではあったが、やはりよい茶ともなると寺ででもなければ飲めなかった。有名な一休和尚（一三九四〜一四八一）の著した『自戒集』という書物に、京童《きょうわらんべ》の小歌として、

〽御寺へ参れば、昆布《こぶ》に山椒《さんせう》、よい茶は飲むか、機転談義《きてんだんぎ》は聴聞するか

とあることからしても、それがわかる。

「茶は水が詮《せん》」という諺《ことわざ》もあるように、よい茶を入れるにはよい水を選ばねばならぬ。都では三条柳の水、六条の左右牛井《さめがい》の水が有名であるが、この村の野中の清水もそれに劣らぬよい水とされていた。泉に近づいた新発意はそこにいいちゃがいるのを見るとにんまりとほほえんだ。

「彼奴《きゃつ》には日頃某《それがし》が、ちと無心を書きかけておいたれども未《いま》だ返事をせぬ。是非とも今日《きょう》は返事を聞こうと存ずる。

こうつぶやいたかと思うと、抜き足さし足忍び寄って、後ろからそっと手を廻していいちゃの目をふさいだ。何も知らぬいいちゃはびっくりした。

「のうのう、こりゃ誰《たれ》じゃ誰じゃ。

というにかまわず新発意は歌った。

〽水を掬《むす》べば月も手に宿る、花を折れば香衣《かころも》に移る習《ならひ》の候ものを、袖を引くに引かれぬは、あら
　憎《にく》やの

「袖を引くに引かれぬ」というところに、この時の新発意の思いが込められていよう。やっと女はその手をふりほどいた。

「エイお新発意か、いつの間にござった。

「そなたがここへ来たということを聞いて、あとを追うて来たが、おぬしは何しに来た。

「濯ぎ物をしに来ました。

新発意は実はいちゃの動きを追っていたのである。水を汲むというのは当時は賤《いや》しい仕事とされ、専ら女がそれに当っていた。それを承知で野中の清水へ水桶を提げてやって来たのは、ひとえにいちゃが目当てであった。しかしいちゃにはいちゃの立場がある。

「人が見れば悪い、もう帰らっしゃれ。

「いや、身共もただは来ぬ。用があって来た。

「何の用でござった。

「今宵《こよい》寺に客来《きゃくらい》がある。茶の水を汲みに来た。幸いそなたを頼むほどに、一杯汲んでくれさしめ。

「妾《わらわ》に水を汲ませて、そなたは寺に戻らせらるるか。

「いや、ここに待っている。

「その暇があらば、そなた汲ませられい。

これは女のいうのが尤《もっと》もである。しかし新発意も負けていない。

「いや、水というものは物にあやかる。おぬしのような心の優しい人が汲まば、水も軽うてお茶の風味がひとしおよいものじゃ。とかく汲んでくれさしめ。

こういわれるといちゃも新発意のいうことを聞かざるを得なくなった。

「そのようにおしゃれば汲んで進じょう。

「それは過分。さりながらとてものことに、上を汲めば塵《ちり》や木の葉がある、下を汲めば砂がある、中ほどを汲んでたもれ。

「それほどのことを知らいでよいものか。

「知ったればこそ頼め、知らぬ者を頼もうか。

新発意もなかなか口は減《へ》らない。

「のういちゃ、和御料の小歌を久しゅう聞かぬ。水のためにもなろう。小歌を一節《ひとふし》歌うて面白う水を汲んでたもれ。

いちゃの小歌は村でも評判であった。

「歌おうと歌うまいと、妾がままでござる。

「それは知れたことじゃ。ちとお歌いやれ。

これほどにいわれるといいちゃも好きな道とて、水を汲み上げながら歌い始めた。当時巷《ちまた》に流行していた恋歌《ラブソング》である。

〽身は浜松、ねほれてほれて顕《あらは》れぞする

〽待つ夜《よ》は来もせで、待たぬ夜は来て、濡《ぬ》れてしよぼ濡れて露に

新発意は少し離れて扇をかざしながら女に見入ったが、思わずその唇《くちびる》からも歌が洩《も》れた。

〽身は在京《ざいきやう》、妻持ちながら、二人独り寝ぞする

しかし、女はそれには耳も貸さず水を汲み続ける。

〽地主《ぢしゆ》の桜は散るか散らぬか、見たか水汲み、散るやろ散らぬやろ、嵐《あらし》こそ知れ

これを聞いて新発意はもう我慢が出来なくなった。

〽舟行けば岸移る、涙川の瀬枕《せまくら》、雲駛《はや》ければ月運ぶ、上《うは》の空《そら》の心や、上の空かや何《なに》ともな

と歌いながら少しずつ女の傍《そば》へすり足で寄って来て、水を汲むその手を取った。だが女は冷たい。

〽小松かき分け清水汲みにこそ来に来たれ、今に限らうか、まづ放せ

しかし新発意は更にとりすがろうとする。

〽さて潮の干《しほひ》る時は 〽行き連れて汲まうよ 〽さて潮の満つ時は 〽軒端に待ちて汲まうよ 〽汀《みぎは》の浪の夜の潮、月影ながら汲まうよ 〽つれなく命ながらへて、秋の木《こ》の実《み》のおちぶれてや、いつまで汲むべきぞ、味気《あぢき》なやな

〽いつまで汲むべきぞ」とは、いつまで待ち続けねばならぬのか、ということ。まことに味気ないとつぶやく新発意にかまわず、女は汲んだ水桶を頭に戴《いただ》いて立ち上がった。あわてた新発意は両手を広げて立ちふさがった。

「これは胴欲《どうよく》な。もそっとここに遊ばしめ。

「いやいや、お寺まで水を持って行《い》て進じょう。こなたはここに遊ばしめ。

「とかく戻しはせぬぞ。

新発意はいいちゃを抱きしめようとする。

「何をさせらるる。退《の》かせられい。

「それは情《つれ》ない。

ここで別れてしまっては、今度人目を忍んで逢えるのはいつのことか知れない。新発意は必死であった。しかし女とてそう軽はずみなことは出来ぬ。

〽お茶の水が遅くなり候《そろ》、まづ放しめまづ放せ、何《なん》ぼうこしやれたお新発意やの

追いすがる新発意の手をふり放したと思うと、頭上の水桶を取って、「やれ許せ」といいながらざんぶりと新発意の頭にぶっかけた。

「のう恥ずかしや、恥ずかしや。
女は逃げて行った。とり残された新発意は頭の桶は取ったが全身はずぶ濡れ。
「のう悲しや、一絞《ひとしぼ》りになった。これは悉皆《しっかい》濡れ鼠《ねずみ》じゃ。
袖《そで》や裾《すそ》を絞ったが、とてもそれでは追いつかない。
「ハア、クッサメ。
大きなくしゃみをして、世にも情《なさけ》ない顔で新発意はすごすごと立ち去った。

小歌の時代

右にみて来たように、狂言『鳴子』や『水汲』の太郎冠者や次郎冠者、新発意や女たちを通じて、我々は中世の労働や酒宴の場、あるいは恋のささやきの場における歌舞の相《すがた》を覗《のぞ》き見ることが出来る。舞台の上に構築されたものではあるが、狂言における歌舞の場面は室町小歌の世界をほのかにまたソフトに再現してくれる。このほかにも『萩大名《はぎだいみょう》』や『秀句傘《しゅうくがらかさ》』では大名の「此間《このあひだ》のはやり小歌《こうた》をうたはふまでよ」とか「是《これ》はたゞ小歌の心にてくれた物ぢや」（大蔵虎明本）というセリフがあるし、『釣《つり》狐《ぎつね》』では狐の化けた伯蔵主《はくぞうす》という僧が機嫌《きげん》よく小歌を口ずさみながら野道を歩む場面もある。『節分』でははるばると蓬萊《ほうらい》の島から海を渡って日本へやって来た鬼までが、美しい女を見て〽十七八は竿《さを》に干《ほ》いた細布《ほそぬの》」と歌ってその腰に抱きつく。狂言だけでなく、能（謡曲）においても『花月《かげつ》』や『藤《とう》栄《えい》』には小歌の一節が出る。『木賊《とくさ》』では信濃国《しなののくに》の老人が、「我が子の、常は小歌・曲舞《くせまひ》に好きて友を集め舞ひ謡ひ候」というし、世阿弥《ぜあみ》自筆本『柏崎《かしわざき》』では、狂女が亡《な》き夫を「歌、連歌、早歌、小歌も上手にて」といって偲《しの》ぶ。小歌数奇《ずき》の風習は遥《はる》か信濃・越後にまで及んでいたのである。

この謡物《うたいもの》は小歌と呼ばれているように、それまで世に行われた和讃《わさん》（仏教歌謡）や早歌《そうか》（宴曲）に比べると、短詩形の小曲であるのが特徴である。一六〇三年刊の『日葡《にっぽ》辞書』には、

コウタ　短い通俗的な歌謡。

とあり、同じ時期に成ったロドリゲス『日本大文典』（二）には、

〝小歌〟と呼ばれる別の種類の韻文がある。これも五音節と七音節との韻脚を持った二行詩の形式のものであるが、時には二行詩の五七五・七七ほどの韻脚を持たないものもある。普通には談話に使ふ通用語を以て組立てられてゐて、特有な調子を持った俚謡や踊り唄のやうなものである。

とあるように、多くは二行にまとめられるほどの短詩形、中には、

思ひの種《たね》かや、人の情《なさけ》　（八二）
潮《しほ》に迷うた、磯《いそ》の細道　（一三）
独《ひと》り寝《ね》に鳴《な》き候《そろ》よ、千鳥《ちどり》も　（＊一九）
言へば世にふる、遣瀬《やるせ》もな　（＊六九）

（＊印は『宗安小歌集』。以下同様）

といった一行詩にしかならないような、十二音〜十四音の極端に短いものもある。

歌謡も、長篇の謡物が喜ばれる時代もあれば、短詩形の流行する時期もある。ただ子細にみるとその詩形は常に長篇性と短篇性と両者の間を右に左に揺《ゆ》らいでいるようであって、平安時代から鎌倉時代にかけてさかんに創作された和讃は、一見長篇の謡物のようであるが、たとえばその『舎利《しゃり》構式《こうしき》和

讃』をみるに、

……拘戸那《くしな》城には西北方　抜提河《ばつだいが》には西の岸　娑羅《さら》双樹《さうじゆ》の間にて　純陀《じゆんだ》が供養《くやう》を受け給ふ」菩薩《ぼさつ》賢聖天人衆　十方界より飛び来《きた》り　供養海雲みちみちて　十二由旬《ゆじゆん》隙もなし」世間本《もと》より常なくて　是ただ生死《しやうじ》の法といふ　生をも滅をも滅し終《を》へ　寂滅なるをぞ楽とする」一切衆生《しゆじやう》ことごとく　常住仏性備はれり　仏は常に世にゐます　実《げ》には変易《へんにやく》ましまさず」二月十五の朝《あした》より　是等《これら》の妙法説き終へて　漸《やうや》く中夜《ちゆうや》に至る程　頭《かうべ》を北にて伏し給ふ……

と」で区切ってみたように実際には四行一連の組み合せという体裁をとっている。これは他の和讃も大部分は同様である。そして右の「拘戸那城には」と「二月十五の」以下の各四行は、それぞれ独立した今様《いまよう》として『梁塵秘抄《りようじんひしよう》』（一五三、一五四）にとられているのである。

また鎌倉時代に盛行した早歌《そうか》（宴曲）にしても、いつかその長大な詞章の中からごく小部分を抜き出して歌われるようになったらしく、『閑吟集』には集中に、

花見の御幸《ごかう》と聞えしは、保安《ほうあん》第五の如月《きさらぎ》　（三〇）

といった短詩形早歌が（三〇を含めて）八首収録されている。ところが近世に入るとこの傾向が逆流して、初期歌舞伎《かぶき》踊歌や三味線組歌にみられるように、これらの小歌を組み合せたり掛合形式にしたりして長篇風の歌謡に仕立て直すことが行われるようになる。

ただこうした長波短波のうねりの中でいえば、室町時代は、長篇の謡物は謡曲や放下《ほうか》歌《うた》のような芸能歌謡に委ねて、一般には短詩形歌謡を主流とした時代であった。室町小歌を集録した『閑吟集』をみても、全三百十一首の中に小歌はその四分の三を占めている。そしてその小歌の中には、前に述べた早歌の小歌化されたものもあれば、

今夜《こよひ》しも鄜州《ふしう》の月、閨中《けいちゆう》ただ独《ひと》り看《み》るらん　（一〇三）

のように、杜甫《とほ》の詩をそのまま読み下し体にしたものもある。また、

二人寝《ふたりぬ》るとも憂《う》かるべし、月斜窓《しやさう》に入る暁寺《げうじ》の鐘《かね》　（一〇一。*二にも）

のように、下句に元稹《げんしん》作「鄂州寓二厳澗宅一」の一節を組み合せた和漢接合形式ともいえる類の小歌もこれまた少なくないのである。ということは本来他の謡物であったものを小歌に同化してしまったということのようで、集中に五十首ほども収められている謡曲の一節にしても、多くは上歌《あげうた》を主としたヨワ吟の部分で、一曲の中ではいわば小歌がかりともいうべき旋律部であることが既に指摘されている。ほかに純然たる漢詩句や田楽能《でんがくのう》の謡の一節もあるが、右の傾向を考えればこれらもまた小歌風の曲節で歌われていたものではなかったかと考えられるのである。

小歌という語の起原は実は古く、もとは大歌・小歌と併称され宮廷における歌曲の一種であったらしい。それが中世に至ると『閑吟集』や『宗安小歌集』にみられるような、より世俗的なものに変貌《へんぼう》して、いわゆる室町小歌の世界が展開するのである。そうした当世風の室町小歌が文献の上にはじめて現れるのは、『太平記』（巻二十二）、興国三年（一三四二）世田《せた》城の合戦で篠塚《しのづか》伊賀守が敗戦の中を少しも騒がず「小歌」を歌いながら閑々《しずしず》と落ちて行ったという記事などであろうか。同じ年、都では土岐《とき》頼遠《よりとお》が光厳院《こうごんいん》の御幸に乱暴を働いた直後のこと、紅葉狩《もみじがり》から帰る馬上の武者たちが「早歌まじりの雑談《ざふたん》」をしていたという記事（巻二十三）もある。この早歌を「当世はやる田楽節」としている本文もあるが、これらの早歌・田楽はあるいは前に述べた小歌がかりのそれと考えるべきものではなかろうか。相阿《そうあ》弥《み》（?～一五二五）作と伝えている『長歌茶湯物語』にも「小うたまじりの雑談に」という、これとよく似た一節のあることも思い合されよう。もちろんほかに「早歌小歌」と並べ記した

例も多く、長篇の早歌も依然愛好されてもいたであろうが、その賞翫《しようがん》された事例の中にはこうした小歌化された早歌も少なからず混じっていたであろうことは、考慮に入れておかねばなるまい。

武士の小歌愛好ぶりを描いた例として、謡曲『藤栄』の中に摂津国芦屋《せつつのくにあしや》の武士藤栄が、同国の鳴尾某と、

〽川岸の川岸の、根白《ねじろ》の柳あらはれにけりや、そよの、あらはれて、あらはれて、いつかは君と、君と、我と、我と、君と、枕《まくら》さだめぬ、やよがりもそよの

という小歌を交歓する場面がある。また幸若舞曲『和田宴《わだのさかもり》』にも、朝比奈《あさひな》三郎義秀が、

〽よしやあしとて切り捨てられし呉竹《くれたけ》も、〱、もとにひとよはあるものを……

と、その頃はやった「硯破《すずりわり》」という歌舞を奏したとある。「硯破」の名は御伽草子《おとぎぞうし》『唐糸草子《からいと》』にもみえているから、『和田宴』は曾我兄弟の物語を扱ったものではあるが、この部分は室町時代の風俗をとり入れているとみてよいであろう。

こうした小歌を愛する武士像は、後の織田信長が、

〽死なうは一定《いちぢやう》、しのび草には何をしよぞ、一定かたり遺《おこ》すよの

という小歌を好《す》いて歌い（『信長公記』首巻）、足利義昭を六条本圀寺《ほんこくじ》に囲んだ折に、

〽織田の上総《かづさ》は果報の者や、一番鑓《やり》をつくほどに、しかも上意《じやうい》の御前にて

という小歌を作って諸将に歌わせたという逸話（『戴恩記《たいおんき》』下）や、隆達の歌に讃嘆したという秀吉（『焼残反古《やけのこりほうぐ》』坤）の好みにつながるものである。

こうした新興武士層だけではない。公卿《くぎよう》の中にも小歌数奇《ずき》は現れたし、「女中小哥《こうた》」（『看聞御記《かんもんぎよき》』永享四年八月十四日等）という例もある。されば芸能人たちも本業のほかに競って小歌の芸も磨《みが》いたよう

で、『文安田楽能記』にも名の出る田楽能の名手徳阿弥《とくあみ》、世阿弥の甥《おい》の音阿弥元重、いずれも能のほかに貴紳の前で小歌小舞を演じている。連歌師や琵琶《びわ》法師、五山の僧や隠者も同様である。正に「老少皆唱二小歌一、実浅斟低唱一時佳也」（『蔭涼軒日録《いんりようけんにちろく》』延徳四年二月二日）という状態であった。

階層という面の広がりだけではない。地域という面からみても小歌の世界は広がったようだ。

身がな身がな、一つ都《みやこ》に田舎《ゐなか》にもまた　（＊一八八）

という歌のように、都と田舎遠国《おんごく》は室町びとの意識の中に同居していた。『閑吟集』『宗安小歌集』に出る地名には、陸奥《みちのく》の歌枕の数々は別としても、北は米山《よねやま》薬師、東は清見寺《せいけんじ》、西は浜田の宿《しゆく》や松浦沖の唐土舟《もろこしぶね》がある。そしてそれらの〝地方〟は前代におけるとは比較にならぬほど〝中央〟とつながっていた。

いとほしいと言うたら、叶《かな》はうずことか、明日《あす》はまた讃岐《さぬき》へ、下《くだ》る人を　（二八九）

という讃岐びとを歌ったものが、香川県民謡として、

〽恋しや寺の鐘の声、恋しと言《ゆ》たら逢はれうかなう、あの山影《やまかげ》にをりやる人に、恋と言《い》うたら叶はうずものか

と相似た形で伝わっているのは偶然であろうか。

沖《おき》の門中《となか》で舟漕《こ》げば、阿波《あは》の若衆に招かれて、味気《あぢき》なや、櫓《ろ》が櫓が櫓が、櫓が押されぬ　（一三三）

は、海峡を隔てた大阪府和泉《いずみ》地方民謡に、

〽沖の門中で櫓押せば、宿の姫子は出て招く、あじき櫓櫂《ろかい》や腰が萎《な》えて櫓が押されぬ

と伝わる。またこの一三三と、

人買舟《ひとかひぶね》は沖《おき》を漕《こ》ぐ、とても売らるる身を、ただ、静かに漕げよ船頭殿《せんどうどの》　（一三一）

とを合わせた形で、福岡県民謡ハンヤ歌「四国舟」には、

〽ハンヤ、四国舟〳〵、沖をば漕がで渚《なぎさ》漕ぐ、静かに押せや仲乗りの船頭殿、足がしどろで、櫓が櫓で櫓が櫓で押《おう》されぬ。ハンヤ、堺舟〳〵、沖をば漕がで渚漕ぐ、静かに押せよ、仲乗りの船頭殿、足がしどろで、櫓が櫓で櫓が櫓で押《おう》されぬ

とある。恐らく瀬戸内海を往来する船頭たちによって運ばれ、適当に地名を替えて歌われたのであろう。

このように歌は、中央から地方へ、逆にまた地方から中央へと運ばれた。謡曲にみる「諸国一見の僧」に代表されるように、旅をする連歌師、琵琶《びわ》法師、商人、職人等、中央と地方を結ぶ文化の運び手には事欠かない時代になっていた。このような背景のもとに「都鄙《とひ》遠境《ゑんきやう》」(『閑吟集』序)の宴席に連なり、「貴《たか》きにも交はり賤《いや》しきにも睦《むつ》」(『宗安小歌集』序)んだ隠者たちの手によって編纂《へんさん》されたのが、これらの小歌集であったのである。

『閑吟集』と『宗安小歌集』

室町小歌の珠玉を集めた選集《アンソロジー》には『閑吟集』と『宗安小歌集』がある。ほかにも狂言の中で歌われる狂言歌謡の数々、明《みん》の『全浙兵制考』(一五九二年刊)付録「日本風土記」に採録されている「山歌」(民謡)十二首、当時の日記・記録類の余白や紙背に書き留められた歌謡、また地方民謡の中でも古い伝承をもつ中国地方の田植草紙系歌謡や各地の風流踊《ふりゆうおどり》等の歌詞からも、中世歌謡の面影を偲《しの》

ぶことは出来るが、まずは『閑吟集』『宗安小歌集』、そしてそのあとを承《う》けた文禄・慶長の頃の隆達節歌謡の三者を結んでみることによって、室町小歌の流れの概略を辿《たど》ることが出来ようか。

『閑吟集』は永正十五年（一五一八）の成立、『詩経』に倣《なら》って三百十一首の歌謡を収めているが、勅撰集の春・夏・秋・冬・恋の部立てを下敷きにした上に、巧みな連想や連鎖語による配列をみせているところに特色がある。各歌には歌の種別を示す、朱書による肩書が付されているのも貴重である。その中で一番多いのは「小」、すなわち小歌、続いて多いのが「大」、すなわち大和猿楽《やまとさるがく》（謡曲）の一節を謡物《うたいもの》にしたもので、この二つを合わせると全体の九割を占める。この両者が当時の謡物の代表的存在であったようで、『蔭涼軒日録』に「或大歌長舞、或小歌短舞」（延徳三年正月一日）とか「乱座大歌小歌」（同年四月二十日）などとあるのも、当世風に大和節音曲（大和猿楽歌謡）と小歌を指すと解してよいであろう。

肩書によって知られるそのほかの謡物を記しておくと、

近江猿楽　二首　五八　六三
田楽能　十首　二　九五　一三〇　一三五　一四〇　一六八　一八七　二三四　二五九　三〇三
狂言歌謡　二首　一五二　一七一
放下歌　三首　一九　二一六　二五四
早歌　七首　二〇　五六　六三　九四　一九一　二〇七　二五一
吟詩句　七首　九　二四　一七三　一七四　二〇九　二三六　二三九

がある。これらの肩書は恐らくは『閑吟集』の成立当初から付されていたものと思われ、それぞれの歌謡の実態を示すものではあるが、決してそれがすべてではないこともまた承知しておかねばならぬ。

たとえば八〇は肩書では小歌であるが、本来は早歌（宴曲）で『真曲抄』「対揚」の一節であるし、一四〇、三二四は肩書はともに田楽能の謡とあるが、一四〇は謡曲『西行西住《さいぎょうさいじゅう》』（廃曲。大永四年の『能本作者註文』等に曲名が見える）の一節であり、三二四も世阿弥の『申楽談儀《さるがくだんぎ》』に「高野の古き謡」とあるものの一節であるらしい。狂言歌謡に至っては右の二首に限らず、小歌と標示されているものの中から多数を拾うことが出来るし、また大和猿楽、近江猿楽、田楽能の謡、放下歌などと重複するものも少なくない。つまりある一つの歌が時には早歌と認識され時には小歌として享受されるという場合もあれば、同じ小歌が大和猿楽にも狂言歌謡にも取り入れられる場合もあるのであって、そうした場合の肩書の付け方は、当然人によってかなりの揺れがあるはずである。したがってこれらの肩書はその歌謡の性質を示す貴重な資料ではあるが、同時に常にある程度の幅をもたせつつ利用すべき性質のものであることを知らねばならない。

残る大和猿楽と小歌についても、一覧表を示すと次のようになる。

大和猿楽　四十七首　四　一二　一三　二三　二八　二九　三四　三九　四〇　四一　六二　七〇　七四　八九　九八　九九　一〇〇　一〇九　一一〇　（一一一）　一二六
一二八　一二九　一三五　一四一　一四四　一五八　一五九　一六一　一六三　一八三　一九〇　一九三　一九四　二一四　二二〇　二二一　二三〇　二三三　（二四六）　二四七　二五〇
二五三　二六〇　二六五　二七一　二七九

小　歌　二百三十三首　一　二　（三）　五　六　七　八　一〇　一三　一四　一五　一六　一七　一八　二三　二五　二六　二七　三〇　三一　三二　三三　三五
三六　三七　三八　四二　四三　四四　四五　四六　四七　（四八）　四九　五〇　五一　五二　五三　五四　五五　五七　五九　六〇　六四　六五　六六　六七　六八　六九　七一　七二
七三　七五　七六　七七　七八　七九　八〇　八一　八二　八三　八四　八五　八六　八七　八八　九〇　九一　九二　九三　九六　九七　一〇一　一〇二　一〇三　一〇四　一〇五　一〇
六　一〇七　一〇八　一一二　一一三　一一四　一一五　一一六　一一七　一一八　一一九　一二一　一二二　一二三　一二四　一二七　一三〇　一三一　一三二　一三三　一三四　一三六
一三七　一三八　一三九　一四二　一四三　一四五　一四六　一四七　一四八　一四九　一五〇　一五一　一五三　一五四　一五五　一五六　一五七　一六〇　一六二　一六四　一六五　一六

六 一六七 一六九 一七〇 (一七二) 一七五 一七六 一七七 一七八 一七九 一八〇 一八一 一八三 一八四 一八五 一八六 一八八 一八九 一九三 一九五 一九六 一九
七 一九八 一九九 二〇〇 二〇一 二〇二 二〇三 二〇四 二〇五 二〇六 二〇八 二一〇 二一一 二一二 二一三 二一五 二一七 二一八 二一九 二二二 二二三 二二五
(二二七) 二二八 二二九 二三一 二三三 二三四 二三五 二三六 二三七 二三八 二四〇 二四一 二四二 二四三 二四四 二四五 二四八 二四九 二五二 二五五 二五六
二五七 二五八 二六一 二六二 二六三 二六四 二六六 二六七 二六八 二六九 二七〇 二七二 二七三 二七四 二七五 二七六 二七七 二七八 二八〇 二八一 (二八二)
二八三 二八四 二八五 二八六 二八七 二八八 二八九 二九〇 二九一 二九二 二九三 二九四 二九五 二九六 二九七 二九八 二九九 三〇〇 三〇一 三〇二 三〇四 三〇
五 三〇六 (三〇七) 三〇八 三〇九 三一〇 三一一

( )を付したものは諸本に肩書を脱しているが内容から推定して分類したもの、また小歌の中の二八〇は謡曲『樒天狗《しきみてんぐ》』(廃曲)の一節であって、これは肩書の誤り、正しくは大和猿楽に移すべきものと思う。二一八、二三七、一八四、二九五も小歌とされているが謡曲の一節でもあり、これらもどう判断するかかなり微妙なものに属する。中でも二九五の〽来《こ》し方《かた》より今の世までも」は謡曲『花月』の一節で、この部分は今日でも「小歌」とされ他の謡の部分とは特に異なった旋律をもっている。恐らく、これはもと小歌として世に行われていたのを『花月』の作者がその中にとり入れたとみてよいであろう。ほかの三首についても事情は同じであるか、あるいは逆に謡曲の一節が巷間《こうかん》に流れ出て小歌風に歌われるようになったかのいずれかと思われる。

その編者については、富士山を望む草庵《そうあん》に住んだ世捨人という以上のことは不明である。かつて連歌師柴屋軒宗長《さいおくけんそうちょう》(一四四八〜一五三二)を編者とみる説が唱えられた。特定の一人を比定することはもとより難事であり、序文の筆者と編者が同一人であるかどうか、また奥書が編者自身の手になるものかどうかによって事情も変ってこよう。奥書によると現存の『閑吟集』の伝本は、筆者がさる貴人の依頼を受けて「如レ本書写」したものである。その「本」と称するものが原本であったか、既に転写本であったか。転写本であるなら問題はないが、これが大永八年（一五二八）という集成立の僅か十年後のものであることを思えば、原本とみた方が自然ではあるまいか。となるとその筆者は編者自身である可能性が濃い。ところがこの年宗長は数え年八十一歳、前年駿河《するが》に帰国しているが、今川氏親《うじちか》の訃報《ふほう》に接しながらすぐ参じなかったことにより讒《ざん》せられ、楽しまぬ日々を送っていた時期である。しかも奥書に記す四月は、七日にかねて世話になっていた興津《おきつ》左衛門尉藤原盛綱が没し、十二日に追悼連歌「名号百韻」独吟を賦《ふ》している。貴人の依頼を受けて『閑吟集』の写本を作る余裕はなさそうであり、少なくともこの筆者を編者宗長とみることは無理なようである。ただ都と東国を往還し、貴紳にも接し在地の人とも交わった編者の人物像を考えるに当って、宗長の存在は大きく参考にはなるであろう。その弟子宗牧《そうぼく》（?〜一五四五）の『東国紀行』にも東海道筋の蒲原《かんばら》や小田原の地での小歌ぶりを記していて、旅する連歌師の小歌に対する関心の深さをうかがわせている。

『宗安小歌集』は笹野堅氏によって発見された無名の巻子本《かんすぼん》で、昭和六年『室町時代小歌集』の名で紹介された。現在では『宗安小歌集』の名が定着している。全二百二十首、すべてが小歌である。幾つかの個所で何分《なにぶん》かの配列を考えたらしい跡はあるが、『閑吟集』のような連鎖方式による全体的な構成はみられない。

その序文を草し、また恐らくは本文の筆写をもした久我《こが》有庵三休については、久我権大納言敦通《あつみち》（一五六五〜一六二四）、あるいはその叔父日勝上人（一五四六〜八九）と考えられる。そしてその筆者から「宗安老」と呼ばれているこの小歌集の編者については、千利休の女婿、竹渓《ちくけい》万代屋《もずや》宗安（?〜一五九四?）とみる説が近年有力であるが、それでは敦通とも日勝とも年齢的に合いにくいところが生じてくるように思われる。

万代屋宗安の没年については、『茶道筌蹄《ちゃどうせんてい》』等によってこれまで慶長二十年（一六一五）とされ、〃編者万代屋宗安説〃もこの没年を前提として論じられていた。しかし春屋宗園《しゅんおくそうえん》（一五二九～一六一一）の『円鑑国師一黙稿《いちもくこう》』に「年甫口号午年　維時六十六歳」と題する詩と、東福寺二百十四世熙春龍喜《きしゅんりゅうき》を悼む詩に続いて、「漫依且公蔵追悼竹渓宗安禅人韻末云」という詩が載っている。この前後の詩は年次別にまとめられているが、春屋宗園の六十六歳の午年《うまどし》は文禄三年（一五九四）であり、熙春龍喜の死もこの年正月三日であることからみれば、竹渓万代屋宗安の没したのもこの文禄三年の春あたりと考えられるのではないか（杉本捷雄著『千利休とその周辺』による）。これは『利休居士伝書』に、宗安が生前茶入の名器「投頭巾」を秀吉に献上しようとしたが、舅《しゅうと》利休への咎《とが》めのためか受納されず、「宗安死去ノ時又上ゲタリ」とある記事とも矛盾しない。慶長二十年没では秀吉逝去《せいきょ》後のことになるからである。

一方、久我敦通は慶長四年（一五九九）勅勘を蒙《こうむ》って出奔しており、有庵三休と号したのは多分それ以後のことであろうから、文禄三年に没した万代屋宗安とのこの小歌集をめぐっての関係は成り立ちにくくなるであろう。またその叔父日勝も三休と号しているが、そちらだとするとその日勝から「宗安老」と呼ばれているところが、ほぼ同年輩と考えられる日勝と万代屋宗安の関係からみれば不自然さを感じさせる。宗安という名は当時においてもごくありふれた名乗りで、他に例も多いことを併せ考えると、万代屋宗安を『宗安小歌集』の編者とみるのはやや躊躇《ちゅうちょ》させられ、編者は現段階ではやはり不詳としておいた方が安全なようである。そんなわけで、本書の成立年代もはっきりとは定めにくいのであるが、編纂《へんさん》時期、筆写年代がいつであったにしても、内容からみてこれが『閑吟集』よりは後、そして隆達節歌謡、特に隆達節小歌よりは若干さかのぼる時代のものということはいってよいようである。

これら二つの小歌集の伝本は多くない。『閑吟集』の伝本は「凡例」にも述べたように、主要なものとしては図書寮本、阿波国文庫旧蔵本、彰考館本の三本、それも本文に別系統を立てねばならぬほどの異同はない。続群書類従にこそ収められているが、そのほかでは彰考館本の筆者である小山田《おやまだ》与《とも》清《きよ》（一七八三〜一八四七）がその『松屋筆記《まつのやひつき》』（六十六）に触れている程度で、一般に注目されるようになったのは近代に入ってからのことである。

昭和六年に世に紹介された『宗安小歌集』の場合はなおさらである。ただこれには実践女子大学図書館に別本が蔵せられている。『実践女子大学文芸資料研究所年報』第一号に詳しい紹介がなされているが、無名の冊子本で墨付十三葉（但し、第十一葉は白紙）、歌謡番号でいうと五一、四三、三、二六、二七、二、六、一八、二一、二八、三三、三六、四〇、四〇（重出）、三一、四八、三四、二九、三〇の小歌を一面に一首ずつ記している（巻子本のものに比べて、詞句に多少の異同もある）。その後に序文の「爰《ここ》に桑門《さうもん》の」以下を跋文《ばつぶん》のかたちで添える。恐らく原本からの抄出本であろう。当時小歌の愛好者が数多くあったことを思えば、このような冊子はまだほかにも残されていてよいはずであるが（『言継卿記《ときつぐきようき》』天文十三年四月八日には「小歌本」貸借の記事がある）、それが残っていないところに〝歌い捨て〟に終ってしまう歌謡の宿命のようなものを感じさせる。

室町小歌の終曲でもあり、同時に近世歌謡の序曲でもある隆達節歌謡は、文禄・慶長の頃堺の高三《たかさぶ》隆達（一五二七〜一六一一）の節付けをした小歌群のことである。完本と断簡を合わせて三十余種の歌《うた》本《ほん》が残っており、そこから重複歌を省いて五百余首の歌が知られる。その中には隆達自身作詞のものもあったろうが、多くは既に世に行われていたものに新たに隆達が一流の節付けをしたというふうに考えるべきであろう。
この場合注意すべきは、歌本に草歌《そうか》（早歌）と小歌《こうた》の別があることである。隆達節草歌は百十八首、隆達節小歌は約三百九十首、その中でただ一首、
浦の煙は藻塩《もしほ》焼くに立つ、我が名は君故《ゆゑ》に
が草歌集と小歌集の双方に載る以外は、両者の間には画然とした別がある。恐らく曲節にも相違があったのであろうが、先行し併行した早歌との関係なども含めて詳しいことは不明である。ただ小歌に比べて草歌の方に『閑吟集』『宗安小歌集』との共在歌や類想歌が遥《はる》かに多い。また断簡を別として草歌集には春・夏・秋・冬・恋・雑の分類がなされているのも小歌集にはみられないところであり、草歌の伝統性・古典指向性がうかがえるようである。
こうした歌謡は原則として歌唱することによって伝承されるものであるから、歌いつがれるうちにそこには自然と詞章の変化が生じてくる。これらの小歌の流れの変化を辿《たど》ってみると、『閑吟集』、『宗安小歌集』、そして隆達節、近世歌謡と降《くだ》ってくるにつれて、小歌本来の素朴で巧まぬ独特の迫力が次第に薄らいでくるのが感じられるのである。
後影《うしろかげ》を、見んとすれば、霧《きり》がなう、朝霧が　（一六七）
という、朝霧の中に恋人を送る『閑吟集』の歌が、後には、
帰る後影を、見んとしたれば、霧がの、朝霧が　（＊二九）
帰る姿を見んと思へば、霧がの朝霧が（隆達節小歌）
と変化する。近世初頭に試みられた狂言『花子』の別演出『座禅』（大蔵虎明『万集類』所収）においては、

　はる〳〵と送り来て、帰る姿を見んと思へば、霧がの、朝霧が

と、一層説明的になり、さらに近世民謡集『山家鳥虫歌』（明和九年刊）ともなると、

　情《なさけ》ないぞや今朝立つ霧は、帰る姿を見せもせで

とあって、形式が整う半面、原歌にうかがえた霧の中を去って行く恋人の姿をやるせない気持で追い求めている女の心の嘆きが、その七七七五の律調の中に封じ込められてしまった感があり、読者の方に迫ってくるものが薄らいでしまっているのは否めまい。その点からいえば、田植草紙系歌謡『田植由来記幷ニ植哥』朝歌一番（広島県山県郡芸北町）等の、

　君の朝立ち見《みヨ》うにも、霧が深うて

という一節の方が、はるかに原歌の雰囲気《ふんいき》を伝えていよう。ここでいう「君」は実は田の神であり、この歌は本来は田の神を送る歌であったのだが、それを巧みに恋人の後影とダブらせているところに農民の歌ごころがうかがえる。『山家鳥虫歌』は作られた民謡、これは自然と成った民謡という感じである。田植草紙系歌謡は口承によるものだけに、明確な時代的位置づけは困難であるが、そこには明らかに室町小歌とも通じるものがここかしこに見出せるのである。

「待つ恋」の歌がある。

　一夜《ひとよ》来《こ》ねばとて、咎《とが》もなき枕《まくら》を、縦な投げに、横な投げに、なよな枕よ、なよ枕　（一七八）

これはほぼ同じかたちで『宗安小歌集』一〇八にも伝えられているが、隆達節小歌では、

　悋気《りんき》心《ごころ》か枕な投げそ、投げそ枕に咎はよもあらじ

と変化し、原歌にみられる、作者が思わずも投げかけた枕への訴えを切り捨て、第三者による叙述に後退している。律調も七七七三五とあって七七七五調へと整備される気配をみせるが、それだけに歌

に遊ぶという気分が強くなる。これが降って近世前期の『御船歌留』（上、富士の裾野）では、

様《さま》が来ぬとて枕を投げそ、投げそ枕に咎もなよ、へ

と完全な七七七五調となり、文政五年（一八二二）刊の『賤《しず》が歌袋《うたぶくろ》』（五）ともなると、

腹が立《たつ》とて枕を投げな、枕咎ないいつとても

としてその後に「人が不徳なりとて、我《わが》胸に炎《ほむら》を燃やし、怒《いかる》とは何事ぞや」云々《うんぬん》と教訓の材料に用いられるに至り、中世の小歌ごころはここに完全に喪失してしまうのである。

このように、七七七五調（更に分解すると三四・四三・三四・五調）は時代が降るにつれて近世歌謡の基本形態として広まって行くのであるが、室町小歌でこの三四・四三・三四・五調に当てはまるのは、

濡《ぬ》れぬ前《さき》こそ露《つゆ》をも厭《いと》へ、濡れて後《のち》には兎《と》も角《かく》も　（＊六二。隆達節草歌にも）

くらいであろうか。それが隆達節小歌ともなると、

交はす枕に涙の置くは、明日の別れが思はれて

夢になりとも情はよいが、人の辛《つら》さを聞くもいや

恋をさせたや鐘《かね》つく人に、人の思ひを知らせばや

というふうに幾つかの例が見出せる。この七七七五調は軽快・流暢《りゅうちょう》という感は伴うけれども、特に恋歌の場合は形式的に整えられ過ぎた感があって、室町小歌に溢《あふ》れる訥々切々《とつとつせつせつ》とした響きを通しての不定型の魅力には及ばない。右の最後の歌なども、同じ後朝《きぬぎぬ》の別れを歌った、

待つ宵《よひ》は、更《ふ》け行く鐘を悲しび、逢《あ》ふ夜は、別れの鳥を恨《うら》む、恋ほどの重荷あらじ、あら苦しや　（六九）

鳥はあはれを知らばこそ、人の仕業《しわざ》の鐘ぞ物憂《ものう》き　(＊一七八)

と比べてみるがよい。これらが待宵小侍従《まつよいのこじじゅう》の古歌をふまえつつも鐘をつく人や鶏に我が思いをぶちまけ、しかもそれがそのまま読者に伝わってくるという迫力をもつのに対し、隆達節小歌はそのなめらかな調子の中に自分の恨みが埋没してしまった感がある。そして鐘つく人に恋の体験をさせてみたいという思いも、単に歌の上での一つの趣向に終ってしまっている。歌謡の流れを鳥瞰《ちょうかん》してみると、隆達節歌謡あたりを境にして、ようやく小歌の時代が遠去《とおざ》かって行くことが知られるのである。

俗の雅

室町小歌にみられる素朴《そぼく》でストレートな感情は、正《まさ》しく虚飾を知らない庶民の心を基調としたものである。こうした心は、南北朝内乱を経て新しい社会体制が展開するにつれて次第に歴史の表層に滲《にじ》み出て来たものであった。だがその〝庶民の歌声〟ということを強調する余りに、小歌には小歌としての文学的な技巧・洗練も施されていることを忘れてはならない。「伊勢《いせ》・小町《こまち》が歌の言葉を借り、白楽《はくらく》・阮籍《げんせき》が句を抜きて」(『宗安小歌集』序)とあるように、そこには和歌や漢詩という伝統的文芸による味付けもしばしば施されているのである。

君来《こ》ずは、濃紫《こむらさき》、我が元結《もとゆひ》に霜は置くとも　(三〇六)

は、有名な『古今集』(恋四)の、

君来ずは閨《ねや》へも入らじ濃紫わが元結に霜は置くとも

という和歌によったもの。原歌の第二句を省いたことによって五五七七という珍しい歌形による舌足らず調の効果を挙げているが、それはいうまでもなく『古今集』の原歌を前提としてのものである。

逆に、

恋は、重し軽《かろ》しとなる身かな、〳〵、涙の淵《ふち》に浮きぬ沈みぬ　（七一）

は初句に適当な二文字を加えることによって、一挙に和歌形態に近づく。

折々《をりをり》は思ふ心の見ゆらんに、つれなや人の知らず顔なる　（三〇八）

は『玉葉集』（恋二）の飛鳥井《あすかゐ》雅有の、

折々は思ふ心も見ゆらむをつれなや人の知らず顔なる

にそっくりである。『無名抄』に源俊頼の、

世の中は憂き身に添へる影なれや思ひ捨つれど離れざりけり

という和歌が、作者も知らぬ間に傀儡《くぐつ》によって歌謡として歌われていたという説話があるが、これもそれと似たような事情で歌謡化され、伝承の間に歌詞も多少変化したのであろうか。また狂言『水汲』でも歌われた〽舟行けば岸移る……」（『閑吟集』三七）の中の「雲駛月運、舟行岸移」は『円覚経』から出たものであるが、同時に五山の詩文にもしばしば用いられた句であった。仏典や五山の詩僧と小歌の世界の交渉を思わせる事例である。杜甫《とほ》をはじめ中国の詩の小歌化も数多い。これらを通じて考えるに、小歌が作られ普及されるについては当然知識人の関与もあったはずである。

公卿《くぎよう》日記に小歌の記事の見えるのは『教言卿記《のりとききようき》』（応永十三年八月七日）に「教豊召出、笙音取、面、小歌ナトニ及歟、其興々々」とあるのなどが古い例の一つであろうか。降って三条西実隆《さんじようにしさねたか》（一四五五〜一五三七）、山科言継《やましなときつぐ》（一五〇七〜七九）という室町後期一流の文化人たちは、いずれも小歌の愛好

者であった。享禄二年（一五二九）七月十一日、実隆は拍子《はやし》物・小歌の材料に和歌二十首を贈っているし、言継も元亀二年（一五七二）七月十九日にはあちこちの求めに応じて「すきの茶」「松の名所」といった名の踊歌を三首二首と作詞して贈っている。季節的にみていずれも盆踊歌であろう。また『閑吟集』一六の歌〽人の姿は花靫《はなうつぼ》……」の頭注に引いておいた『言継卿記』（天文元年三月七日）の和歌は、実隆も同様にその晩年の歌日記『再昌草《さいしょうそう》』（同月六日条）に記している。当然もとの小歌を知っての上のことであろう。この二人の日記『実隆公記』『言継卿記』のどちらにも紙背に小歌が書き留めてある（三一、*二五、*一九三等頭注参照）というのも、偶然ではない。

また『言継卿記』（弘治二年二月十六日）には、香合せについて「各懸物小うたの心云々」として「海道下りの心」「大原木の八瀬や小原の心」「柳の糸の乱れ心」が出たとある。「海道下り」は『閑吟集』一六のほかに狂言歌謡としても伝わるもの、「八瀬や小原」は初期歌舞伎の面影を伝えるとされる新潟県柏崎市綾子舞「小原木」で歌われる、

〽八瀬や小原の賤《いや》しき者は、沈《ぢん》や麝香《じやかう》は持たねども、匂《にほ》うて来るは薫物《たきもの》……

という歌で、恐らく室町時代から伝わったものとみてよいであろう。「柳の糸」はいうまでもなく『閑吟集』の巻頭歌である。懸物（香合せの賞品）とこれらの小歌が具体的にどうかかわりをもつのかははっきりしないが、こうした趣向が行われるほどに貴紳の間に小歌の嗜好《しこう》が普及していたということがいえるであろう。趣向の類例は、さかのぼって『宣胤卿記《のぶたねきようき》』永正十四年（一五一七）七月十六日にも、盆灯籠《どうろう》のデザインとして「田ニ旅人鯉《こひ》ヲ負テヤスム所、小歌ノ心」とみえる。『古今集』序にいう大伴黒主《おおとものくろぬし》のポーズをふまえてもいるのであろうが、主題《テーマ》は「鯉（恋）の重荷」であり、『閑吟集』一七三、あるいは一六九〜一七一の一連の歌謡をきかしたものといってよいであろう。公卿の間にこれだけ小歌に

対する理解がゆきわたっていたとなると、室町小歌の制作や手入れにも何らかの公卿の関与があったと考えても不自然ではない。そう考えさせるほどに、小歌には「俗」だけでなく「雅」の世界が入り込んでいるのである。

桐壺《きりつぼ》の更衣《かうい》の輦車《てぐるま》の宣旨《せんじ》、葵《あふひ》の上《うへ》の車争ひ　(六二)

忍《しの》び車のやすらひに、それかと夕顔《ゆふがほ》の花をしるべに　(六六)

五条わたりを車が通る、誰《た》そと夕顔の花車《はなぐるま》　(*二〇六)

六二は早歌の肩書をもつが、いずれも『源氏物語』(夕顔の巻)を素材にしている。これを、

源氏の君に盛るにごり酒
夕顔の宿の亭主のいであひて
夏の日や五条の上に照らすらん
干瓢《かんぺう》になる夕顔の宿

といった「俗」に砕けた『犬つくば集』の句と比べてみると、小歌の世界における「雅」の要素の強さが理解出来るであろう。

とはいえ、やはりそこには和歌や物語のような伝統文芸とはまったく異なる新しい世界が処々方々にくりひろげられているのはいうまでもない。右の六六に続いて、

生《な》らぬ徒花真白《あだばなまつしろ》に見えて、憂《う》き中垣《なかがき》の夕顔や　(六七)

忍ぶ軒端《のきば》に、瓢箪《へうたん》は植ゑてな、おいてな、這《は》はせて生《な》らすな、心のつれて、ひよひよら、ひよひよめくに　(六八)

と読み進んでの、夕顔―瓢箪、源氏の君から下世話の忍び男への展開の面白さ、そしてその忍び男の

浮き浮きした様態をユーモラスにしかし躍動的に描き出しているところなどは、これはもう和歌の手法では及びもつかない領域といえるであろう。

更に進んで、

あまり見たさに、そと隠《かく》れて走《はし》て来た、まづ放《はな》さいなう、放して物を言はさいなう、そぞろいとほしうて、何とせうぞなう　（二八二）

ここはどこ、石原峠《たうげ》の坂の下、足痛《あしいた》やなう、駄賃馬《だちんうま》に乗りたやなう、殿《との》なう　（二九九）

門に閂《くわんのき》、海老《えび》を下《お》いた、押《おさ》へたとなう、押へたとなう、例のまた悋気奴《りんきめ》が押へたとの　（*一六九）

といった歌ともなれば、喘《あえ》ぎ喘ぎ息をはずませての話言葉をそのままぶちまけたような表現でありながら、そこには〝不定型のリズム〟とでも呼べる絶妙の味わいを感じさせるものがある。技巧を超えた技巧、計算を超えた迫力である。

しかもこうした破調不定型の歌の間に、

木幡山路《こはたやまぢ》に行き暮れて、月を伏見《ふしみ》の草枕《くさまくら》　（一〇七。*三にも）

何《なに》と鳴海《なるみ》の果《は》てやらん、潮《しほ》に寄り候《そろ》、片し貝　（一一三）

いとど名の立つ不破《ふは》の関《せき》、何《なん》ぞ嵐《あらし》のそよそよと　（*五一）

のような七五七五調を主とする定型歌がちらほらと挟《はさ》まれていて、これが歌集全体の流れの上に適度な潤滑油的役割を果しているのである。それらがまた「俗」の世界にさわやかで快い「雅」的風味を一匙《ひとさじ》加えているのも心にくい。「俗の雅」ともいうべき玄妙不可思議な文芸性、それが室町小歌の世界なのである。

うき世賛歌

小歌を口ずさむ室町びとの心は明るい。無常を観じても失恋を歌っても、そこには何か楽天的な心が感じられ、時にはとぼけた味さえ漂う。我々が知らず知らずのうちに抱いている〝暗い中世〟という観念とは違った、外部に開放された中世の人の心がそこにはある。

只吟《ジテ》可《シ》レ臥《ス》梅花《ノ》月、成《リ》レ仏《ト》生《ズレド》レ天《ニ》惣《テ》是《レ》虚　(九)

のように、この世を虚とみ夢と歌っても、それを一転して現実謳歌《おうか》に切り替える姿勢がみられる。『閑吟集』四九～五三の一連の歌にそれがよく現れていよう。

世間《よのなか》は、ちろりに過ぐる、ちろり、ちろり　(四九)

何《なに》ともなやなう、何ともなやなう、うき世は風波《ふうは》の一葉《いちえふ》よ　(五〇)

何ともなやなう、何ともなやなう、人生七十古来稀《こらいまれ》なり　(五一)

世の移り変り、時の過ぎ行くのをチロリといった感覚で捉《とら》え、「ただ一葉の翻へる、風の行方《ゆくへ》を御覧ぜよ」(謡曲『放下僧』)といった禅の教えも「何《なアン》のこったい」と問題にしない。古稀に達した七十年の歳月をふり返っても「おやまあ驚いた、いつの間にやら」という、何のこだわりもない思いで我が人生を総括する。この三首に続いて、

ただ何ごともかごとも、夢まぼろしや水の泡《あわ》、笹《ささ》の葉に置く露《つゆ》の間《ま》に、味気《あぢき》なの世や　(五二)

夢まぼろしや、南無三宝《なむさんぼう》　(五三)

がある。五三は、一見したところ、この一連の中でこれだけが例外的に正面から無常を嘆いている歌のようにみえるが、結句の「味気なの世」に「無益だ」「どもならん」の意をみてとればまた意味が変って「この世は夢まぼろし、じれったい、しょうもな」の意となって前後の歌につながる。そう解してはじめて編者の意図も生きてくるのではないか。同じような「味気な」の例には、

　天に棲《す》まば比翼《ひよく》の鳥とならん、地に在《あ》らば連理《れんり》の枝とならん、味気なや　(＊二〇四)

がある。白楽天の「長恨歌《ちょうごんか》」の名文句を、天上で結ばれたとて何になる、木に変身して愛を契るなんて無意味《ナンセンス》ではないか、この世の人間として添いとげなくっては――ときめつけている。そして五三で夢幻・無常の世の中を、南無三宝、大変だアと茶化してみせた上で、いよいよ歌声は積極的に現実の謳歌へと向かう。

　くすむ人は見られぬ、夢の夢の、夢の世を、うつつ顔《がほ》して　(五四)
　何《なに》せうぞ、くすんで、一期《いちご》は夢よ、ただ狂へ　(五五)

この二首の間に、

　ひよめけよの、ひよめけよの、くすんでも、瓢簞《ひょうたん》から馬を、出す身かの、出す身かの　(＊二三)

を置くと、一段とよくその心が理解出来るであろう。くすむ人、つまりまじめぶった人なんて見ちゃいられない、とひょめけひょめけとけしかけておいて、最後に「ただ狂へ！」、踊り狂え、舞い狂えと煽《あお》り上げたところでこの一連のうき世賛歌は終る。『慶長見聞集』(五)に「夢の浮世にただ狂へ」とあるに同じく、これらの歌の行く手に慶長九年（一六〇四）八月の「豊国大明神臨時祭礼図屛風《びょうぶ》」中に描かれた熱狂する人びとの踊りの群《むれ》をみてとってよいであろう。

　こうした小歌や踊りは、それらが余りにエスカレートしたためか、しばしば禁止もされたようであ

る。かつては白拍子《しらびょうし》の歌が「亡国の音」とされ、曲舞《くせまい》が「乱世の声」と評されたこともあった（『続古事談』二、『東野州聞書』等）。小歌についても同様で、桃源瑞仙《とうげんずいせん》の『史記抄』（文明九年成）には、殷《いん》の紂王《ちゅう》が「断二棄シ其先祖之楽ヲ一乃《すなはち》為《つくり》二淫声ヲ一用《もつテ》変二乱ス正声ヲ一」（周本紀第四）とある記事について、

モトノヨイ楽ヲバセイデ、小歌バカリウタウヤウナル淫声ヲスルゾ。

と注している。楽人豊原統秋《むねあき》の『體源鈔《たいげんしょう》』（三上。永正九年成）にも、当道に従うべき輩が「学文《がくもん》に心ざしはなくて、そぞろなる小哥《こうた》、あやしの乱拍子のうたひものの双紙取出し、隣家にいかなる人の聞く事もやともいはず、ねぢすぢりうたひ高声に物語など」するのを嘆いている。こうしてみると五山においても貴紳の間においても全面的に小歌に対して好意的であったとはいえぬようである。旧《ふる》い体制側からすれば、新しい音曲はやはり「亡国の音」であり「淫声」であった。ただ時代は一つの転換期にさしかかっていたことは事実で、慶長八年九月二日禁裏において外様番《とざまばん》壁書五条の一として「小歌、舞、謡」が「雑人共悪狂ひ」とともに停止されたが（『慶長日件録』）、豊国臨時祭礼で群衆が歌い踊り狂ったのはその一年後のことであった。ということは旧体制の規範下の世界とその外側の世界では、人の心ががらりと変っていたということであろう。さかのぼっては天文七年（一五三八）室町奉行日記『御状引付』（内閣文庫蔵）の余白に、

〽亭主々々の留守なれば、隣あたりを呼び集め、人どいうて、大茶飲みての大笑ひ――意見さ申さうか

〽若き時、さのみ賢者もいやで候、人の言ひ寄る便りなし、年がとりての後悔――意見さ申さうか

など、十首の盆踊歌が記されている。幕府の役人によってこれが書き留められているところが皮肉で

ある。小歌を愛好し享受する心は、実は早くから体制側の思惑《おもわく》を超えて広がっていたということのようである。

ただこうした開放的な小歌の時代は長くは続かなかった。近世に入って封建制が再編成されるとともに、人びとの心も再び内部にこもるようになった。同じうき世を歌っても、

夢のうき世の、露の命のわざくれ、なり次第よの、身はなり次第よの（隆達節小歌）

泣いても笑うても行くものを、月よ花よと遊べただ（同）

何はのことも水に降る雪、うき世は夢よただ遊べ（女歌舞伎踊歌「杜若《かきつばた》」）

という次第で、この「遊べ」からは『閑吟集』にいう「狂へ」のような現実世界にのめり込むほどの強烈な生きざまは感じられないし、「なり次第」というところにも諦《あきら》めに近いものが感じられる。同じように「人生七十」を称しても「其後国々所々に遊君多くなり来《きた》れり、人間七十古来稀《まれ》なる身をもちて、誰かこのたはぶれをなさで暮さん」（仮名草子『東海道名所記』一）という具合であるし、「南無三宝」といっても「南無三宝、世の中は夢の内の夢なりと、御落涙しきりなれば」（加賀掾《かがのじよう》正本『牛若虎の巻』三）という有様で、近世に入ってからのものはとかく発想が消極的になり、うき世の生活前線から後退する姿勢がみられる。こう考えてみると室町小歌は、人びとが規範に捉《とら》われず虚飾をふり捨て、現実世界での生き方を肯定した時代のものということになろう。都と地方、雅と俗、現実と無常、そうしたものが程よく雑居し融合されつつ歌声化されたもの、それが『閑吟集』であり、『宗安小歌集』だったのである。

小歌集を読む

室町小歌はどんな手法でまたどんな旋律で歌われていたのであろうか。尺八や鼓、また扇拍子や手拍子に合わせても歌われていたようだが、詳しいことはよくわからない。現在狂言の舞台で歌われる狂言歌謡を通じてその雰囲気《ふんいき》はある程度は感じ取れようが、そこには伝統化された古典芸能としての洗練も加わっていることは当然考えておかねばならぬ。したがって室町小歌の曲節を正確に知るということは甚だ困難といわざるを得ない。

しかし曲節を離れて詞章を読むだけでも、室町小歌のおおらかで素直な、それでいて巧み巧まぬ独自のスマートさを備えた文芸としての面白さは、十分賞味出来るはずである。思わず洩《も》らした呟《つぶや》きにも似た短詩形のものが多いだけに、読む側で一首一首をそれぞれ我が身に引き寄せて味わうことも出来よう。内容も多岐に渉《わた》り、中には正反対のことを歌ったものも混在しているところに、読者の自由な共感を得る要素もあろうというものである。また同じように無常を歌った歌でも、それを無常観にうちひしがれての弱気とみるか、この世は無常と割り切っての開き直り精神を感じるか、それによっておのずから読む人の小歌観も変ってくるであろう。

独《ひと》り寝じ、物憂《う》やな、二人《ふたり》寝寝初《ねそ》めて、憂やな独り寝　（一九八。*亖にも）

初句を「独り寝し」と読むことも出来るし、また「独り寝しもの、憂やな」と読むことも出来る。彰考館本には「もの」が「よの」とあり、それに従って「独り寝し夜《よ》の」という読みも併せ考えるとさまざまな解が生じ得る。結論は読者の心情や体験に委ねられてよいところであろう。男の歌とみるか女の歌とみるかによっても感応の度合は異なろう。『閑吟集』の冒頭歌、

花の錦《にしき》の下紐《したひも》は、解《と》けて、なかなかよしなや、柳の糸の乱れ心、いつ忘れうぞ、寝乱れ髪《がみ》の面影《おもかげ》

にしても、女の歌とみる説もあるし、前半を女、「柳の糸の乱れ心」から後を男の歌という掛合歌とみる説もあるのである。同じく一四五、二八二、二九九などについても掛合いとみることは可能である。掛合いといえば、編者によって八七、八八のように独立歌謡を二つ組み合せて問答歌に仕立てる試み、二〇八〜二一〇、*五三〜五九のように連謡めかす配列なども試みられている。読者の方でも自由に組み合せを考えてみるのも面白かろうし、そうした自由な読みを試みる間に思わぬ配列の妙を発見することもあるであろう。

最後に歌謡の解の難しさ、しかし楽しさを示す例として、

味気《あぢき》ない其方《そち》や、枳棘《ききよく》に鳳鸞棲《ほうらんす》まばこそ　(三八)

を考えてみよう。この歌は相手がこちらの思うように結婚を承諾してくれないのに不満を感じての歌であることは確かであり、「鳳鸞」が優れたもの、「枳棘」が劣ったもののたとえであることも確かだが、男女どちらを優、どちらを劣とるかによって解が分れる。

①女—劣、男—優

お前は詰らない女だ。俺の方から願い下げだよ。

②男—劣、女—優

お前は立派な女だよ。俺の相手にはもったいない。——但しこれも真実そう思っているのか、皮肉でいっているのか、どちらとも考えられる。

また枳棘、鳳鸞を、必ずしも一方を男、一方を女に限ることなく、双方揃《そろ》って枳棘、あるいは鳳鸞とみても面白い。

③男女とも鳳鸞

お前のような才媛《さいえん》は、俺のような秀才のところへ来るべきだ。それなのに結婚を渋っているとは——という自信溢《あふ》れた男の歌とみることも出来るし、

④男女とも枳棘

お前は卑下して俺との結婚を躊躇《ちゅうちょ》しているが、俺だって枳棘なみ、互いに鳳鸞などではない身だ。「割鍋《われなべ》に綴蓋《とじぶた》」で仲好くやって行こうじゃないか——ともとれる。

相手を「そち」と呼んでいるから男の歌と思われるが、これも女の歌とみる説もある。されば益々解は多様化し、読む人それぞれの恋愛体験、家庭生活のあり方の如何によって受け取り方は変ってくるであろう。

正確な訓詁《くんこ》の上に立たねばならぬことはいうまでもないが、このように我が身に引き寄せ自由に読み取れるところに室町小歌の面白さがある。一人一人に〝私の閑吟集〟〝あなたの宗安小歌集〟があってよいはずである。その発見を心がけながら、本書を通して室町小歌の世界を、心ゆくまま遊歩散策していただきたいと思う。

付録

宗安小歌集（原文）

本叢書の性格上、本文作成の際には、読解の便を第一としてかなり自由に本文を制定したので、ここに出来るだけ原本の体裁に忠実な形での翻刻を添えることにした。ただ、漢字は、原則として正字体に統一してある。

千早振神代はもしのかすさたまらす人の世となりて三そち一もしの哥にさためしより此かた吾國の風俗として花になく鶯水にすむかはつまても哥をなんさへつりあへりしかはあれと此道にたへさる人は六儀十躰のすかたをわきまへす耳とをにきゝしる事もかたくそ有けるちかき比小哥とて亂舞遊宴にたはふるゝ折〳〵伊せこまちかうたのことはをかり白樂阮藉（ママ）か句をぬきてはかせをつけうたひ物になしたけきものゝふの心をもやはらけをんあい戀慕の道のたよりともし侍りけるこゝに桑門のとほそをとちてひとり酒をたのしみこうたをうたひつゝたかきにもましはりいやしきにもむつひ老たるをも

友なひわかきにもなつかしせ（ママ）られたる沙彌宗安といふありふるきあたらしきこうたにふし〳〵をつけて河竹のよゝのもてあそひとそなし侍るかしこきいにしへよりをろかなる今にいたるまてかゝるためしはあらしと覺えはへりし聞人みなほとゝきすの一こゑのきかまほしさにとしたひうくひすのたにのふる巣を出る初音の心ちしてのそみあへりはなとりの色音をあらはし風月のかけによせてなをすゑの世までも天なかく地久しく酒のむしろのやふれさらんほとはめん〳〵として此うたひものはたゆる期なからんとそ

1 神そしるらん我中は千世萬よとちきり候

2 かみむつかしくおほすらんかなはぬ戀をいのれは
3 梅とねうとて鶯かなくきたのゝ神にしかられうとて
4 夢には來ておよれそれにうきなはよもたゝし
5 夢よ〳〵戀しき人なみせそゆめうつゝにあふ
とみてさむれはもとのひとりね
6 うらみつくれはうらみない中もうらみらるゝ
うらみつけしのうら〳〵みよの
7 あふてたつ名はたつなかなふなきなたつこそ
たつななれ
8 霧か霞歟夕くれかしらぬ山ちか人のまよふは
9 千夜も一夜もかへるあしたはういものを
10 とへは千里もとをからしとはねはしせきも千里よの
11 ふたりきくともうかるへし月斜窓に入曉寺のかね
12 世中は霰よのさゝのはのえのさら〳〵さつとふるよの
13 せんないおもひをしかの浦なみよる人にうかるもの
14 志賀のうら波よるから崎のまつよの
15 とへはとふとてふらるゝとはねは恨てふらるゝ〳〵
16 いとはるゝみとなりはてはせめて我身のとかもみ
のとかも身のとかもかな
17 涙の河のはやきとてせきとむる逢より外のしからみはあら
しな

18 しのたの森のうらみくすのは
19 ひとりねになきそろよちとりも
20 君ゆへにさかのゝおくなるいや戀か淵にしつまは
いやそれまてよの
21 恨こひしやうらみしほとは來しものを
22 霜枯の葛のうらはの蛩うらみてはなき恨てそ啼
23 身はやりたしせんかたな通ふ心の物をいへかし
24 情ならてたのまぬみはかすならす
25 そとしめてたまふれなふ手あとの終にあらはるゝ
26 中〳〵の竹のませ垣ゆいそめており〳〵人の戀しかるらん
27 夢よ〳〵逢となみせそ夢はさむるに
28 月になきそろあの野に鹿かたゝ一聲
29 かへるうしろかけをみんとしたれは霧かのあさきりか
30 袖をひかへて又よといへは泪にかきくれてともかくも
31 あはせけん人こそうけれ燒ものゝ獨ふせこにくゆる思を
32 木幡山路に行暮て月をふしみのくさまくら
33 ひとりねし物うやなふたりね寢初てうやなひとりね
34 人のなさけのありし時なと獨ねをならはさるらう
35 ひとは菟もいへ角もいへたちし其名かかへらはや
36 思ひきりしに又みてよの中〳〵つらきは人のおもかけ
37 人は戀しゝなはもれしとすこれかや戀のおもに成らん

38 月をふんてはよのつねそろよ風雨の來こそしんこよの
39 うらみそろまし中〳〵にみはかすならぬ
40 む〳〵の枕にはら〳〵ほろ〳〵と別をしたふなみた
よの〳〵
41 わかまたぬ程にやひとのこさるらう
42 雲のはてまて波の底まてとてもたつ名に
43 雨はさなからたよりありいさこうるほふて沓にこゑな
し〳〵
44 物もおしやらぬしらすやなにのうらみに
45 色〳〵の草の名はおほけれとなんそ忘れ草はなふ
46 むめはにほひよ花はくれなゐ人は心
47 おもひは是草根きれは又生しまたしやうす
48 厺にかきほの八重葎か〻る所にもすまる〻か
49 すまはみやこよすては都あちきなのよや
50 なるせもそろおとなし川とてならぬ瀬もそろ
51 いと〻なのたつふわのせきなんそ嵐のそよ〳〵と
52 暁かよへは月のもとりあしに袴のすそは露にし
ほとぬれて袖はそなたなみたよの
53 まつ人はきもせて月はいてたよの
54 やもめからすのうらやむもあはれ鴛鴦ひとり宿せす
55 會者定離そときく時はあふてなにしよそわ
かれうには
56 せめてしくれよかしひとりいたやのさひしきに
57 さ〻の葉にあられふるなりさら〳〵〳〵更に獨はねられぬ
58 ひとりねもよやあかつきのわかれおもへは
59 獨もねけるものをねられける物をならはしよの
みはならはしの物かの
60 あちきないものちやしのはいてそははや
61 茂れまつ山しけらうにや木かけて茂れ松山
62 ぬれぬさきこそ露をもいとへぬれて後に
はともかくも
63 人のぬれ衣きたしくれ曇なけれははる〻よの
64 身は宇治のしは舟柴ふねならはおもひこ
りつめしはふね
65 思ひきりしに又見えて肝をいらする〳〵
66 みは浮舟うかれそろひくにまかせてよるそうれしき
67 花をあらしのさそはぬさきいさおりやれ花をみよしのへ
68 花か見たくはみよしのへおりやれなふよしの〻花
はいまかさかりちや
69 吾戀は水にもえたつほたる〳〵物いはてせうしの螢
70 わか戀は水にふる雪しろうはいはしきゆるとも
71 しんこの君はこぬもよい會者は定離の世の習

72 さうないこそいのちよ情のおりやらうにはいきられうかの
73 されはこそ人通けりあさち原ねたしや今夜露もこほれり
74 何ともなれはならるゝものをとやせうかくやせう
鳴呼たゝ〳〵
75 浪のたつはかせゆへの憂なのたつは君故よの
76 かわる人よりもたのむましきはわかこゝろよの
いくたひかおもひすてゝ又かわるらう
77 いとしさかのつもりきてさらにねられぬ
78 何をおしやるもかこてそろ散ほとになふもるほとに
79 思ひそろもの北野ゝ松のはのかす
80 月夜には成候まし暗にさへしの〳〵忍はれぬ物を
まして月のよにはしのはれ候まし
81 うき人を尺八にゑりこめて時〳〵ふかはや戀の藥に
82 身ははねつるへよ水にうかるゝ
83 たつ名はかりよ〳〵あはてきえそろ
84 鶯は音をいたすにほそる〳〵われらはしの
ひつまをまつにほそる
85 いとゝ名のたつ折節になんそなたのおめもとは
86 末のまつ山なみはこすとも忘れ候まし〳〵
87 いとゝさへ物思ふ袖の露けきに涙なそへそ山鵑
88 さのみ人をもうらむまし我心さへしたかはぬ
うき世なるもの
89 いへは世にふるやるせもな
90 ならぬ物ゆへになる〳〵〳〵といはれともなやの
91 よしさらは此まゝにてもとをさかれあはゝ
わかれの又やうからむ
92 しにたにせすはたゝ踏おころしやれの
93 只けふよなふ明日をもしらぬみなれは
94 あなたのこなたのそなたのこちのあらうつゝ
なや柴墻におしよせてうつゝなの衆
95 ともすれはふられそろみはさてはうか茶箋か
96 あちき花のもとに君としつとゝ手枕入て
月をなかみようなおもひはあらし
97 君をまつ夜はあまのかゝり火あかしかたやなふ
あかしかねたよこよひを
98 いろかくろくはさらしませもとよりもしほやき
の子ちやもの
99 そとみてさへ戀となるにさてのものしてはの
100 武藏野にこそかきりあれみにはおもひもはてもなや
101 きりたけれともいやきられぬは月かくす花
のえたこひのみち
102 誰かつくりし戀のみちいかなる人もふみまよふ

103 つゝむとおしやるもみないつはり眞實思へはつゝま
れもせす
104 めもとにまよふに弓矢八幡つんとすくれ
たほろりまよふた
105 およれをともせておよれ烏は月になきそろよ
106 うらみはかす〳〵おほけれとあふたうれしさには
たとわすれた
107 いやとおもへと又みれはおもひきりしかいつはりとなる
108 一夜こねはとてとかもなき枕をたてなけによこ
なゝけになよなまくらうなよまくら
109 戀する人はもにすむ蟲よわれからぬるゝうき袂
110 わかこひはとけうすやらう〳〵あかれ〳〵あんかれ
あからしめんのういしかみ
111 おれとわこれよはよい中なからいかなはけ物
か中こと入てふしのしら雪またとけぬ
112 聟にきせうとてめつくしのこ袖に京かみ
しもを〳〵
113 いそにはすましさなきたに見るめに戀のまさるに
114 ひとつこしめせたふ〳〵とよるのおときにおと
きにやみかまいらう〳〵
115 おれは小鼓とのはしらめよかわをへたてゝね
におりやある〳〵ねねにおりやる
116 御所おりの烏ほしをのけつためつ腰てそら
いたそれをめす人はさぬきさふらい〳〵
117 いかな山にもきりはたつ御身いとしにはきりか
ない〳〵なふきりかない
118 うちの川瀬の水車何とうき世をめくるらん
119 おもふかたへこそめもゆけかほもふらるれ
120 よひのおやくそく曉のおとしたてこれやなに事
121 庭のちりにて酒をあたゝめてよのもみちの
いろにいさならん
122 ひよめけよの〳〵くすんてもひよたんから馬
をたすみかの〳〵
123 とりより（れヵ）やいとしたくりよりやいとし糸より
ほそいこししむれはいとゝなをいとし
124 なみたれそよのいと薄よのいとゝ心のみたるゝに
125 京のつほかさなりよやきよやおよやしめよや
126 ちたい都は笠たにきよやおよやしめよや
127 なにとさいたる戸やらん烏いおせともあかぬは
きりまとの戸
128 鶏は君もとれとはなかねとも君こそもとれ
とりにとかなや

129 夏のよのなかさと秋のよのみしかさよるよ
の人によるものを
130 しのふそのよのみしかさよつくものならは
十夜をひとよに
131 まれにあふみの鏡山とてもたつ名にくもれきみ
132 人のこむすめとやの竹はためつしらめつ見たはかり
133 まてとはそなたの空情心よいやまつましやあゝまつまし
134 十七八ははや川のあゆそろよせて〱せきよせ
てさくらいなふお手てさくらいなふ
135 十七八のひとりねは佛になるとは申せともなに
佛なふふたりぬるこそほとけよ
136 わか思ふ人の心はよと川やしやんとして淀
河やそこのふかさよ
137 おもふたを思ふたか思ふたかのおもはぬをおもふ
たかおもふたよの
138 いかなたくひなき君さまなりとわれおもはす
はおもひきれ〱いやきられぬ
139 けさの朝ねはあさねてはなけにすよのすき
しよのなこりけにすよの
140 十四になるほこちやとおしやるうらきとを〱
あけて又まつかほこかの
141 しとやみにおりやれ月にあらはれなのたつに
142 けふたつあすたつあさてたつもりのすからす
なふふるすをおしむおれかな
143 行脚の僧のかよふけななさい澁はりのかこ
かさかこれの門のわきの垣のかきにかゝりと
かゝつたあらふしきや
144 おもはれきしよくしていとまこうたれはくれ
たよこうまいものをいとまを
145 若猿みやけのかわしやうりおれかはかうすと
おもふたもの〻《を》うはなりかなふしやらりしや〱
とはくつらのにくさよ
146 中〱のそらなさけすてられてよい物
147 人はともいへかくもいへいとうしかろもななと
しよその
148 しつとしめてのいとうしさはかもやかすかのゝ
野にふすしかの毛のかす
149 きたのゝ梅もよしのゝ花もちりこそしよ
すろ〱あちきなや
150 たれになるゝとわれにしらすなきけははらたつ
た山かほにもみちのみゆるに
151 あふてもとるよはなふ花か候ものあはてもとるよは

なふはなももみちも見わけはこそおれは石川
のにこらねともなふ人かにこりをなふかけうは
なとしまらせう
152 十七八はあさ川わたるわか妻ならうにやおいこやそ
153 我つまなくとまつ追こやせあの山陰かない事か
154 あの山かけにもし人あらはわこれうにゑんか
〱ないまてよ
155 とてもたつなにねておりやれねすとも
あすはねたとさんたむしよ
156 雪のうへふる雨そろよそへは心のきえ〱〱と
157 そろり〱とのはひくともあさきこはかま
のひたはお大事
158 又見てそろうき人をうたゝねの夢に
159 しのふましうやつらやなにしに思ひそめつらう
160 わか心我にしたかふものならはかほとくるしき戀は
むようと意見せうすもの
161 あるはいやなりなるも又いやおもふはならすさ
てもよしなや
162 しやむとしてからさきや松のつれなさ〱
163 しゆすの袖ほそにいせあみ笠はめすきちやとの
おめすきちやとの

164 そとかくれてはしてきたまつはなさいなふ
はないてものをいわさいなふ
165 浦かなるはなふうき人の舟かと思ふてはしり
てゝみたれはいやよなふ波のうつうつゝなみの
うつよの
166 一夜二夜ともいはゝこそなよしせめてあさ
かほの花の露のまなりと
167 おもひは草のねかさてうやないく度きれと
又もえいつる
168 よ所の梢のならひして松に時雨の又かゝる
169 もんにくわんのきゑひをおろいたおさへた
となふ〱例の又りんきめかおさへたとの
170 しのをたはねつくかやうな雨による〱ぬ
れてたれかおりやれとの
171 身はやれ車わかわろけれはこそすてらる
れおもひまはせは心うしやの
172 又湊へ舟か入やらうかろのをとかからり
ころりと
173 よね山藥師堂のつりかねの緒にならふ〱
三度さけられてふられておかまれうよ〱
174 君まちてまちかねてちやうはんかねのそのした

てなふちたゝ〳〵ちた〳〵をふむ
175 しつほとぬれたるぬれはたを〳〵いまにかき
らうかなふまつはなせ
176 おさな顔してかねつけてわらうたか猶いと
し〳〵
177 なくはわれなみたのぬしはそなた
178 鳥はあはれをしらはこそ人のしわさのかねそ
ものうき
179 かこかな〳〵かこもかなうき名をもらさぬか
こもかな
180 閨もる月かちよほとさいたよなふあらにく
の月やちよほとさいたよの
181 なをさりのほとこそはつかしのもりなはもりよ我泪
182 これより北のたかき岡にきむをしらへてよも
すからふしきやなふこひにはねられさりけり
183 おもしろやゑんきやうには車やれよとに舟
けにかつらのうかひ舟よの
184 人のすつるにつらのわかみやおもひきれと
よおもひきられぬ
185 ゐ中人なりやとてなにしにねはたのおとる
へきかなふおやすみあれ冨士のたかねの
ねものかたりするするかおもしろ
186 中〳〵のそら情すてられてよいもの
187 なか〳〵に又しのゝをさゝよ一よなれても中〳〵に
188 みかな〳〵ひとつみやこに夷中にも又
189 とてもきゆへき露の玉のをあはゝおしからし
190 みはうき草の根もさたまらぬつまをまつ正
躰あり明の月のかたふく
191 身なこかれそ縁さへあらはするゑはさりとも
192 越後信濃にさら〳〵とふる雪をしやをし
とりまるめてうたはやりんきの人
193 おれは明年十四になるしにせ《か》うすらうあち
きなやあねこへ申候あね《一期》の思出にあね
このとのこか所望なのたゝ一夜二夜は
やすけれとならのつりかねよそへのきこへか
大事ちやのたゝ
194 十五にならはまめの墻をよはふせよいま花さ
かりたおられいては無興ちや
195 山となてしこ〳〵うさらうにや〳〵うさ
らうにや
196 つれなかし（ママ）なか〳〵につれなかれかし
197 朱雀か川の千鳥か夜ふかにないてめをさ

ます
198 しなはやいや又しなし逢こともあり
199 ひとはな心そかな人ちやに（そヵ）それやさうあら
うすそかな人ちや
200 物おもひよなふ〳〵中〳〵なさけは物思ひよの
201 まてとはそなたのそら情心よいやまつまし
や〳〵
202 きぬのうつり香たゝそふこゝろ
203 つらき別をかへりみす又いつその
204 天にすまはひよくのとりとならん地にあらは
連理の枝とならんあちきなや
205 不審ならはかねうたうかねもむやくや二心
たゝふりてしるもの
206 五條わたりを車かとをるたそと夕顔の
はなくるま
207 八重花よものいへいゐはなよいはていろに
いてんよりいへ花よ
208 わらうたもよひかくすんたもよいよたうとり
まはせともにくいとはおもはぬ
209 あのまつすくな竹たにも雪にもしとゝ
ふすものを〳〵

210 うき人はりうふんしゆくわれはかんか
のいきやくせいたねんすてられて一
夜はものゝかすかの
211 社頭のはしをたれかかけつらう中を
そらいて
212 みぬさへあるにさてみてはの
213 よしやつらかれ中〳〵に人のよいほとみのあたよの
214 とにもかくにもせうしなる人ちや此手拍（ママ）の二表
215 人はともいへ角もいへあ笑止とたつなやの
216 春の名殘は藤欵冬人の名殘は一言
217 しのふ細道いはらの木あいたやなふ思ひし
君にはあいたやの
218 戀の中川ふかとわたりて袖をぬらした
あら大事なやこれも君ゆへ
219 わかい時はいや〳〵〳〵といふてとしを
よらいたうしないたりやなふ
220 こかねくらとらうか器用のよひとの
とらうかいやおりやよからうきようのよ
からう貧なとのを

右一巻宗安老對予請
此序不顧後覽之哂
醉狂之餘爲與騎竹年
戲任筆書之耳千耻一笑々々

久我
有庵三休　押花

関係狂言歌謡一覧

一、以下の表は、『閑吟集』『宗安小歌集』と関係をもつ狂言歌謡を、流派別に一覧出来るようまとめたものである。

一、狂言三流のうち、和泉《いずみ》・大蔵《おおくら》二流については、それぞれ流儀の最古の台本と現行に近い台本とを挙げることにした。鷺《さぎ》流については、その残された台本の研究もまだ十分になされていない段階なので、とりあえず同流の謡曲文庫『狂言篇』と日本古典全書『狂言集』から該当する狂言歌謡を拾うにとどめた。

一、ほかに、室町時代の狂言の姿を偲ばせる『天正狂言本』と、江戸時代に刊行された台本『狂言記』を添えた。

一、参考までに、ここに挙げた台本の年代を記しておく。

和泉流

天理本	正保頃執筆か。
古典文庫	和泉流宗家系本。原本は天保頃のものか。
狂言集成	和泉流三宅派本。幕末頃のもの。

大蔵流

虎明本	寛永十九年書写。
古典大系	日本古典文学大系『狂言集』。幕末の山本家本から百十番を翻刻。

鷺流

謡曲文庫『狂言篇』	鷺仁右衛門派の森藤左衛門本から百一番を翻刻。安永六年写。
日本古典全書『狂言集』	鷺仁右衛門派の鷺賢通本を中心に百番を翻刻。安政二年写。

その他

天正狂言本	天正六年奥書。
狂言記	正篇　万治三年刊。　外篇　元禄十三年刊。　続篇　元禄十三年刊。　拾遺　享保十五年刊。

番号	種別	本文	天正狂言本	和泉流 天理本	和泉流 古典文庫	和泉流 狂言集成	大蔵流 虎明本	大蔵流 古典大系	鷺流	狂言記	備考
1	小	花の錦の下紐は…よしなや							座*禅	花子	*『花子』の別名
〃	〃	柳の糸の…寝乱れ髪の面影		花子	花子	花子	花子	花子	座禅	花子	
2	小	幾度も摘め、生田の若菜		若菜	若*菜	若菜					*『木六駄』『水汲新発意』にも歌う
3	(小)	菜を摘まば、沢に根芹や	若菜	若菜	若菜	若菜	若菜		若菜		
15	小	葛城山に咲く花候よ		鳴子							
18	小	花の都の経緯に		金岡 鳴子	金岡	金岡					
19	放	面白の花の都や			三人片輪	三人片輪		寝音曲 花折			小舞謡「放下僧」
21	田	我らも持ちたる尺八を		楽阿弥	楽阿弥	楽阿弥	楽阿弥		楽阿弥	楽阿弥	
26	小	上の林に、鳥が棲むやらう	鳴子	鳴子	鳴子 花盗人	鳴子	鳴子		鳴子 花盗人		
27	小	地主の桜は散るか散らぬか		水汲新発意	水汲新発意	水汲	お茶の水	お茶の水	水汲新発意		
31	小	お茶の水が遅くなり候		水汲新発意	水汲新発意	水汲	お茶の水	お茶の水	水汲新発意		
47	小	今から誉田まで、日が暮れうか					靫猿	靫猿			
58	近	…麦搗く里の名…月にうそぶく		*	鳴子	鳴子					*和泉家古本『鳴子』にあり
64	小	宇治の川瀬の水車(宗安118)						靫猿			
65	小	やれ、面白や、えん、京には車(宗安183)							石神		
69	小	待つ宵は、更け行く鐘を		鳴子							

70	大	しめぢが原立ちや		文荷	文荷	文荷	文荷	文荷	文荷	荷*文	*『文荷』の別名
72	小	恋風が、来ては袂に	若菜	枕物狂 金岡	枕物狂 金岡	枕物狂 金岡	枕物狂 金岡	枕物狂	枕物狂	枕物狂 金岡	
85	小	思ひ出すとは忘るるか	十夜帰り*								*『花子』の古名
86	小	思ひ出さぬ間なし	十夜帰り								
98	大	尾花の霜夜は寒からで	若菜	若菜		若菜	若菜		若菜		
107	小	木幡山路に行き暮れて（宗安32）				靫猿		靫猿			
125	田	汀の波の夜の潮		水汲新発意	水汲新発意	水汲	お茶の水	お茶の水	水汲新発意		
127	小	舟行けば岸移る		水汲新発意 鳴子		水汲			水汲新発意		
137	小	また湊へ舟が入るやらう（宗安172）							*		*小舞謡「唐櫓」（鷺伝右衛門派）
152	狂	引く引く引くとて…人の殿引く	鳴子	鳴子	鳴子	鳴子	鳴子		鳴子		
〃	〃	いざ引く物を…引く物を歌はん		鳴子	鳴子	鳴子	鳴子*		鳴子*		*「なほ引く物を」と歌う
〃	〃	春の小田には…さしおきて休まん	鳴子	鳴子	鳴子	鳴子	鳴子	*	鳴子		*『狐塚』〔小歌入〕にあり
〃	〃	浦には魚取る…狗引く	鳴子	鳴子	鳴子	鳴子	鳴子		鳴子		
〃	〃	何よりも…恨みなりける		鳴子	鳴子	鳴子	鳴子				
167	小	後影を、見んとすれば（宗安29）					座禅*				*『花子』の別演出
171	狂	逢ふ夜は人の手枕	恋の祖父*	枕物狂	枕物狂	枕物狂	枕物狂	枕物狂	枕物狂	枕物狂	*『枕物狂』の古名
176	小	山田作れば庵寝する		鳴子	鳴子 木六駄	鳴子			鳴子 金岡		
202	小	ただおいて霜に打たせよ					花子	花子			
216	放	面白の海道下りや									小舞謡「海道下り」（各流）
227	(小)	音もせいでお寝れお寝れ（宗安105）	十夜帰り	花子	花子	花子					

番号	種別	本文	天正狂言本	和泉流 天理本	和泉流 古典文庫	和泉流 狂言集成	大蔵流 虎明本	大蔵流 古典大系	鷺流	狂言記	備考
228	小	名残りの袖を…往なうずよなう		花子	花子	花子			座禅		
〃	〃	吹上の真砂の数、さればなう		花子	花子	花子	花子	花子	座禅		
243	小	いと物細き御腰に									小舞謡「柴垣」（各流）
257	小	陸奥国のそめいろの宿の		鳴子							
258	小	憂き陸奥の忍ぶの乱れに		鳴子							
293	小	久我のどことやらで落いたとなう		文荷	文荷	文荷	文荷	文荷	文荷	荷文	

宗安小歌集

番号	本文	天正狂言本	和泉流 天理本	和泉流 古典文庫	和泉流 狂言集成	大蔵流 虎明本	大蔵流 古典大系	鷺流	狂言記	備考
28	月に鳴き候							*		*鷺伝右衛門派『花子』にあり
29	帰る後影を、見んとしたれば→閑吟167									
32	木幡山路に行き暮れて→閑吟107									
55	会者定離ぞと聞く時は					花子				
90	ならぬものゆゑに							金岡		
102	誰か作りし恋の道					座禅				
105	お寝れ、音もせでお寝れ→閑吟227									

110	我が恋は、遂げうずやらう	十夜帰り	石神	石神	石神	石神	石神	石神		
114	一つ聞し召せ、たぶたぶと		花子	花子 若菜	花子					
118	宇治の川瀬の水車→閑吟64									
123	取り寄りや愛し					節分*	節分 棒縛	節分	棒縛	小舞謡「十七八」(各流) *「十七八も歌ふ」とあり
172	また湊へ舟が入るやらう→閑吟137									
183	面白や、えん、京には車→閑吟65									

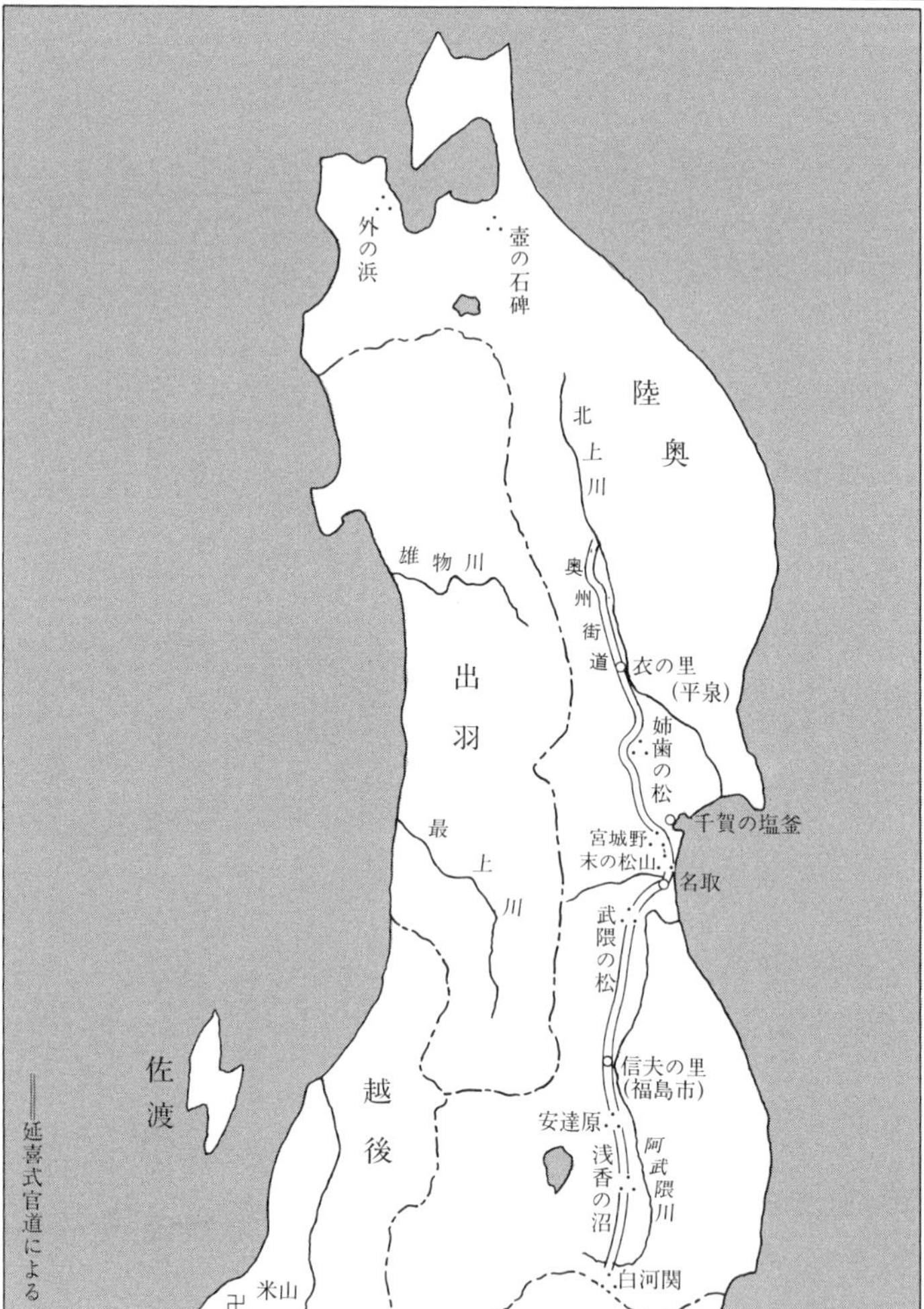
外の浜
壺の石碑
陸奥
北上川
雄物川
奥州街道
出羽
衣の里
(平泉)
姉歯の松
千賀の塩釜
宮城野
末の松山
名取
最上川
武隈の松
佐渡
越後
信夫の里
(福島市)
安達原
浅香の沼
阿武隈川
白河関
米山
——延喜式官道による

陸奥の歌枕

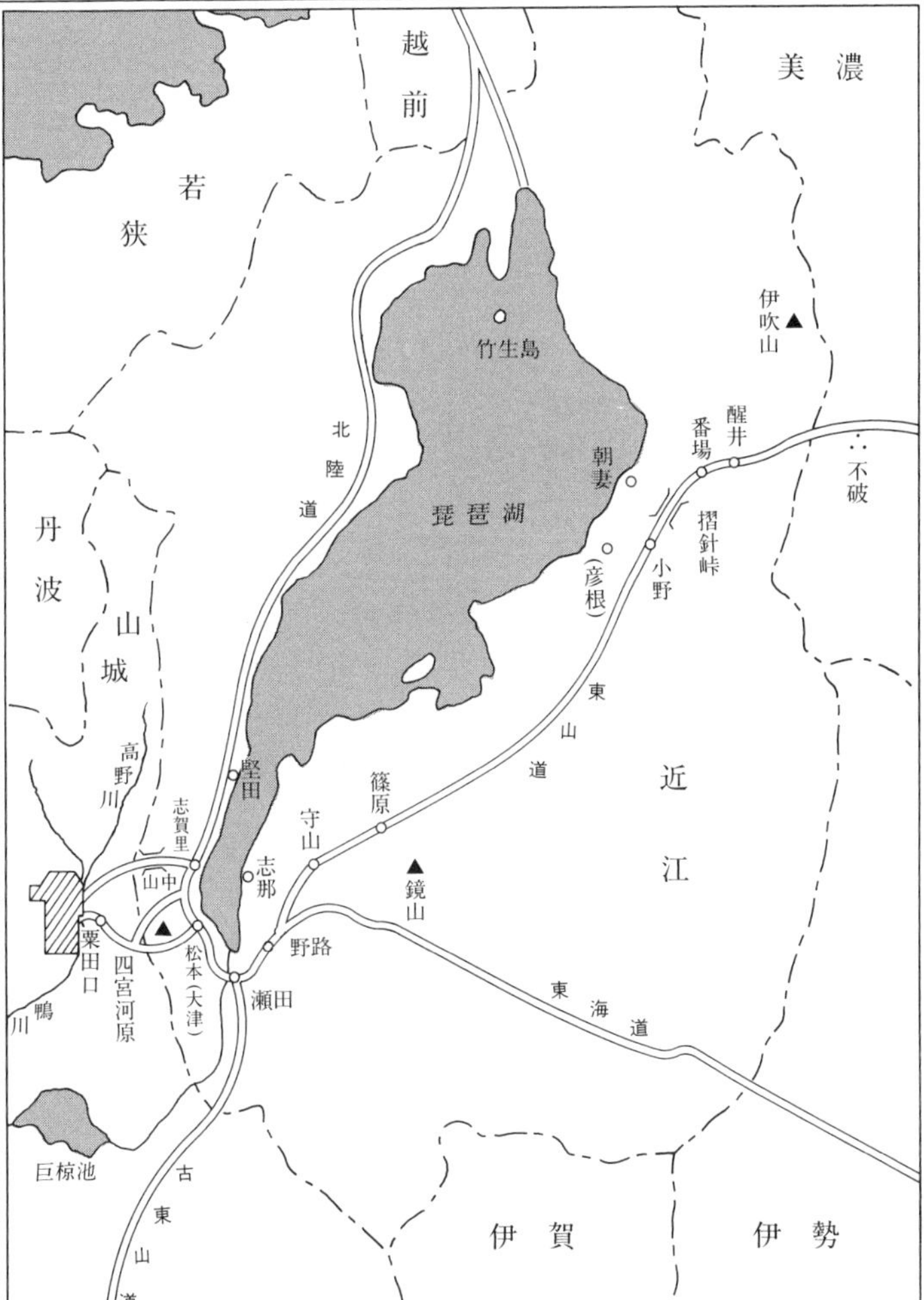
越前
美濃
若狭
伊吹山
竹生島
北陸道
朝妻
琵琶湖
醒井
番場
不破
摺針峠
(彦根)
小野
丹波
山城
東山道
高野川
堅田
篠原
近江
志賀里
守山
志那
鏡山
(山中)
粟田口
四宮河原
松本(大津)
瀬田
野路
鴨川
東海道
巨椋池
古東山道
伊賀
伊勢

近江地方

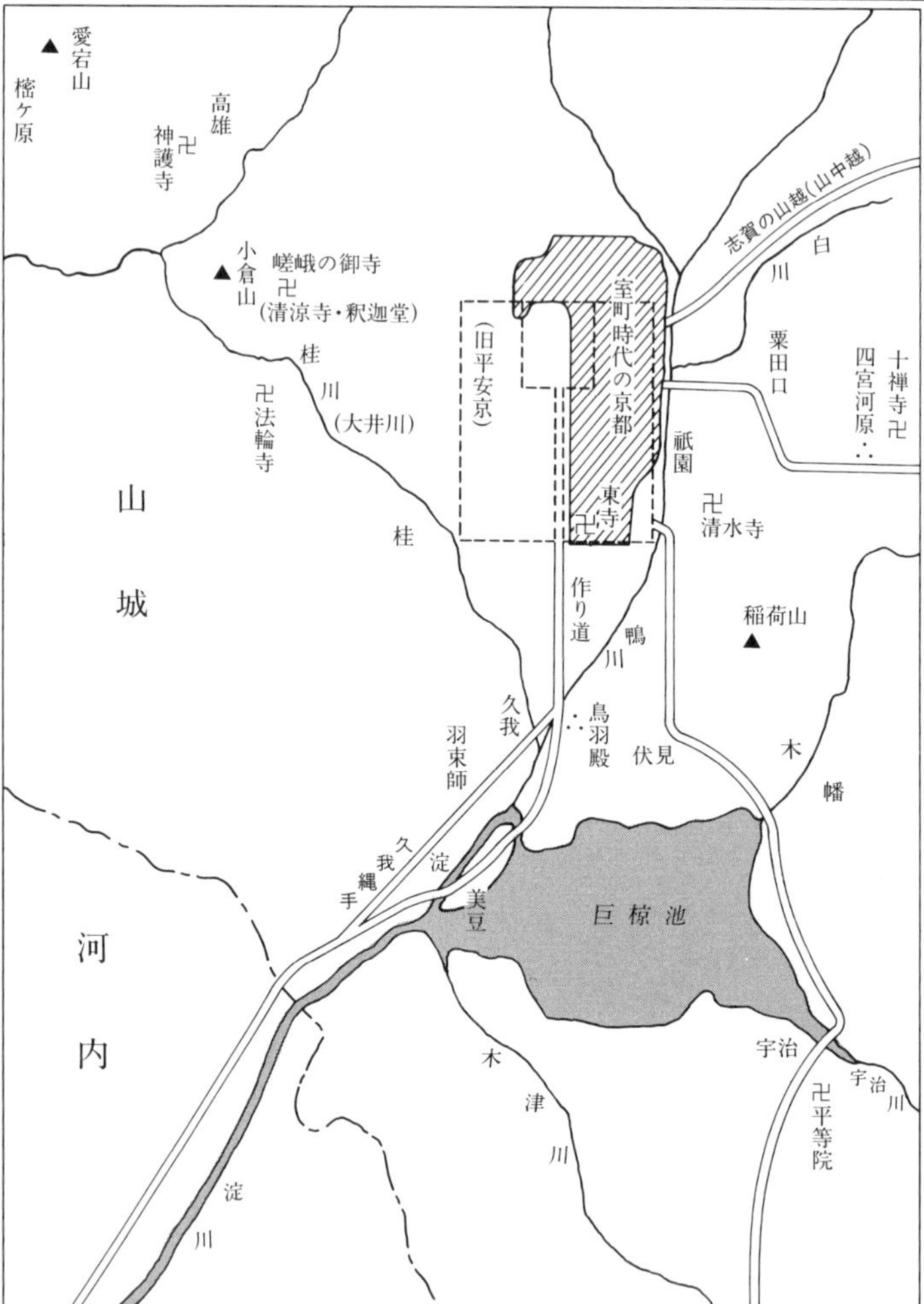
愛宕山
樒ケ原
高雄
神護寺
小倉山
嵯峨の御寺
(清涼寺・釈迦堂)
桂
川
(大井川)
法輪寺
山
城
河
内
(旧平安京)
室町時代の京都
東寺
志賀の山越(山中越)
白川
粟田口
十禅寺
四宮河原
祇園
清水寺
稲荷山
桂
作り道
鴨川
久我
羽束師
鳥羽殿
伏見
木幡
淀
久我縄手
美豆
巨椋池
宇治
宇治川
平等院
木津川
淀川

京都周辺

初句索引

一、この索引は、本書に収録した歌を検索する便宜のために作成したものである。
一、配列は、現代仮名遣い方式による五十音順とした。
一、行末に掲げた漢数字は、本書の歌頭に記した歌番号である。そのうち、印のないものは『閑吟集』の歌番号、＊印を付したものは『宗安小歌集』のそれである。
一、形の酷似する歌については、初句以外に、形の分れる部分をも掲げて区別した。

あ

い（ゐ）

う

え（ゑ）

お（を）

か

き

く

来る来る来るとは枕こそ知れ　一八〇

け

鶏声茅店月　二〇九
今朝の朝寝は朝寝ではなげに候よの　*一三九
今朝の嵐は嵐ではなげに候よの　二一八
げに逢ひ難き法に逢ひ　二五三
げにや寒竈に煙絶えて　八九
げにや眺むれば　三二一
げにや弱きにも　四一

こ

恋風が来ては袂に　七三
恋する人は藻に住む虫よ　*一〇九
恋の中川うつかと渡るとて　三〇三
恋の中川ふかと渡りて　*二一八
恋の行方を知ると言へば　一八一
恋は重し軽しとなる身かな　七一
紅羅の袖をば　三〇四
黄金庫取らうか　*三一〇
久我のどことやらで　二九三
呉軍百万鉄金甲　二四
ここは信夫の草枕　一八四
ここはどこ　二九九
来し方より今の世までも　二九五
五条わたりを車が通る　*二〇六
御所折の烏帽子を　*一一六
来ぬも可なり　一三九
この歌の如くに　二八〇
このほどは人目を包む我が宿の　一九四
木の芽春雨降るとても　四
今夜しも鄜州の月　一〇三
これより北の高き岡に　*一八二
木幡山路に行き暮れて　一〇七・*三三

さ

棹の歌歌ふうき世の一節を　一三九
索々たる緒の響き　二〇七
笹の葉に霰降るなり　*五七
さて何とせうぞ　三六
さのみ人をも恨むまじ　*八八
さまれ結へたり松山の白塩　二四二
さよさよ小夜更け方の夜　一六九
さればこそ人通りけり浅茅原　*七三
残月清風雨声となる　一〇四
残灯牖下落梧之雨　一一一

し

しひてや手折らまし　五六
潮汲ませ網引かせ　一二四
潮に迷うた磯の細道　一三二
塩屋の煙塩屋の煙よ　一三一
志賀の浦波　*一四
茂れ松山茂らうには　七
茂れ松山茂らうにや　*六一
地主の桜は散るか散らぬか　二七
ぢたい都は笠だに着よや　*一二六
じつと締めてのいとほしさは　*一四八
しつぽと濡れたる濡れ肌を　*一七五
しと闇におりやれ　*一四一
死なばや　*一九八
死にだにせずは　*九二
信太の森の恨み葛の葉　*一八
忍ばじ今は　二六三
忍ばば目でしめよ　二六一
忍び車のやすらひに　六六
忍ぶこともし顕れて　二六四
忍ぶその夜の短かさよ　*一三〇
忍ぶ軒端に　六八
信夫の里に置く露も　二六〇
忍ぶ細道茨の木　*二一七
忍ぶまじ憂や辛や　*一五九
忍ぶ身の心に隙はなけれども　二五九
忍ぶれど色に出でにけり我が恋は　二六五
篠を束ね突くがやうな雨に　*一七〇
しめぢが原立ちや　七〇
霜枯れの葛の末葉のきりぎりす　*三三
霜の白菊移ろひ易やなう　二〇四

て

と

な

に

ぬ

ね

の

は

み

身がな身がな　*一八八
汀の波の夜の潮　一三五
水が凍るやらん　二一九
水に降る雪　二四八
見ずはただよからう　四四
陸奥国のそめいろの宿の　二五七
身な焦がれそ　*一九一
見ぬさへあるに　*二一二
身のほどのなきに慕ふもよしなやな　二三四
身は浮草の根も定まらぬ夫を待つ　*一九〇
身は浮草の根も定まらぬ人を待つ　一〇五
身は浮舟浮かれ候　*六六
身は宇治の柴舟　*六四
身は近江舟かや　一三〇
身は錆太刀　一五五
身は鳴門舟かや　一三三
身は撥釣瓶よ　*八二
身は破れ笠よなう　一四九
身はやりたし詮かたな　*三三
身は破れ車　*一七一
宮城野の木の下露に濡るる袖　三〇三
都の雲居を立ち離れ　二一四
都は人目つつましや　一〇九
深山鳥の声までも　三一四
見る甲斐ありて嬉しきは　二五一

む

椋の枕にはらはらほろほろと　*四〇
聟に着せうとて　*一二
武蔵野にこそ限りあれ　*一〇〇
むらあやてこもひよこたま　二七三
(また今宵も来でやあらむ)

め

めぐる外山に鳴く鹿は　一七〇
めでたやな松の下　六
目もとに迷ふに弓矢八幡　*一〇四

も

申したやなう申したやなう　二三三
物思ひよなう物思ひよなう　*二〇〇
物も仰やらぬ　*四四
門に閂海老を下いた　*一六九

や

八重花よ物言へ　*二〇七
優しの旅人や　一六一
柳の陰にお待ちあれ　四二
山田作れば庵寝する　一七六
大和撫子大和撫子　*一九五
やもめ鳥の羨むも哀れ　*五四
やれ面白やえん　六五

ゆ

雪の上降る雨候よ　*一五六
夢通ふ道さへ絶えぬ呉竹の　二五〇
夢路より幻に出づる仮枕　一一〇
夢には来てお寝れ　*四
夢の戯れいたづらに　九五
夢まぼろしや南無三宝　五三
夢よ夢よ逢ふとな見せそ　*二七
夢よ夢よ恋しき人な見せそ　*五

よ

宵のお約束　*一二〇
よしさらばこのままにても遠去かれ　*九一
よし名の立たば立て　二六八
吉野川の花筏　一四
吉野川のよしやとは思へど　二三六
よしや頼まじ行く水の　三〇〇
よしや辛かれなかなかに人の情は　一一五
よしや辛かれなかなかに人のよいほど　*二一三
よそ契らぬ　二七〇
よその梢のならひして　*一六八
四つの鼓は世の中に　一四四
米山薬師堂の釣鐘の緒にならう　*一七三

新潮日本古典集成〈新装版〉

閑《かん》吟《ぎん》集《しゅう》 宗《そう》安《あん》小《こ》歌《うた》集《しゅう》

平成三十年三月三十日 発行

校注者 北《きた》川《がわ》忠《ただ》彦《ひこ》

発行者 佐藤隆信

発行所 株式会社 新潮社

〒一六二-八七一一 東京都新宿区矢来町七一

電話 〇三-三二六六-五四一一（編集部）

〇三-三二六六-五一一一（読者係）

http://www.shinchosha.co.jp

印刷所 大日本印刷株式会社

製本所 加藤製本株式会社

装画 佐多芳郎／装幀 新潮社装幀室

組版 株式会社ＤＮＰメディア・アート

乱丁・落丁本は、ご面倒ですが小社読者係宛お送り下さい。
送料小社負担にてお取替えいたします。
価格はカバーに表示してあります。

ISBN978-4-10-620864-5 C0392

■新潮日本古典集成